異世界でおまけの兄さん自立を目指す 5

ダリウス
庇護者かつ恋人の一人で、
カルタス王国の
近衛騎士団長。
マテリオ
神官。途中から
巡行メンバーに加わり、
後れてジュンヤの庇護者に。
エリアス
庇護者かつ恋人の一人で、
カルタス王国の第一王子。
愛称は「ティア」。
エルビス
庇護者かつ恋人の一人で、
ジュンヤ付きの侍従。
ジュンヤ
神子召喚に巻き込まれ、
ゲーム世界に転移した平凡なサラリーマン。
浄化の神子としてカルタス王国を巡行中。

ヒルダーヌ
ダリウスの兄で
バルバロイ領の領主代行。
ザンド
ユーフォーン騎士団の騎士団長。
ダリウス、ヒルダーヌの叔父。
グラント
ユーフォーン騎士団の副団長で
ダリウスの元婚約者。
シン
ジュンヤが訪れた先で
出会った謎の少年。

ＢＬゲーム『癒《いや》しの神子《みこ》と宵闇《よいやみ》の剣士《けんし》』の世界におまけで召喚された俺――湊潤也《みなとじゅんや》は癒《いや》しの神子《み こ》として、ここカルタス王国全土を穢《けが》す瘴気《しょうき》を祓《はら》う巡行の旅をしている。

そんな俺は少し前から、恋人の一人であるダリウスの父親が領主を務めるバルバロイ領にいる。

まず最初に訪れたクードラでは悪評を流されており、それを信じた人々の妨害を受けて浄化が遅れたり、浄化に使う魔石の入手に苦心したりと苦境に陥《おちい》った。

人々には実力で俺が神子《みこ》であることを示すしかないと考えてひたすら浄化を続けたが、体調を崩し寝込む羽目になった。しかし、俺が寝込んでいる間にティアやマテリオが奮闘してくれて、無事にクードラの民の理解を得ることができた。

ほっとしたのも束の間、ティアが視察中に襲われて別行動を強いられた。次の街アズィトで合流したものの、またも襲撃を受け、俺は大怪我をしたマテリオと二人きりで孤立してしまった。

そこへ幸運にも現れたノルヴァン商会の店主が、俺達を救ってくれた……

ノルヴァンさんの助けを借りて領都ユーフォーンを目指す道中、様々な事情が重なって、マテリオと一線を越えてしまった。

あいつが死ぬかもしれない事態に直面した時、絶対失いたくないと思った。これは友情以上の感情だけど、愛しているのかと聞かれると迷いがある。マテリオが庇護者《ひごしゃ》だという確信はあるが、こんな半端な気持ちで受け入れてしまって良かったのか、ずっと考えている。

だって、マテリオは命を擲《なげう》ってでも俺を守ろうとしてくれた。全てを捧げると言っていた。浄化の旅が終わったら俺の前から消えるつもりだと聞いて、手放したくないというエゴで縛《しば》りつけてしまった。

ユーフォーンで再会した後、ティア、ダリウス、エルビスの三人に、マテリオと関係を持ったことを告白した。彼らはマテリオの気持ちに気づいていたらしく、四人目の庇護者《ひごしゃ》として認めると言ってくれた。

マテリオが罰せられたりしなくて良かったけど……だけど、あいつとこれからどんな顔で話せばいいのか分からない。だって、ふとした時に、あいつと馬車で過ごした時間が蘇《よみがえ》るんだ。理性が飛んで覚えていない部分もあるけど、なんか俺……ねだったり乗っかったり、したような気がする。

頭がおかしくなりそうだが、なるべく普通に接する努力をしよう………

『今日の晩餐《ばんさん》は無事にジュンヤが合流した祝いの席だ。準備を整えてくれたバルバロイ領、領主代行ヒルダーヌに感謝する。――そして、重要な知らせがある。マテリオ神官も、我々と同じく庇護《ひご》者《しゃ》であると判明した。以後、彼も護衛対象となる。皆も心して警護してほしい』

俺とマテリオはユーフォーンに到着したばかりだが、今晩、ダリウスの兄のヒルダーヌ様と母のチェリフ様が開いてくれた晩餐会《ばんさんかい》は、そんなティアの挨拶で始まった。

庇護者《ひごしゃ》と神子《みこ》の関係を知っているみんなに、マテリオとエッチな関係になったのがバレてしまった。

何それ……ここで言うとか聞いていないんですけど⁉

しかし、事情を知らないヒルダーヌ様やチェリフ様などは純粋に喜んでくれているようだ。今後も知らないままでいてほしい。

「ヒルダーヌ。今、時間はあるか？」

歓談タイム。ティアが声をかけると、ヒルダーヌ様は優雅に微笑んだ。ヒルダーヌ様は鎖骨くらいまで伸ばした金髪をハーフアップにしている。ダリウスやその叔父のザンド騎士団長と同じ褐《かっ》色《しょく》の肌だけど、二人と並ぶと若干色白なようだ。

「もちろんでございます」

素早く礼をして目を合わせ、ヒルダーヌ様が椅子を勧めてくれる。だが、ティアと俺の背後にいるダリウスには視線を向けていない。意図的にそうしているのだろう。ダリウスのほうも、正面に立つヒルダーヌ様に目を向けているようで、実際は虚空を見ている……

「改めて紹介しようと思ってな。彼が神子《みこ》のジュンヤ・ミナト、私達の恋人だ」

「ジュンヤ・ミナトです。ヒルダーヌ様、この度は色々とお手数をおかけしました。しばらく滞在させていただく間、私も街に貢献したいと考えています」

「これはご丁寧にありがとうございます。では、こちらも改めて。私はヒルダーヌ・マティアト・

バルバロイ、バルバロイ家領主代理をしております。先程はお疲れのところ、無理を押してのご挨拶、ありがとうございました」

「いいえ、こちらこそお忙しいのに押しかけて申し訳ありませんでした」

晩餐会《ばんさんかい》はじめの挨拶のことだ。お互いに礼をする。横目でちらっとダリウスを見た。

「神官殿も負傷なさったそうだが、大事に至らず何よりでした。当家でゆっくり癒《いや》されるといい。そうそう、新しい神官服を用意させているので、明日にはお手元に届けられるだろう」

「ご温情感謝いたします」

「――ダリウス。久しいな」

「……はい。兄上、お久しぶりでございます」

およそ兄弟とは思えない堅苦しさで二人は挨拶を交わした。少しでもこの氷が溶けたらいいのだが……

二人の間には冷たい空気が流れている。完全に仕事モードのダリウスと、実弟に冷たい対応のヒルダーヌ様。間に立つ俺としてはとても居心地が悪い。しかも、今ので終わり？　なぁ!?

二人はそれ以上話すことなく、ティアや俺、ヒルダーヌ様のもとに色んな人が挨拶に来てうやむやになってしまった。ダリウスはその間に黙って姿を消していて、想像以上の拗《こじ》れ具合だ。

晩餐会《ばんさんかい》と名前は大仰だが、俺達と巡行に同行している騎士を労《ねぎら》う、アットホームなものだ。警備はユーフォーンの騎士がやってくれるので、うちの騎士はゆっくり酒が呑めると大喜びだった。緊張が続いていたので、羽目を外す時間が取れたのは感謝だ。

ティアはここまで大変な任務を担《にな》ってきた騎士達を労《ねぎら》って、姿を現したダリウスと一緒に、声をかけて回っている。ここまでの道のりが大変だった俺とマテリオは、ゆっくり食事をしろとその場に残された。もちろんエルビスも一緒に。

「マテリオ。俺が出ていった後、大丈夫だった？」

ティア達と合流してすぐ、俺達の不埒《ふらち》な関係はバレた。三人は浮気を許してくれたものの、マテリオに話を聞きたいからと、俺だけ部屋を追い出されたんだ。

「ジュンヤ様の心配には及びません」

「『様』はやめてくれって言っただろ？」

こいつはまだ俺から離れるつもりなんだろうか。……そういう俺も、煮え切らない態度を続けているから、人のことは言えないか。

「マテリオ殿。ジュンヤ様が仰っているのだから、今まで通りにして差し上げるのがいいでしょう」

気まずい雰囲気の俺達に、エルビスが助け船を出してくれる。

「エルビス殿は、そんな態度を嫌っておられたと思いますが」

「ジュンヤ様の望みですから」

エルビスの寛大さに感謝する。でも、結構溜め込むタイプだから心配だ。

「エルビス、ちゃんと時間作るから二人で話そうな」

「はい……」

「マテリオも、今まで通りだぞ？」

「……はい」

同じ返事でも調子が全然違う。マテリオのそれが不満でじろりと睨みつけた。敬語は嫌なんだって！

「……分かった。今まで通り、だな？」

「うん。そっちがあんたらしくていいなぁ」

ほっとして自然と笑顔になっていた。敬語だと、遠くに行ってしまった気がするから……

「解決したし、お酒呑みたい気分だな～。エルビス、エール呑んでもいい？」

「お持ちしますよ。でも、呑み過ぎには気をつけてくださいね」

「了解」

エルビスが取りに行ってくれて、マテリオと二人きりだ。

「……三人に虐められなかった？」

「問題ない」

「なんて説明したんだよ」

「秘密だ」

「えー？　ケチ」

「お前は……普通、だな」

「えっ？　それは、その」

意識してるに決まってるだろ！　でも、普通にしていないと、あの爛《ただ》れたエロエロタイムを思い出すんだよ！　俺も必死な訳！

「急に態度変えるのもおかしいだろ？」

「確かに……そうだな。私も努力する」

「うん。――あ、エルビス、ありがとう」

立席でもいいが、ちゃんと椅子とテーブルもある。俺は久しぶりのエールを呑み干し、その後は気分良くリラックスして雑談していた。

そんな時、警備をしていたグラントが俺のところにやってきた。グラントはザンド団長がまとめるユーフォーン騎士団の第一騎士団副団長で、ダリウスの元婚約者の一人だ。

「ジュンヤ様。この度はディックが大変なことをしでかし、申し訳ございません」

「いや……あなたも後始末が大変そうですね」

顔を合わせてすぐは敵愾心《てきがいしん》も露わに嫌みばかり言う奴だったが、態度を改めたので今はもう警戒していない。それに、ディック――近しい部下の裏切りに意気消沈しているみたいだ。ディックは敵勢力と通じていたようで、アズィトで仲間の騎士を斬り殺し、俺の身柄を捕らえようとした……。

現在はあえて泳がせて、敵が誰かを見極めようとしているらしい。

「心の隙を突いて唆《そそのか》されたんでしょうね。誰かが背後にいるのは間違いないですし」

話していると、ティアと一緒にいたダリウスが走ってくるのが見えた。

「おい！　グラント！　ジュンヤに近寄るな！」

ダリウスが俺とグラントの間に割って入り、威嚇《いかく》する。

「ダリウス！　大丈夫、普通に雑談してたんだよ」

席を立ってダリウスを宥《なだ》めるが、どうしてもグラントを信用できないらしく、彼を睨みつけたまだ。

「ジュンヤは心が広すぎる。あれだけ不遜《ふそん》な態度だったくせに、あっさり手のひらを返したんだぞ？」

「それは……」

グラントがダリウスに惚れているからじゃないのか？

そう続けかけた言葉は呑み込んだ。嫉妬で正常な判断ができなくなることはある。俺だってそういう感情を知ったから。今のダリウスを信じているが、恋愛感情がなかったとしてもグラントは元婚約者で、特別な存在だった人だから気にかかる。

三人がマテリオのことで動揺した時も、こんな感じだったのかもしれない。

「おうおう！　お前ら、なーに固まってんだぁ？」

シリアスな空気を蹴散らすように、どすんどすんと足音を立てながらザンド団長はやってきた。貴族然としていない豪快な人だ。その分、好感が持てる。

「叔父上……。なんでもありません」

ザンド団長の姿を認めると、ダリウスが急に貴族の顔になる。

ザンド団長はグラントが無言で下げた頭を巨大な手のひらでわしっと掴み、プラチナブロンドの髪をグシャグシャと掻き混ぜた。

「だ、団長⁉」

「おお、グラント、なぁに落ち込んでんだぁ？　ディックのアホのことか？」

「彼のことは私の監督不行き届きです。重ね重ね申し訳ありません」

グラントはこれからずっと謝罪し続ける羽目になるのかと、ちょっと気の毒になった。

「あの野郎、バルバロイ《うち》を裏切ったことは後悔させてやる。てめーも、ウジウジしねぇで勝負どころで挽回しろや。自分のケツは自分で拭け。分かったな？」

「はいっ！　必ず捕まえます！」

そう答えるグラントは直立不動の姿勢だ。こうして並んでいると、ザンド団長の体格が規格外だとしみじみ感じる。

「で、神子《みこ》様は、本当にうちのチビの恋人なんだなぁ。ディーがこんなに鼻の下伸ばした面《つら》してんの、初めて見たぜ」

「ディー？」

「ああ、ガキの頃はセカンドネームで呼ぶことが多かったんだ。ディアブロの愛称、ディーと呼んでいた。親父が王都で宮仕えしてるから、俺が親代わりだったんだぜ」

言いながら、ザンド団長が今度はダリウスの頭を撫でる。……いや、これは撫でていると言えるのか？　ダリウスの頭がぐらぐらと左右に揺れている。首を鍛《きた》えてないと危ないぞ！

「叔父上……もう子供じゃありません。やめてください……」

「俺にとっちゃ、いつまでもガキなんだよ」

父親代わりの叔父に髪をワシャワシャされ、恥ずかしそうにするダリウスが可愛い。

何これ！　キュンと来た！　初めて見る顔だ。

「チラッと聞いたけどよ、そこの神官様もド根性見せたって？　神子《みこ》様守って斬られたそうだな。気に入ったぜ。うちのチビと同じ恋人なのか？」

「私は守護する者です！　恋人なんて、恐れ多いです」

マテリオは珍しく大きな声を出した。何それ、あんだけ俺を……って、まぁいいか。

「ふぅ～ん？　なんだかめんどくせぇな。神官様も呑めや。おいチビ助、お前も呑め」

「私はもうチビではありません！　叔父上より身長も高くなりましたからね！」

高いと言っても一、二センチみたいだけど、やりとりが面白い。翻弄《ほんろう》されるダリウス……新鮮すぎるだろ。

「おうおう、よく吠えるなぁ。そこがまだチビだって証明だ。ほれ、チビ、呑めっての」

「くっ……！」

ダリウスは必死で食い下がるが軽く受け流され、仕方なくグラスを呑み干している。あらゆる点で圧が強い。さすがダリウスの叔父！

「ザンド、ここにいたのか」

そこへ、一人で会場を回っていたティアも合流した。

「おお、殿下！　大分顔色が良くなりましたな。神子《みこ》様とはぐれた時はぶっ倒れそうで心配しましたよ。しかし……クソガキだった二人に、本気の恋人ができるとはねぇ。長生きはするもんですな」

「そなたはまだそんなことを言う歳ではないだろう？　そもそも、簡単に死にそうにもない」

「ハハッ！　殿下はいつも通りで何より！」

今度はティアの頭をワシャワシャするザンド団長。

えっ!?　王子様にそんなことしていいの？

そう思ったけど、周りは全然気にしていない。一応手加減はしているのか、首の心配はいらなそうだ。――ちゃんと相手を見ているんだな。

「エルビス。ザンド団長って、サバサバしてていい人だな。仲良くなれそう」

「ザンド様はお二人の父親のような方なんです。悪さをすれば殴られ、善行はきちんと褒める。大雑把ですが良い方で……うぐっ!?」

話していたエルビスの頭にどデカイ手が乗る。

「エ、エルビス！」

驚く俺に、ザンド団長がニヤリと笑った。

「大雑把で悪かったな。細かいところはグラントがやってくれるから良いんだよ！　それにしても、エルビスも立派になったなぁ。チビ共追いかけてキリキリしてた奴が、すっかり大人になって。完璧侍従様って噂じゃねーか」

「大雑把と言いましたが、褒めております。そこがザンド様の良いところだと思っていますし。成長を認めていただけるのは嬉しいですが……噂はあくまで噂です。私はまだまだ未熟者です」

不意に声のトーンが下がる。そんなエルビスの頭を、ザンド団長がグリグリと撫でた。またしても揺れるエルビスの頭……しかし、慣れているのかエルビスは平然としている。

「それでいい。つーか、完璧なんてつまらねぇだろ？　人生はいつだって鍛錬《たんれん》の連続だ。俺だってまだ高みを求めてる。お前らもみんな、未熟者でいい。人間は、何かが足りないからこそ鍛錬《たんれん》するんだろ？」

「ザンド様……」

エルビスが感激している。俺もそうだ。大人の男、カッコいい。ダリウスそっくりな容姿で余裕のある男の姿。絶対モテるな。

「そんでな、ディー。マティとは話したのか？」

「……」

ダリウスは答えず、いつの間にか追加されていた酒を一口呑んだ。マティはお兄さんの愛称かな？

「全く。お前らまんまと敵の策略に嵌《は》まってやがる。あいつも相談しやがらねぇし……」

「……私は努力したつもりですよ」

「もういっぺん行って話してこい。神子《みこ》様がいれば違うかもしれんぞ」

「ザンド団長、その……確認ですが、ここでは俺は神子《みこ》だと認められてるんでしょうか？」

ザンド団長は、最初に会った時から俺を神子《みこ》と呼んでくれている。でも、クードラ同様、ユーフォーンでも俺の悪評は流されていたはずなのに、不思議だった。

「ああ、おまけの神子《みこ》は偽物で男娼って噂のことか？　殿下とディーが本気になる相手が、そんなクソ野郎な訳がないだろ」

「それだけで？　俺が誑《たぶら》かしてるとは思わなかったんですか？」

「俺は二人を信用してる。ダリウスは義務である結婚さえ拒んだ捻《ひね》くれ者だ。誰にも心を許さない奴らが選んだ相手だぞ。それで十分だと思わないか？」

参った……降参です。なんて人なんだ。

「二人を信じてくれてありがとうございます」

「噂を受けてこっちでも情報を集めてたし、神子《みこ》様のために大勢が無欲に動くのを見た。旅を共にした騎士や神兵、侍従達の様子を見れば、あんたの為人《ひととなり》も分かる」

そう言うと、今度は俺の頭をワシャワシャ撫でてくれた。大きくて熱くて、不思議と落ち着く手だった。この手が孤独な二人の心を救っていたのかもしれない。

「俺から見たら、あんたも含めてみーんな、ガキだ。マティも可愛い。だから、神子《みこ》様が間に入って、和解のきっかけをくれると助かる」

「叔父上……」

「今は領主代行だから、あいつからは来ないぞ。弟に負けたくねぇんだよ。ほい、チビ助から行動しろ！」

バチン！　とダリウスの背中をぶっ叩くいい音が響いた。

やる。

悶絶《もんぜつ》するダリウスの背をぐいっと押して、ザンド団長は去っていった。丸まった背中をさすって

「痛ってぇぇ〜〜!!」

「大丈夫かっ？」

「叔父上、馬鹿力だからめちゃくちゃ痛ぇ……」

ティアも一緒にと思ったが、ひっきりなしに挨拶に来る騎士の相手に忙殺されている。こんな機会でもなければゆっくり拝謁《はいえつ》できないとあって、みんな必死だ。

「はぁ〜、気が重い」

「俺も行くから」

ダリウスは文句を言いつつも気が紛れたのか、二人でヒルダーヌ様のところに向かう。ユーフォーンの騎士に囲まれていたが、彼らは俺達に気がつくと挨拶をしてさっと引いていった。

ダリウスの表情は強張り、無意識に歯を食いしばっているようだ。

「あ……兄上。先程は話せませんでしたが、ご婚約されたそうで、おめでとうございます。結婚式はいつですか？」

ダリウスが勇気を出して話しかけた。いいぞ！　頑張れ！

「ああ、ありがとう。式は未定だ。そなたは殿下の警護で多忙だろうから、出席しなくても問題ない」

「そうですか……。その、お相手はどなたですか」

めげずに会話を続けるダリウスの背中にそっと手を当てて励ます。手を繋いでやりたいが、ダリウスが弱い奴だと思われたくなかった。

「そなたも知る者だ」

「……私もお祝いをしたいので、よろしければ教えていただけませんか？」

口を挟み、援護射撃を試みる。

「領都にいれば、神子《みこ》様のお耳にも自然と入るでしょう」

なんだか嫌な言い方だ。俺は良くても、ダリウスは家族の話を人伝《ひとづて》に聞くなんて、嫌に決まってるじゃないか。

「私は、義兄《あに》になる方を知りたいです」

「――カンノッテ家のメフリー殿だ」

ダリウスの体がビクッと揺れる。その名前には俺も聞き覚えがあった。名ばかりの関係だったとはいえ、自分の元婚約者が今度は兄と婚約なんて……なぜ。

「そんなに俺が嫌いなのかよ……」

消え入りそうな声は、俺にしか聞こえなかったようだ。

「ダリウス」

俺はダリウスの手を握った。もう他人の目なんかどうでもいい。愛する男を励ましてやりたかった。

「神子《みこ》様。クードラとアズィトでは、当家の騎士がご面倒をおかけしました」

ヒルダーヌ様は、傷ついているダリウスから目を逸らして俺に話しかける。別の話から打開策が見つかるかもしれないと、気を落ち着かせて会話を続けることにした。

ティアと別行動だった時、クードラでも騎士が襲われ、毒の影響を受けたり怪我人が出たと聞いた。完全には治癒できなかったが、アズィトでマナが合流したので毒への対応はなんとかなったらしい。

「神子《みこ》様には二つの街で民を癒《いや》していただいたのに、貴重な浄化の魔石を追加で賜《たまわ》り、申し訳なく思っております。ご恩に報《むく》い、魔石は当家が責任を持って調達、補充いたします」

「お気になさらないでください」

浄化の魔石が役に立つならどんどん使ってもらって構わない。

「明日は私も治癒に行きます」

「当家の騎士が数々の無礼を働いたと聞いております。それでも癒《いや》してくださるのですか?」

「グラント副団長も謝罪してくれましたし、和解済みです」

「噂に違わぬ慈愛の御心《みこころ》に感服いたします。神子《みこ》の恩寵《おんちょう》に感銘を受けた騎士達が、民間に広まった誤解や噂を払拭するために働く、と奮起しております。敵の工作員についても探索中ですので、結果はしばしお待ちください」

「そうですか。それは頼もしいですね、頼りにしています」

グラントに限らず騎士達の手のひら返しはあからさまではあるが、礼は言っておかないといけないだろう。儀礼的にそう返したが、無言になってしまったダリウスの手が冷たくて、気もそぞろだった。

「……ヒルダーヌ様、外の空気を吸ってきてもいいですか？」

「ええ、もちろん」

ダリウスを引っ張ってそそくさとバルコニーに向かう。いつも熱いくらいの手がひんやりと冷たくて、胸が引き裂かれそうだった。

「ダリウス、おいで」

バルコニーに二人だけになり、俺は両手を広げた。

「ジュンヤ……」

ダリウスが俺の胸に飛び込んでくる。大きな体がとても小さく感じた。

「ダリウスは歩み寄ろうと頑張ったよ。偉かったな」

抱きしめた頭を撫でてやるとダリウスは顔を上げた。ケローガでラジート様と戦って苦戦した時とは違う落ち込みようで、しょんぼりして幼い子供のような表情をしている。

ああ、これ、誰にも見せられなかった顔なんだろうな……

俺だから曝《さら》け出してくれる本心。こんな状況なのに、ダリウスが頼ってくれる存在になれた喜びを感じてしまう。

「俺は貴族のルールに詳しくないけど、相応《ふさわ》しい人が他にいなかったとか、事情があったのかも。それに、あんたにはもう俺がいるだろ？」

「メフリーに未練があるんじゃねぇ。ただ、俺に教えてくれなかったのが……なんかキツイ。この感情をどう説明すりゃいいのか分かんねぇ」

「でも、ティアも相手の名を聞いてないって言ってたぞ」

ダリウスは俺の肩に頭を乗せ、顔を隠した。

「知っていて隠してんのかも。あいつの口の堅さは一級品だ。これは、エリアスが俺を信頼していないとかそういう低レベルの話じゃねぇ。王族は信頼関係が第一だからな。兄上が知らせないでくれと言ったら、黙秘を貫くんだよ。……兄上が俺に知られたくなかったってのが、地味にキツイ」

ダリウスには、ヒルダーヌ様が彼の世界から自分の存在を消そうとしているように感じられるんだろう。弱々しく言葉を落としたダリウスを強く抱きしめた。ティアには知らせておいて隠させていた、と思っているダリウスの誤解を解きたい。

大きな背中を慰めるように撫でる。

「正直、家族で、それもお互いに大きく関わることなのに相談もせずに決めたヒルダーヌ様にはムカついてる。話し合いもしないで勝手なことをして……納得できない理由だったら、ヒルダーヌ様が相手でもブチ切れてやる」

「はは……ありがとよ」

その後しばらく二人きりで話していたら、少し落ち着いたようだ。いつまでも隠れていられないと会場に戻ると、ティアとヒルダーヌ様が談笑している。俺は一瞬躊躇《ためら》ったが、ダリウスは何事もなかったようにティアの背後に立った。

ティアの護衛に徹して耐えるつもりなんだな。ザンド団長にも頼まれたし、兄弟の関係が改善するかは別として、なぜこんなに拗《こじ》れたのかもう少し探れるといいんだが……

その時、会場内にざわめきが広がった。

「チェリフ様！」

「奥方様、ご機嫌麗しゅう」

人だかりができ、挨拶が交わされている。輪の中心にいる人物は、腰までの髪を編み込んでおり、よく手入れされた真っ白な肌が眩しい、線の細い美形の男性だった。金色の髪がヒルダーヌ様を彷《ほう》彿《ふつ》とさせる。

「母上」

ダリウスが呟く。やはり、この二人の母親であるチェリフ様だ。

「ヒルダーヌ、クードラやアズィトは大変だったようだね。ダリウスも久しぶりだ。これまで母に顔も見せなかった親不孝者が、今日は何しに来たのかな？」

キツッ！　初っ端からキツすぎですよ、お母上。笑顔でさらっと刺してきた……

どちらかと言うと儚《はかな》げな美貌だから油断した。これがバルバロイ家に選ばれた人間なんだな。

「申し訳ございません。日々忙しく、ご無沙汰をしておりました」

「うんうん。手紙くらいはおくれよ？　心配していたのだから」

「は、以後気をつけます」

……ん？　言い方はキツイけど、心配していたのか？　この程度スルーできないと、この家では暮らせないってことか。

「それで、この子がお嫁さんかな？」

「は、はじめまして、チェリフ様。恋人としてお付き合いしています。ジュンヤ・ミナトと申します。お目にかかれて光栄です」

『嫁』ではないが否定するのも無粋だし、恋人としてちゃんと挨拶をしなければ。

「付き合っていますが、結婚するかは分かりません。ジュンヤの世界には男以外にオンナがいて、男同士で結婚するのは少数派だったそうです。文化の違いがあり、今は、気持ちを確かめ合っているところです」

「へぇ～。オンナ？　想像がつかないね」

「体型も違い、交玉《こうぎょく》なしで妊娠可能なのだそうです」

「それは興味深い。聞きたい話は他にもたくさんある。是非聞かせておくれ」

椅子に座ろうとするチェリフ様を、ヒルダーヌ様が素早くエスコートしている。

「エリアス殿下はすっかりご立派になられて、幼少時を知る身としては喜ばしいです」

「チェリフ殿と過ごしたこの屋敷での日々は、今も良き経験となっています」

「うんうん、おこがましいことを言うが、私も殿下の母のつもりでいるよ。何か困ったことがあったら、いつでも手を貸しましょう」

さすがダリウスの母！　どんと構えて多少のことではびくともしない強さを感じる。

ヒルダーヌ様とチェリフ様は肉体派じゃなさそうだが身長は高い。体の分厚いダリウスやザンド団長を含め一族全員が並んだら、酸素が薄くなりそうだ。ウォーベルトが言ってたのはこういうことか！

何より、チェリフ様から漂《ただよ》う圧が強い。

「ところで神子《みこ》様。うちの筋肉バカ達が大変なご迷惑をおかけしたそうで、我が家の主人に代わって謝罪いたします。うちの騎士はみんな悪い子ではないけれど、前しか見えない子達が多くてね」

「いえ……敵が悪評をばら撒《ま》いたせいでしょう」

うちの騎士、か。そんな風に家族同然に扱われていたら、主人の愛息子《ダリウス》を心配するのは当然かも。

俺が彼らの立場でも、変な噂のある得体の知れない奴のことは拒絶するだろう。

「私もヒルダーヌも、よく見定めなさいと言ったのだけど……グラントもまだまだ未熟でしたね。でも、こちらでも妙な動きがあったから、ザンドをやる訳にはいかなかったんですよ」

噂をばら撒《ま》いた奴らが領都に潜《もぐ》り込んでいて、警備を手薄にはできなかったんだろう。それは理解できる。

「でも、神子《みこ》様が美しいだけのか弱い男じゃないのが分かったのは収穫ですね。あんなに文句ばかり言っていた騎士達が、今や絶賛。私もあなたの勇姿が見たかったです」

「過分な評価だと存じます」

「ふふふ……」

チェリフ様は笑顔を見せたが、妙に迫力がある。どうしても、何か裏があるのではと勘繰ってしまう。

「ダリウス、あなたは逃げられないよう頑張らなくてはね。こんな素敵な方なら、恋人に立候補する男が引きも切らないでしょう」

「はい……心しておきます」

「ところで、神子《みこ》様はチョスーチの浄化に向かう準備をなさると思うのですが、今は先の通り不穏な状況です。少しばかりこちらに滞在していただき、時期を見定めさせてください。本邸は領主代行のヒルダーヌに任せておりますので、困ったことがあればヒルダーヌに仰せつけください」

「チェリフ様はどこへ？」

「私にも少々仕事がございましてね、別邸に滞在して対応しております。ですがご心配なく、また会いに参ります。近くにいるだけで、何やら癒《いや》される気分ですし。でも……神子《みこ》様は、刺激的な香りをされておられますね」

ウインクをしたチェリフ様は、お先に失礼と言い残し、颯爽と別邸へと帰ってしまった。あの人がいるとこの兄弟の空気が柔らかくなっていたのに！

カムバック、ママ～!!

「母は忙しい人なので、慌ただしくて驚かれたでしょう」

「いいえ、会えて嬉しかったです。ヒルダーヌ様は、お母様によく似ておいでですね」

「そう、ですね。ありがとうございます」

あれ？　反応が微妙だ。

そういえば、ザンド団長とダリウスは容姿も色彩もそっくりだ。父親のファルボド様もそうなら、母親似というのはコンプレックス的な何かを刺激したかもしれない。今後のためにも、後でエルビスに確認しておこう。

「そうだ、私は料理をするのが好きなんです。すぐには浄化に行けないなら、ヒルダーヌ様にも味見してもらいたいです。それと、各地の治療院で奉仕をしてきたので、こちらでも巡回したいのですが、いいでしょうか」

無難な話題に変える。

「そうですか。料理の件は、何かあれば執事のリンドにお申し付けください。奉仕にも感謝いたします。当家の騎士も護衛でお付けします。王都の騎士は休養なさるといい」

「ありがとうございます。よろしくお願いします」

礼を言って場を辞した。ひとまずヒルダーヌ様との会話は切り抜けられたが、ダリウスが傷つく結果になってしまったのが気がかりだ。あれほどダリウスを遠ざけようとするなんて、根が深そうだ。

俺達に用意された席に戻り、その後はゆっくり酒と食事を楽しんだ。この世界の料理も、硬いもの以外は大分慣れた。

「ジュンヤ。今日は、私の部屋に来てくれないか？」

「ティア、それは、その」

そういう意味で呼んでるんだよな？

「嫌か？」

「違うよ！　そうじゃなくて。着いていきなりは……恥ずかしい……」

「なんだ、恥ずかしいことを期待しているのか？」

「なっ⁉　か、からかったな！」

「フフフ……そうでもないぞ。下心ならある」

勝手にエロい妄想をした俺、恥ずかしいじゃないか！　照れ隠しに怒ってみせるが、色っぽく笑うティアにドキリとする。

「ちょっと待て！　俺もいるのを忘れるな」

「ジュンヤ様。私も一緒にいたいです」

「では――私は外します」

意気込むダリウスとエルビスをよそに、一人力なく立ち上がったのはマテリオだった。

話したいのに行っちゃうのかよ！

「ジュンヤ、手を離してくれないか？」

「え？　あ、ごめん」

無意識にマテリオの服を掴んでいたようで、自分でも困惑した。

「あのさ、俺がいない間にどういう話をして、さっきの発表になったのか知りたいんだけど」

「では、後でジュンヤの部屋に全員集まろう。マテリオもだ。いいな？」

ティアがそう提案してくれる。俺とマテリオのこと、三人は激怒すると思っていたので、何がなんだか分からない。

晩餐会《ばんさんかい》は無事終了し、庇護者《ひごしゃ》――恋人達とマテリオが俺の部屋に集まった。

「早速だけど、経緯を教えてくれるか？」

みんなの顔を見ながら口火を切る。マテリオとの関係を明かした時は、あんなに険悪だったのに。

今はなんだか変な雰囲気だ。

「それほど難しい話ではない。三人共、マテリオのことは薄々気がついていたのだ」

「何それ？」

「殿下、私は疑われるようなことは何もしておりません」

否定するマテリオ。確かに恋愛感情を向けられたり、二人きりの時にエッチな雰囲気を醸《かも》したりというのはなかったと思う。だから俺も友人だと思ってた訳でさ。本人だって、極限状態に陥《おちい》って初めて気づいたと言っていた。

「いーや。俺は交玉事件の前から怪しいと思ってたね」

「私は、気づいたのは最近ですが、それまでの薄っすらとした違和感が全部腑《ふ》に落ちました」

本人より周囲のほうが敏感に感じ取っていたってことか。

「でも、マテリオと、その……そういう関係になったこと、みんな怒ってただろ？」

「多少はな。だが一番困惑したのは、二人の香りが違ったからだ。だから……私達の香りも加えていいか？」

香りか。エルビスはマテリオとシた後の俺達を『甘い花の香りで、尚かつ官能的です。エキゾチックで、劣情を湧き上がらせるような香りですね』と言っていた。ダリウスも他の二人との後は

『安らぐ甘い香りだ』と。そんなに違うんだろうか、自分じゃ分からない。

「このままじゃ俺達、眠れそうにないしな」

「少しだけです、ジュンヤ様。お願いです」

真剣な瞳で見つめられ……でも、それって、三人で致すの？

「あの、三人同時はつらいって……」

「マテリオがいればエンドレスでやれるんだろ？」

「ダリウス！」

「冗談だ。キスでいい。再会してからまだ一度もしてないぞ」

そうだね、みんなとしてない。エッチだって、一人一人と向き合って愛し合いたい……

って、うわっ！　何考えてるんだ？　恥ずかしい！

「何エロい顔してるんだ？」

「そんな顔してないって！」

「してる。顔も赤い。セックスする想像したのか？」

「エロ団長め！　あの、さ……ちゃんと、一対一でシたいだけ……」

俯《うつむ》いて白状すると静まり返った。

「ダメだったか……？」

「「とんでもない！」」

一斉に否定の言葉が返ってくる。

「一対一で可愛がられたいのだな？　望み通りじっくり愛してやろう」

「しばらく滞在することになったし、たっぷり可愛がってやるぞ？」

「そのままご一緒に眠っていいですか？」

「いいよ。その、俺もイチャイチャしたい……」

みんなの変なスイッチを入れてしまいました……!!

でも、うん。複数プレイは回避できた。そういえば、マテリオは沈黙している。顔を見ると、目が合ったのに逸らされた。

「みんな、マテリオを虐めたりしてない？」

事情聴取で俺だけが席を外した時、何かされなかったか、ずっと心配していたんだ。

「ジュンヤにとって、マテリオはどういう存在だ？　恋人か？」

俺の問いに答えはなく、ティアがどストレートな質問を投げてきた。

「えっ、それは……」

難しい質問だ。恋人？　友人？　境界線が曖昧《あいまい》だ。でも、相手がマテリオじゃなかったら受け入れなかった。

「友人だと思ってたし、こうなったことを後悔して離れていかれるのは嫌だ。正直、はっきり言えないんだ。曖昧《あいまい》で悪いと思ってるけど」

俺が言うと、ティアがボソリと呟いた。

「ふむ。自覚がないのか」

「ん？　何が？」

「エリアス、あんまり突っ込むな。俺達にはそのほうが好都合だろ？」

ダリウスが割り込んでくる。

「そうです、そのままでいいではないですか」

「エルビスまで……なに？」

よく分からないが、マテリオは友人の中でも特別だし、いなくなってほしくない。それに、あいつになら抱っこされても嫌じゃないし……

「ジュンヤ、これ以上の話は後だ。今は再会のキスがしたい」

ティアが近づいてきたので目を閉じる。ああ、ティアの香水の香りがする。久しぶりだ。

無意識に手が伸びて抱きしめ返していた。座ったままの俺に覆いかぶさるティアの熱い舌が滑り込んでくる。

「ん……」

熱くて甘いティアの舌が俺のに絡んで、夢中でそれに応えた。甘い……

「あ……」

堪能していたいのに、ティアが体を引いて俺から離れてしまう。

「もっと……」

追い縋《すが》ると再びキスしてくれて、何度も舌を擦《こす》り合わせた。名残惜しいのに、また離れてしまう。

「なんで？」

「皆、待ち遠しいんだ。次はダリウスにしてもらえ」

ダリウスがティアと入れ替わり、分厚い舌が俺の舌を搦《から》め捕る。

「ふっ……んんっ！　ふっ……あっ、触っちゃだめ！」

キスに夢中になっていると服の下に手が滑り込んで、乳首を摘《つま》まれてしまった。

『ここじゃ……やだよ。二人の時、シて……？』

耳元で囁《ささや》くと、ダリウスの肩がビクッと震えてまたキスが降ってくる。

「んん……んくっ……ん……」

流し込まれた甘い唾液を飲み込むと、体の奥がジンジンした。

「はぁ……この小悪魔め。後でたっぷり啼《な》かせるからな？」

「うん」

ダリウスが引くと今度はエルビスだ。

「今は、恋人の時間ですよね？」

「俺はいつだって恋人のつもりだよ？」

「ジュンヤ様っ」

「んんっ！　ん、ふっ……うぅん。はぁ……心配させてごめん」

「やっと……キスできました。本当に、無事で良かった」

エルビスが落ち着くまで頭を撫でてやる。三人が冷静さを取り戻したところで、ティアがマテリオを呼んだ。

「さて、マテリオよ。この中に加わった証明をするのだ」

「証明とは、どのようなことでしょう」

「そなたもジュンヤに口づけを。我々に、お前もまた真の庇護者《ひごしゃ》だと証明してほしい」

みんなが見ているのにマテリオとキスだって？

「しかし、こんな、人前で」

うん。マテリオは人前でできるタイプじゃないと思う。困惑するのは当然だろう。

「ティア……おれ……もう、変になってるから、同じだと思うよ？」

三人とキスしたから、とっくにエッチな気分になっている。

「認めはしたが、確認したい」

「お二方も同意見ですか？　その……そのような行為はいかがなものかと思いますが」

マテリオは珍しく動揺している。だが、ダリウスとエルビスもティアに同意し頷いた。

「おれも……はずかしい……」

「なんだよ、俺達とするのを見られるのは平気だろ？」

「なんか、マテリオは……恥ずかしいんだよ」

「ぐぅっ！　可愛くて腹立つ！　マテリオ、一発殴らせろっ！」

「ああ……ジュンヤ様、なぜそんなに可愛いのですか？」

「伴侶とするのは阻止すべきだったか……？　判断ミスか……？」

まともなのはマテリオだけ？　みんな変だが、俺はもっとおかしい。早くキスの続きをしてほしいのに。

「ティア、早くキスしたい……」

「マテリオとしてからだ。その後は……今夜は私と閨《ねや》を共にしよう。嫌か？」

「いやじゃない。わかった……マテリオ、キスしよ？」

あれが最後じゃないよ……

俺が手を伸ばして手招きすると、マテリオはフラフラと近寄ってきた。

「良いのだろうか。もう、二度と触れないと覚悟を決めたのに」

「いいんだってさ。おれも、キスしていいよ」

迫るルビー色の瞳に吸い込まれそうだった。その首に手を回して引き寄せ、唇を触れ合わせる。

それだけで、あの不思議な力がお互いの間に流れ始め、ザワザワと蠢《うごめ》いた。

「ん、んくっ……んん、はぁ、んん……」

流れてくる……俺の力とマテリオの力が混ざって、また戻ってくる。もっと、もっと……もう一度、マテリオの熱い肌に触れたい……

「「そこまで！」」

気がつけば、マテリオに縋《すが》りつくように自分の体を擦《こす》りつけていた。

肩を後ろに引かれ、俺達は突然引き剥《は》がされる。

「なに……？」

「はぁ、はぁ……わ、私は、こんなつもりでは」

意識がはっきりすると、マテリオのシャツがはだけ、俺の服も乱れていた。それ、俺がやったのか？　少し意識が飛んでいたけど、俺達何をしたんだ〜⁉

「そういうことかよ！」

「私達は大変な男を受け入れてしまったようだな」

「ジュンヤ様がとってもエッチに……！」

よく分からないが、俺達はこの短時間に我を忘れて求め合っていたらしいです。なんてこった！

「ジュンヤ。確かにマテリオは庇護者《ひごしゃ》で間違いない。ジュンヤの心が受け入れているのも確かめた。だが、私達の想いもしっかり受け止めてもらうぞ？」

「は、はい……」

全力で三人のご機嫌を取ることが確定した。お手柔らかにお願いします……

ティアを残してみんなが出ていく。二人きりになり、ティアの膝の上に向かい合う形で座った。たまにはこうやって甘えると喜ぶと思ったからだ。

「マテリオを認めたこと、後悔してるのか？」

「正直、少し後悔している。あんな可愛い顔をマテリオに見せて……！　本当は独り占めしてしまいたいのに」

ギュッと抱きしめられ、ディープキスで舌を搦《から》め捕られる。

「ごめんな。俺、どんどんいやらしくなって怖いよ。……今も、すごく、シたい。ティアに抱かれて、一緒にいるんだって感じたい」

「アユムから、ジュンヤは愛されるほど神力が強まると聞いた。だから、愛されて乱れるのは良いことなのだ」

「良いこと……？」

触れられるだけでゾクゾクしてしまうのも、キスだけで抱かれたくなるのも、神子《みこ》の力のせい？

「ああ。私達の絆が深くなるほど、快楽は大きくなる。乱れるのは愛し合っているからで、決して恥ずかしいことではない」

愛し合っているから。こんなにも求めてしまうのは、俺達の絆の証。俺がいやらしくても、乱れても、みんなは受け止めてくれる。

「クードラでティアが襲われたって聞いた時、すごく怖かった。その後もまたはぐれて不安だった……。今こうしているのが現実だって感じたいから、抱いてほしい」

「良いのか？」

「うん。心配させた罰を受けてもいいよ。縛《しば》る？　俺を縛《しば》っていいのは、ティアだけだから、お仕置きしてもいいよ」

「――――っ」

ティアは俺をガバッと抱き上げ、ベッドになだれ込んだ。

「ん、ん、んぅ」

「そんな風に可愛く誘われたら、期待に応えねばな」

執拗《しつよう》に口内を蹂躙《じゅうりん》するティアの舌が愛おしくて仕方がない。

「ティア、もっと」

「ふふ……いやらしくて可愛い。もっと欲しいんだろう？」

「うん……ナカにも、きて。今日は縛《しば》らないのか？」

「必要ない」

ティアは荒々しく俺の服を脱がせにかかった。俺も待てずにティアのボタンを慌ただしく外し、脱がした服を放り投げる。その間もキスを繰り返し、荒い吐息が混ざり合った。心配させてしまった。だから、俺を好きにして。

全てを剥《は》ぎ取ってピッタリと体を重ねてキスしながら、互いの体を弄《まさぐ》り合う。滑らかで薄っすらと汗の滲《にじ》む肌が、手のひらに吸いつくようだった。

このまま一つに溶けてしまいたい……。

激しいキスで息も絶え絶えの俺を宥《なだ》めるように、ティアは首筋から順に舐《な》め甘噛みを始めた。時折吸いながら舌と唇で愛撫され、気持ち良さに吐息が漏れる。

「ぁん……ティア、俺もシたい。ティアに触りたい」

「嬉しいが、今はジュンヤを味わいたい。どこもかしこも果実のように美味だからな。食べてもいいか？」

そう尋ねながらも愛撫する手は止まらず、ゾクゾクと快感の波に襲われる。

「あ、ぁ。たべて、いい。ティア、あ……」

「では、遠慮なくいただこう」

「あんっ！　いきなり！　ひぁっ」

突然乳首に吸いつき、甘噛みしながら反対側の乳首もクリクリと転がされた。

「ふぁ、あ、あっ、あぁ」

きもちいぃ……もっと舐《な》めて、噛んで……

あまりの気持ち良さに、胸をティアに押しつけてしまう。

「乳首を舐《な》められるのが好きか？」

「すきぃ、ぁん……あ、早く、ナカにきて」

「随分せっかちだな。もう交玉を挿《い》れていいのか？」

「うん……」

めちゃくちゃいやらしく誘っている自覚はある。でも止められない……はやく、奥まできてほしい。繋がって、もっと直接ティアを感じたいんだ。

棚から香油と交玉を取り出すティアを見つめながら、ゆっくりと脚を開く。恥ずかしいけど、俺も求めてるって伝えたかった。

ティアが唾を呑み込む音がした。俺を見下ろす金の瞳が欲望に支配されているのが分かる。

嬉しい……。どんなにいやらしくなっても見捨てられたりしないんだ。

香油を纏《まと》った指が中に埋め込まれる。ユーフォーンに着くまでにマテリオに散々に拓かれたそこは、簡単に交玉を呑み込んだ。むしろティアの指を喜んで受け入れている。もっと深くに来てと伝えたくて、腰を揺らした。

「あぁん、ん、はぁ」

「随分と柔らかいな。こんなに嬉しそうに吸いついて腰が揺れているなんて、マテリオにどれほど抱かれたんだ？」

「あ、あぅ……んん……そんなこと、言っちゃ、やぁ、あっ、あぁ」

「ここに、何度注がれた？」

「ぁん……やだ」

回数なんて分からない。だって、何度も何度も……いや、馬車で隠れて移動する間はずっとマテリオがナカにいて、隅々まで愛撫され続けていたなんて、言えない。

「言うんだ。教えてくれ。どんな風に抱かれた？」

「そんなこと、言えない！　あっ、や、そこ、もっと……擦《こす》って。お願いだから」

良いところに触れたのに、わざと違う場所にずらして刺激される。

「ちゃんと教えくれたらシてやろう」

「うう……意地悪。……ずっと、シてただけ」

「どんな風に？」

続けろとばかりに内壁を擦《こす》られた。

「あぁっ、ん……後ろから、何度も、イきっぱなしで、突かれてた」

「ほう。あれも存外情熱的だな。では、溢れるほど注がれたんだな？」

「……ん、いっぱい中出しされた……。ティア、もう焦らさないでくれよぉ」

精一杯手を伸ばし、縋《すが》りついて引き寄せる。

「キスして、んっ、んんっ、はぁ……お願い……めちゃくちゃにして。ゆるして……」

「ああ、私もジュンヤを味わいたい。自分で膝を抱えるんだ」

自ら曝《さら》け出すように指示されて従うと、恥ずかしいところが丸見えだ。顔が熱い。

「目を閉じるなよ？」

腰の下にクッションを入れて固定されたせいで、交玉から溢れた潤滑油と香油でグショグショになった俺の陰茎がピクピクと震えているのがよく見える。あまりにいやらしい光景に、思わず目を背けた。

「だめだ。私達が一つになる瞬間を見ろ」

「はい……」

俺はティアに命令されるのが好きだ。この男になら支配されたいと思っている。切なく疼《うず》く場所に、ティアの熱く滾《たぎ》ったモノがグッと押し付けられた。

「うう、はぁ」

待ち望んでいたものが挿入されると、自然と声が漏れてしまう。

「ティアのおっきいの、イイ……」

「しばらく私が愛さないうちにこんなになって。さすがに妬《や》けるな」

「ごめん……」

「気にするな。他の者達を上回るよう可愛がるだけだ。こうして、な」

「あぁう！　あ、あ」

ズンッと奥まで突かれ、たまらず声が出てしまう。

最初は小刻みな抽送《ちゅうそう》だったが、すぐに大きなグラインドで責められた。ティアの獰猛《どうもう》な亀頭で隘《あい》路《ろ》をこじ開けられ、内壁が熱く痺《しび》れるようだ。

「くっ、うぅ。そんなに締めつけて、これが好きか？」

「はぁ、はぁ……すき……。大丈夫だから、もっと、めちゃくちゃに動いて」

ティアの動きに合わせて腰を揺らし、もっと奥まで挿入《はい》るよう抱えた脚をぐっと引き寄せる。俺のナカを蹂躙《じゅうりん》するティアが出入りする度、ぬらぬらと濡れていやらしい。

「ティアも、きもちいい？」

「ああ……お前のナカは、熱くて、蕩《とろ》けそうだ」

額に汗を浮かべているティアが髪を掻き上げた。些細な仕草がセクシーで胸がときめく。もっと気持ち良くなってほしい。

激しく肌がぶつかり合い、水音がいやらしく響く。

「ティア、あうっ！　縛《しば》っても、いいよ。あっ、ぁん」

「引け目なら、感じなくて、いい」

「そんな、じゃ……はぁ……っそれ、だめぇ」

入り口から最奥の窄《すぼ》まりまで何度も行き来して抉《えぐ》られると、ビリビリとした快感が走った。

「ダメじゃないだろう？　こんなに蕩《とろ》けた顔をして」

見逃さないぞとばかりに、至近距離でティアが俺の顔を見つめている。

「イッちゃう、から、待って……ゆっくり、シて」

「くっ……締めすぎだ。搾《しぼ》り取る気か？　やめないから我慢せずにイけ」

「一緒がいい。いっしょに、イこ？」

「また可愛いことを言う。ああ、一緒にイこう。どこに出してほしい？」

「ひぁうっ」

ナカをグルリと掻き回され、ビクビクと体が跳ねた。

「奥……奥に来てぇ……」

最奥の更に奥を獰猛《どうもう》なカリ首が拓き、深々と串刺しにされた。ナカにティアの力が流れてくる。マテリオとはまた違う、擦《こす》れ合う部分からじんわりと伝わる、熱く優しい力だ。

「あっ、あー、はぁぁ……ぅうん」

体がビクンビクンと痙攣《けいれん》し、無我夢中でティアに縋《すが》りつく。ナカに熱い迸《ほとばし》りを注がれ、快感に震えた。

ティアの、熱いの、きた……

「はぁっ、はぁっ、ジュンヤ、綺麗だ。私の、ものだ」

「おれは、ティアの、だよ。あぁ、熱いのイイ……」

注がれた精液から、ティアの力が体の隅々に染み渡っていくのを感じる。行為を繰り返すうちに理解できるようになった。

「いやらしい顔だ。そんなに、精液を注がれるのが好きか？」

「あぅ……ん……すき……もっと」

「次は後ろからだ。マテリオと同じ体位で抱いてやろう」

ズルンと抜かれて、ナカが寂しくて震える。

「ぬいちゃ、やだ」

「ふふ。淫《みだ》らな神子《みこ》は可愛らしい。愛しているぞ」

「ティア、おれも、シてあげたい……」

「何をだ？」

「王子様に乗ってもいい？」

見上げるティアの瞳がギラリと光った。次の瞬間には体勢が入れ替わり、ティアの膝に跨《また》がって見下ろしている。艶を持った金髪がジュエリーみたいにティアを飾って、とても綺麗だ。だが、陶器のような肌の中心には凶暴な屹立《きつりつ》が聳えている。

「これがさっきまで挿入《はい》ってた……」

そっと握ると、ピクリと震えて、先端から透明な雫《しずく》が溢れた。

「もったいない……」

キスして舌で掬《すく》い取る。舐《な》めるだけのつもりだったが、ティアを感じたくて口に含んだ。口蓋《こうがい》に先端を押しつけながら頭を上下すると、気持ち良さそうな吐息が耳に届く。

「ジュンヤ、それはしなくて、いいんだ……」

頭に手が乗せられ退かされそうになる。が、したくてやっているんだという証に、肉茎に舌を絡ませて愛撫した。わざと音を立ててしゃぶると、俺自身の興奮も高まっていく。

「うう……はぁ、ジュンヤ、早く、お前のナカに挿入《はい》りたい」

「もっとしたかったけど、俺も我慢できないや」

ティアの上で膝立ちになり、上向いた陰茎に手を添える。ゆっくり腰を下ろすが、気が急いているせいか、なかなかすんなり挿入《はい》らない。

「あれ、なんで……っ」

「ジュンヤ、無理しなくてもいいぞ」

「やだ。シてあげたい」

多分、イったせいで無意識に力が入ってるんだ……

呼吸を整え、息を吐きながら改めて腰を下ろしていく。すると、ようやく欲しかったものが挿《は》入《い》ってきた。

「ん、ふぅ……んん、はぁ、もう、少し」

ティアの腿《もも》に尻が密着し、全部が収まった。あまりの気持ち良さに我慢できず腰を揺らすと、ティアが楽しそうに笑う。

「いい眺めだ」

「ふふ。王子様は寝ていいよ」

お詫《わ》びのご奉仕タイムだ。ティアの胸に手をつき、ゆっくりと腰を上下させる。

「くっ……」

感じているのか、ティアは目を閉じて声を殺している。俺にリードされるなんて思ってもいなかっただろう。

締めつけながら腰を揺らすと、ティアが俺の腰に手を添え、リズムに合わせて突き上げてくる。

「はぁ、はぁ、ん、これ、好き?」

「ああ、イイ……」

いつも翻弄《ほんろう》されてしまうから、じっくりと時間をかけて繋がっていると、愛しさが増す気がした。

ティアの右手が俺の陰茎に触れ、ゆるゆると上下する。そんなことされたら、ゆっくりなんて無理なんだけど!

「それ、ダメ、ゆっくりしたい、んんぁ!」

強い突き上げに言葉が続かない。

「まっ、て……できな、く、ぅ」

必死に訴えると、閉じていたティアの目が開いて不敵に笑った。左手が俺の乳首をキュッと摘《つま》み刺激する。三ケ所同時に責められ、動けなくなってしまった。

「あ、はぅ、や、俺が、シたい、のにぃ」

「お返しだ。されっぱなしでは、悔しいからな」

「あっ、はっ、はぁ、あ、あ」

ガツガツと突き上げられ、もう何も考えられない。

「ん、あぁ、や、イ、ちゃ……う。やめ、て」

「イけば良い」

「や、いっしょ、いっしょが、いい……あぅ！」

ティアが腹筋だけで起き上がり、俺を抱きしめた。繋がったところから衝撃が響く。

「私の首に手を回せ」

言われた通りに手を回し、ティアの鎖骨にキスした。自重でつながりが深くなる。

「深い、よぉ……」

宥《なだ》めるように唇にキスして、ティアが突き上げを再開する。どこもかしこも触れ合っていて熱く、気持ちいい。

「ひぅ……あぁあ……ん、ん〜〜っ」

達してガクガクと痙攣《けいれん》する粘膜にティアの熱い精液を注がれ、快感と甘い力に溺《おぼ》れそうだ。

「あいしてる……」

「私も愛している。今日はここで眠っていいか？」

「ん。いっしょに、いたい」

あらゆる液でドロドロのまま抱きしめ合い、キスを繰り返す。

「ティア」

「なんだ？」

「おれ……守るから。負けないよ」

「……ああ。共に、戦ってくれ」

「ん」

優しいキス。愛している、好き……そんな言葉では表せない、かけがえのない人。

「ジュンヤ、もう一度、いいか？」

「嘘……まだ、足りない？」

ティアが俺の手を導いたソコは、早くも再々戦を望んでいた。

「うう、回復早いよ」

「今度は私が後ろから愛したい」

顔がカッと熱くなる。

「うん……」

「ふふ……淫《みだ》らなジュンヤもいいが、恥じらう姿も愛おしいな。ジュンヤ、私を欲してくれ」

「ティアが満足するまで、シて……」

言葉にしたらすごく恥ずかしくなって、ティアの胸に顔を埋めた。

「私はこれまで酷《ひど》い抱き方もしたのに、なぜ許してくれるんだ？」

確かに、お仕置きされたり縛《しば》られたりしたけど。

「みんなのために自分自身を犠牲にしてるから。俺には我儘《わがまま》を言って良いんだよ？」

目を閉じて唇を求め、情熱的なキスと愛撫に身を任せる。快楽に堕《お》とされ、淫《みだ》らな夜は過ぎていった。

目が覚めると、隣でティアが眠っていた。いつも先に起きているのに珍しい。じっくりと芸術品みたいな美貌を観察する。金色の睫毛《まつげ》は昨夜より光を放っているように見える。思えば、最初からこのキラキラに搦《から》め捕られていた気がする。ジッと見つめていると、瞼《まぶた》が開いて金色の瞳と目が合った。

「おはよ」

「おはよう……」

俺をグッと引き寄せ、ピッタリと肌がくっつく。

「ティア、待って！　俺、その。ドロドロだから……汚いよ？」

そう。グチャグチャのドロドロになるまで愛し合って、完全に力尽きた俺達はそのまま寝てしまっていた。だから、どちらのものか分からない色々なものがあちこちにこびりついている。

「汚くなんかない。愛し合った証だ。ふぅ……ジュンヤ、もう少しこうしていたい……」

「そっか……俺も」

キスして体を弄《まさぐ》り合いながら、昨夜の延長のイチャイチャを楽しむ。俺の奥にはまだティアが注ぎ込んだものが残っていて、甘い疼《うず》きと力の循環を味わっていた。

「そういえば、クードラで一度襲われたんだよな？　怪我はなかった？」

「ああ。護衛がいたので私は無事だった。だが、ジュンヤを置いて逃げろと言われ……離れざるを得なくなった。ギリギリまで合流することを検討したのだが、すまなかった」

視察先での襲撃の件がずっと気になっていた。いつも冷静なティアが怒鳴っていたという報告があったし、かなり危険な状況だったはずだ。だけど、それ以上のことを説明してくれない。

「ああ、昨夜、ナカから出すのを忘れてしまった。出してやらないと」

「えっ？　ああ、だめ。まだしなくていいよぉ」

誤魔化すように話題を変えた上、体を起こそうとするティアを慌てて止める。

「体内に残しておくと体調を崩すと聞いた。そんな状態にさせたくない」

「ん……それ、根拠はないけど、無理に出さなくても大丈夫な気がするんだ」

「どういう意味だ？」

ティアが心配そうに見つめてくる。神子《みこ》は精液から力をもらえるから、具合は悪くならないと思う……なんて、恥ずかしい理由を言えるか？　でも、多分これは言わなきゃ納得してもらえない奴だ。

「だって……ナカにあるのが、まだ力をくれてる。これまでも腹痛は起きなかったし、むしろ出さないほうが調子良いんだと思う……」

「そうなのか？　では、もう一度抱いてもいいか？」

え、そっちに持っていく？

「あっ、エッチな触り方、だめ！　今日も仕事があるんじゃないのか？」

「ある。あるが……たまにはサボってもいいと思わないか？」

「そうだけど、今日はまずくない？　まだディックのことも片付いてないし、バタバタするだろ。

今度ゆっくりイチャイチャしよう？　……あっ⁉」

　グルンと視界が回り、のしかかってきたティアに口内を散々に舐《な》められ、唾液を流し込まれる。

　これ、なし崩し的に致してしまう流れだ。

「んん……だめ、だ」

　コンコンッ。

　その時、外から扉がノックされた。気づいているだろうに、ティアは無視している。

　コンコンッ……コンコンッ！

　だが、相手もめげずにノックを続ける。さすがにまずいよな。少し強めにティアの胸元を叩いた。

「む……時間切れか。あれは多分ソウガだ。ジュンヤを湯に入れてやるつもりだったのに」

「俺は後でいいから、ティアもここで湯浴みしてから行ったら？」

「確かにこれでは行けないな」

　ティアが改めて自分達の姿を確認し、苦笑する。

「このままのジュンヤも部屋から出したくない。こんな官能的で美しい姿、誰にも見せたくない」

　コンコンッ！

「殿下、ソウガでございます。恐れながら、ヒルダーヌ様、ザンド様との会談の時間が迫っております」

　扉の外から遠慮がちに声をかけてきたのは、やはりソウガさんだった。これだけ無視されてもノックをやめずに声もかけてくるんだから、本気の限界なんだろう。俺の王子様はたくさんの人に必要とされているから、仕方ない。

「仕事頑張って。俺は動けないけど、ティアは大丈夫か？」

「ふふっ……ジュンヤが乗って動いてくれたから大丈夫だ。また是非頼む。いつでも歓迎だ」

コンコンッ！

「殿下、どうかお返事をくださいませ」

甘い時間は、もう終わりだ。

「……ふぅ。ソウガ、起きている。こちらで身支度するが、準備はできているか？」

「はい。いつでもどうぞ」

「ジュンヤも綺麗にしてやりたいが」

「大丈夫だって。自分で拭くから」

エルビスを呼ぶと言うティアを止める。

「自分がエルビスなら、こんな俺を見たい？」

「ふむ……そうだな。では、ノーマとヴァインならどうだ？　一人で湯に入るのは無理だろう？」

「うん、そうしようかな。二人には悪いけど」

「それが彼らの仕事だ」

コンコン！

俺は上掛けで体を隠した。それを見て、ティアが扉のほうに顔を向ける。

「ソウガ、入っていいぞ」

ソウガさんが入室し、俺から顔を背けてティアの体を拭き始める。本当は数人がかりでやるそうだが、今日は俺がいるからソウガさん一人みたいだ。

「ジュンヤ。今日は無理をするなよ」

「ん。いってらっしゃい」

準備を整えて名残惜しそうに去っていく背中を見送り、自分の惨状を確認すると、顔に熱が集まる。今までは抱かれて翻弄《ほんろう》されるばかりだったけど、昨夜は自分から乗っかって腰を振りまくってしまった……！

だってさ、ティアが襲われて……最悪の事態だって起きていたかもしれない。そう思ったら、どうにも我慢できなくて、されるだけじゃなく、俺からもシたいんだって分かってもらいたくなった。それにしても、相当がっついちゃったな。

マテリオとシまくった余韻が続いていて……あの時間が終わったことが寂しくて、ずっと体が疼《うず》いていた。でも、マテリオは馬車を出たらもう俺に触らないって言ってたな。ティアに命じられてキスこそしたけど……もう、二度とマテリオの意思では触れてこない？　本当に？

いやいや、落ち着け俺。なぜ急にこんなこと考えているんだ？　ティアとのエッチは今までで一番優しくて激しくて気持ち良かったし、この後はダリウスとエルビスもエッチで癒《いや》してあげなきゃいけない。三人の相手でいっぱいいっぱいだろ？

このローテーションにマテリオが入るのか？　四人でされても、マテリオの治癒効果で俺もバテなくなって、終わりがないじゃないかっ！　こわっ！

いや、でも……そうなると、全員が満足するまで抱かせてあげられる？

おいおい、何が抱かせてあげられるだよ。湊潤也、しっかりしろっ！　そりゃあみんなとのエッチは気持ち良くて好きだけど……いや、むしろ、エッチは好き、かも。ずっとしていたいとさえ思う。なんていやらしい体になっちゃったんだ！

その時、またノックが響いた。

「ジュンヤ様、ノーマとヴァインです。湯の準備ができました。入ってもよろしいですか？」

「いいよ」

あちこちドロドロで恥ずかしいけど仕方ない。

「二人とも、何も言わないで……」

「もちろんです」

「私が浴場までお抱きしてもよろしいですか？」

頷くと、ヴァインが新しい布で俺の体を包んで抱き上げてくれる……のだが、中からドロリとしたものが溢れてきた。

「ヴァイン！　下ろして！　ちょっと、マズいっ」

「浴場のほうが色々楽ですよ。大丈夫ですから」

「ううぅ」

いっそ黙っていたほうが良かったかも。でも、包まれた布にも垂れて濡れているし、どちらにせよバレたな……

素早く移動した二人が俺を寝椅子に下ろしてくれて、布に包んだまま湯をかけてくれた。なんという気遣い！

「ジュンヤ様、失礼ですが一度こちらをお取りしますね」

「うん」

巻きつけていた布を外して上にかぶせるようにかけ直し、石鹸《せっけん》で洗い始める二人。

「あのさ、教えてほしいんだ。みんなと離れ離れになってからのエルビス、どうしてた？　俺が怪我したと思って、パニックを起こしたって聞いたよ」

「はい……現場の血がどちらのものかは分かりませんでしたが、大怪我なのは確かでしたから。もしもマテリオ殿なら、ジュンヤ様を守れる状態ではないだろうと仰ってました」

「私、もっ！　しんぱ、い、しましたっ！　うっ、ひぐっ、グスッ……」

「ノーマ。務めの最中に泣くな」

「でも、ひっ……うぅ……ごめ……っ、すみ、ません……」

ノーマの頭を撫でる。ヴァインも歯を食いしばっていて、つらい思いをさせてしまったと胸が痛んだ。

「ごめん、二人にも心配かけた」

「ジュンヤ様は悪くありません！　あの無礼な騎士が裏切るからですっ！　早く捕まって断罪されればいいのに」

「ザンド様は、全部まとめて釣るつもりみたいだ。上手くいくといいな」

かなり泣かせてしまったらしいエルビスと侍従達。そして、ダリウス。団長としての威厳を保つためか、感情を抑えていたみたいだった。それに、ここは強さを求められる自分の領地。弱みなんか見せられないんだろう。

入浴も済んで着替えをさせてもらい、部屋に一人。ベッドで休みながらストレッチをしてみる。いつもながらあそこは痛くはないけど、何かが挟まっている感は抜けない。俺のあそこ、緩くなってないだろうか。だって……あんな極太なブツを何度も挿《い》れられて、不安にもなる。

そもそも、全員巨根ってどうなの？　どうなってんだよ、ＢＬゲームさんよぉ！

……そういえば、エルビスが来ないな。ノーマとヴァインが下がったらすぐ会いに来ると思ったのに。ベッドサイドのベルを鳴らすと、再びヴァインが来てくれた。

「エルビスはどこにいる？　やっぱり怒ってるのかな」

「違います！　聞き取り調査で呼ばれているんです。殿下とダリウス様、マテリオ神官もです。終わったら戻られますよ」

「そうか。俺の聞き取りは良かったのかなぁ」

「後でも大丈夫でしょう。服装や言語の特徴など、詳細な点も調べているようです」

なるほど、方言みたいなものか。隠しきれない癖がどこかに垣間見えるんだろう。巡行に同行して食事の世話をしてくれているハンスさんも無事らしく、この屋敷の料理人と積極的に交流していると聞いて安心した。

「我儘《わがまま》言って悪いけど、おなかが空いたんだ。何かもらえるかな。でさ、良かったらエルビスと食べたいって伝えてくれないか？」

まだあまり話せていないエルビスとダリウスとは、なるべく早く会って話したい。

コンコン……

しばらくして、寝室の扉が控えめにノックされた。

「ジュンヤ様」

「エルビス、大丈夫だから入って」

昨日、ここに到着してすぐは俺が一方的に話してしまったから、今度こそちゃんと話したい。

「食事は二人きりでしたいんだ。いい？」

「はい。嬉しいです」

「こっち来て」

離れたところにいるから抱きしめられない。手を伸ばして呼ぶと、やっと来てくれた。

「エルビス、昨日はごめん。俺、エルビスの気持ちを考えてなかった。許してくれるか？」

「そんな……！　恐ろしい思いをしたんですから当然ですよ。私こそ、あの時置いていってしまい……お許しを……何度悔やんでも悔やみきれません！」

「あの時、エルビスがみんなを呼んでくれたからまた会えたんだと思うよ。あのさ、俺、エルビスとキスしたいな……」

あざといと思ったけど、目を閉じて顎《あご》を上げる。ゆっくりとエルビスの唇が触れ、しっかりと抱き合った。

嬉しい。今エルビスは侍従じゃない、俺の恋人だ。

何度も繰り返し舌を絡める。悪戯心《いたずらごころ》が湧いて、抱きついたまま背中からベッドに倒れると、逃げられないエルビスが俺に覆いかぶさる形になる。

「ジュンヤ様……」

優しいキスが荒々しいものになって、やっと恋人モードになってくれた。お風呂に入って体はリセットされたけど、こうなるとまたエッチな気分になってしまう。無意識のうちに脚を開いて、エルビスの腰に回していた。

「っふ……はぁ……ジュンヤ、様……今は」

「だめ？」

「で、殿下との、後で、お体が」

「でも、エルビスとシたい」

「……そんなに可愛く言うなんて反則です。でも、お食事をしないとジュンヤ様のお体が保《も》ちません！」

「えー？　じゃあ、ちゃんと食べたら、イイ？」

あざとく首を傾げると、エルビスがベッドに倒れ込んで頭を抱えた。

「ああ！　侍従の性質が恨めしい！」

あ、このセリフは我慢する気だ。残念。

がっかりしていたら、今度はガバッと体を起こし、俺を抱き上げて椅子に移動させる。

「ジュンヤ様、しっかり食べましょう。後で時間をくださいっ！」

「うん」

我慢強すぎる侍従さんの限界はなかなか超えられない。それでも、食べさせ合って少しだけイチャイチャできた。いつもより何倍も甘い時間をエルビスと過ごして、もう一度キスをした。

『エルビス、早くエッチしような？』

耳元で囁《ささや》いた時のエルビスの顔が可愛くて、そっと頬にキスをする。

エルビスとのイチャイチャを楽しんだ後で、最後の試練――ダリウスに会わねば。だいぶ拗《す》ねていたし、帰省のストレスも溜まっていそうで、何をおねだりされるのかちょっと怖い。まぁ、甘やかすつもりだしドンと来やがれ！

すぐに会いに行きたいが、この家はとても広いらしい。自分でまともに歩けない状態では、向こうから会いに来てくれないと難しい。

「俺さ、みんなに心配かけたからお詫《わ》びをしたいんだ。エルビスも考えておいて？　なんでもいいよ？　エッチなのでも、なんでも大丈夫」

「それは……正直に言うと嬉しいですが、ダリウスにもそう言うおつもりですか？」

「うん。ティアとはもうシちゃったし……考えておいて？」

真っ赤になりつつ全力で頷くエルビス。正直でよろしい！

「それとさ、ダリウスはどこ？　話したいんだけど」

「敷地内にも騎士宿舎があるので、昨夜はそちらで寝たらしいです。今も鍛錬《たんれん》場にいると思います。

要するに、逃げてるんです」

「え、ザンド団長と会ったところ以外にも騎士棟があるのか？」

エルビスによると、宿舎は屋敷の当番騎士が宿泊できる施設で、鍛錬《たんれん》場も完備だとか。随行の騎士達もそこに泊まっているという。で、彼らと一緒に、本家の次男坊も宿舎に入り浸っている、と。

「根深いな……」

昨日の様子で、兄弟の関係は想像以上に拗《こじ》れているようだと知った。でも、ダリウスはやはり仲直りしたいと思っているみたいだった。頑張って話しかけていたし……

「確認だけど、俺は外出禁止？」

「敷地内は安全ですから特に指示されていません。不届き者が邸宅内に侵入するのは難しいですし、よしんば成功しても、生きては出られないでしょう。街を散策される場合は護衛を付けます」

さらっと怖いことを……。まぁ、策も講じてあるんだろう。

「そうか。浄化も先送りなら街の様子を見たいな。ノルヴァンさんにお礼もしたい」

「礼は殿下からも改めてされるそうですが、連絡しておきますね。敷地内にはガゼボがいくつもありますので、気に入った場所でお茶など楽しまれては？」

「いいね！　今日は大人しくしとくから、明日天気が良ければやろう。準備を頼めるか？」

エルビスが請け負ってくれたので、先に片付けるべき問題に思考を巡らす。

ヒルダーヌ様ともっと話したい。夕食を一緒にと誘われたそうなので、食事しながら二人の関係を探ろうと思った。

「明日は鍛錬場《たんれん》にも行きたいな。俺も少し鍛《きた》えたい。襲撃の時、体が鈍《なま》って走れなかったのがショックでさ」

エルビスは鍛錬場《たんれん》と聞いて眉を顰《ひそ》めた。

「あそこは脳筋の集まりですよ？　それに、グラント達と出くわすかもしれません」

「彼はもう大丈夫だと思うよ。でも一応、ラドクルトとウォーベルトに護衛を頼もうかな」

「先触れをしてからにしましょう」

「分かった。あ、お茶会は神兵さんも、助けてもらったし誘いたい。マジックバッグのクッキーや飴《あめ》は残ってるか？」

「はい。ご用意しておきます。でも、今日騎士宿舎に行くのはダメですよ」

香り問題もあるので騎士宿舎は明日以降とお達しが出た。それと、自分で歩けるようになること。確かにその通りだ。まぁ、原因はエッチのしすぎなんですけどね。

その後しばらくダリウスを待ってみたが、来なかった。やはり屋敷内を避けているみたいだ。まだ動き回るのは難しいので、明日の手配やらで部屋を出るエルビスにマテリオを呼んでもらう。聞きたいことがあるんだ。

「私に話とはなんだ？」

「ティアが最初に襲われて別行動になった時、マテリオもティアといただろう？　何があったんだ？　その時のこと、ティアは詳しく教えてくれないんだ」

過ぎたことだから、無駄に心配させないようにという配慮かもしれない。でも、隙のある行動をしないためにも知りたかった。

「あまりいい気分にはならないぞ」

覚悟をしていると言うと、マテリオは躊躇《ためら》いがちに口を開いた。

side マテリオ

ジュンヤに呼び出され部屋に入ると、珍しく他の伴侶の方達はいなかった。正直なところ、誰かがいてくれたほうが助かるのだが。私は話が苦手だし、何より自制が利くか不安がある。

だが、用件はエリアス殿下が襲われた時の状況を知りたいということで、安心したような、何か残念な気持ちにもなった。

「ジュンヤが目覚めた後、殿下は私とマナ神官に同行を命じられた」

あまりにも予期せぬ出来事の連続で、正確に語れるか自信がない。だが、真剣な目でこちらを見るジュンヤの期待に応えるべく、私はゆっくりと記憶を呼び起こした。

――あの日、ジュンヤが浄化した患者達の経過を見るために、殿下はクードラの街や治療院の視察に出た。護衛はグラント殿が率いるユーフォーンの騎士だ。彼らはまだジュンヤへの不信感を抱いているようだったが、殿下への忠義は本物だった。

殿下は民の訴えに耳を傾けられ、大変にご立派だった。私とマナは、足腰が弱り自力で治療院に行けない街の人々の治癒をしつつ、もう一つの治療院に向かっていた。

「もう一つの治療院って、俺が行けなかったところか」

ジュンヤが言う。大きな街には人口に比例して治療院が設けられる。クードラは街の規模はさほど大きくないが、職人が集まり住人が多いので、治療院は二ケ所設置されている。

なるほどと頷くジュンヤ。ジュンヤと穏やかに会話をするのは久しぶりで、胸の奥に温かい気持ちが広がった。これはなんだろう……

「王都からの護衛も同道していたが、二つの勢力は敵対……は言いすぎだが、良好な関係とは言えなかったので、小競り合いが多かった」

護衛のケーリー殿が両団を諌《いさ》めていたが、刺々《とげとげ》しい空気は民にも伝わり、常に緊張感があった。

治療院に着くと、殿下は私とマナを呼び、ジュンヤから預かった浄化の魔石を皆に披露するよう命じられた。あくまでもジュンヤの善意で使わせてもらっていると、知らしめるためだろう。

「権威を守るため……か」

「その通り。お前が嫌がるのは分かっているが、必要だった」

私とマナが患者を治療する間、殿下は会話の可能な患者に聞き取り調査をしておられた。治療院を出る際は、当然護衛が厳重に確認してから馬車に移動を開始した。だが……

先行した騎士に続いて殿下が外に出た。治療院の前は狭かったため広い通りに馬車を停めていたのだが、辿り着く前に、見物していた民のうち数人が飛びかかってきた。

他の見物人もパニックに陥《おちい》り、賊と民が入り混じって、ケーリー殿は……怪しい者は全員斬れと命じられた。殿下は止めようとしたが、そうしなければ殿下のお命は危うかった。

「そ、そんな……！　グラントもさすがに反対しただろ⁉　自領の民なんだから」

「いいや。彼は真っ先に同意し、殿下に近寄る者を容赦なく斬り捨てた。非情だが、それが彼らの正義なのだろう……戦いに巻き込まれ、民にも被害が出た」

「怪我をした人達はどうなった？」

「幸い死者は出なかった。殿下の指示に従って、皆近くの家へ逃げ込んだからな。敵が民を盾にするなど、混乱はあったが」

ジュンヤの憂《うれ》い顔に、これ以上続けていいものか迷った。しかし、ちゃんと聞かせろと先を促される。

民が避難した後のグラント殿の働きは、悔しいが素晴らしいものだった。その場が騎士と敵だけになると、彼は魔法剣を発動した。風属性の彼の動きは、まるで蜂のようだった。

空中で静止したかと思うと、凄《すさ》まじいスピードで移動し、かまいたちで斬りつける。民がいれば確実に巻き込んだだろうから、最初は相当加減をして戦っていたのだろう。

「属性が同じラドクルト殿とはまた違う動きをしていた。同じ魔法でも、使い方であれほど変わるのだな」

敵は多分、十人くらいだろうか。私も正確には覚えていない。私とマナは後方にいたので、騎士に誘導され治療院に戻ろうと試みていた。

グラント殿が何人か倒した頃、敵が何か叫んで球体を投げた。すると毒霧が発生し、騎士が次々に倒れていった……

「ティアは怪我しなかった？　あんたは？　見えないところに何かあっても、俺に黙っていただけかもって心配だったんだ」

「殿下はご無事で、そのお体は光っていた。ジュンヤの加護があったのだろう。王都の騎士にも被害が出たが、お前に近しい者は毒の影響が小さかった。魔石を持っていた私達も同様だ」

ユーフォーンの騎士達は毒の影響を大いに受けたが、魔石を預かっていなければ、更に甚大な被害が出ていたに違いない。

「その後、すぐに街を出るべきだとケーリー殿が進言したのだが、殿下が拒否した。あんな風に感情を露わにするのを……私は初めて見た」

ケーリー殿の進言は真っ当なものだったし、ジュンヤのことがなければ殿下も受け入れたはずだ。だが。

『こうしている間にもジュンヤが襲われていたらなんとする!!　すぐに宿に戻れ！』

殿下が怒鳴りつけた瞬間、キリキリと甲高《かんだか》い音が鳴った。結晶の形をした氷塊が殿下を中心に広がって周囲の気温が急激に下がり、私達は、寒さと恐れで震えを止めることができなかった……

殿下は自ら馬を駆ろうとまでなさった。ケーリー殿が止めたが、そんな彼を振り払い、今度はグラント殿が止めようとして殴られた。それでも二人は引かず説得を続けた。

「ティアが人を殴るなんて」

ジュンヤはショックを受けているが、その場に居合わせた私も同じ気持ちだった。だが、殿下の気持ちも痛いほど分かる。

『殿下に万が一のことがあれば、誰が神子《みこ》を守るのですか！　どうしても戻られるのなら、私を殺してからにしてください！』

殿下はケーリー殿という腹心の決死の訴えにようやく手綱を離し、決断された。気を取り直し、すぐに毒の影響を確認せよと命じられた。建物の隙間から毒霧が入り込み、屋内にいた民にも多少の被害が出ていた。

「私とマナ、それと治療院の神官が応急処置をした。治療院の患者は、魔石の効果が残っていたのか無事だった」

「毒霧なんて……アズィトでも思ったけど、見境がなさすぎるよな」

敵の焦りを生んだのは、ジュンヤが悪評に腐らず、誠意を示して民の信頼を勝ち得ようとする姿を見せつけられたからではないだろうか。

「……ここまでが、クードラで起きたことだ。殿下は苦渋の決断をされた」

私は、その後の出来事も話すべきだと思い、話を続けた。

事の次第を宿に残るダリウス様達に伝え、殿下は一足先にユーフォーンを目指すと決めて出立した。毒に侵されている騎士を置いていけば警備が薄くなる。そのため私とマナもそのまま同行し、移動しながら騎士の治癒をしていたが、道のりは険しかった。

「もう過ぎたことだから明かすが、我々には追っ手がかかっていた」

ジュンヤが目を見開く。当然だ。私から話して良いものか悩んだが、殿下はご自身が苦労された話はしないだろう。

また襲撃があるかもしれないとの考えで街を出たが、城門を出た際にも待ち伏せを受けた。想定内のことではあったが、弓兵に矢を射かけられ、また怪我人が出た。だが幸か不幸か、敵も態勢が整っていなかったらしく、どうにか切り抜けられた。

殿下は馬車に怪我人を乗せると仰って馬に乗り換え、ほとんど休みなく移動し続けた。かなりのスピードだったので、さすがに馬車酔いして参ってしまった……

移動中に怪我人の治癒を進めていたものの、クードラで魔力を消耗《しょうもう》していた私達は、症状の重い騎士への対応に苦慮していた。

「でも、グラントは治癒しろと言った？」

「……そうだ。殿下はケーリー殿と軍議をしていたし、こちらの諍《いさか》いにお手間をかけさせたくなかった」

ジュンヤの悲しげな顔を見て、深夜にも殿下を襲う敵がいたことは伏せておこうと思った。それに彼らは生け捕りを恐れて自害し、何も聞き出せなかったから、いないものとして構わないだろう。

「アズィトに到着した時には、全員が疲弊《ひへい》していた」

集会所に病人と怪我人を集め、私も治癒を続けていたが……あとはお察しの通りだ。グラントは私とマナに治癒を強要し続けた。

私達も万能ではないため休養が必要だと説いても、『騎士の治癒が最優先だ』と言われた。患者を見捨てることもできず、二人で治癒を続けた。

「思考停止状態だった時、お前が来てくれた」

「思ってた以上に危険な状況だったんだな……」

ジュンヤは私に手つかずだったお茶を勧めてくれ、ソファに体を預けて思案している。お茶をいただきながらその様子を盗み見た。

騎士の治癒で魔力を使い果たし、合流したジュンヤに幼子になった気分で飴《あめ》を食べさせてもらった時。唇に指が触れた。近くにいるだけでジュンヤの香りが私を包み、疲弊《ひへい》し切った心身が癒《いや》されるのを感じた。

王都のグスタフ大司教と対峙《たいじ》した時と同じ笑みを浮かべ、グラント殿に立ち向かったジュンヤ。これまで見たどんな人間、いや、世界中の全てを凌駕《りょうが》する美しさだった。

ついにユーフォーンの騎士を味方に付けて安堵したのに、その後のアズィトでまたしても襲われてしまった。あの時の標的はジュンヤだったようだが、私の浅はかな判断でジュンヤの足を引っ張ってしまった。

自分の命は、ジュンヤのものよりずっと軽いと思っていた。先に逝《い》った神兵達のように、私もジュンヤの心に永遠に残れると喜びさえ抱いた。それなのに……

『あんたの命を犠牲にして生き延びたくない！』

あの言葉を聞いた時、心底後悔した。地を這ってでも生き延びなければ、心に傷を残してしまうと。ノルヴァン殿に助けられなければ、ジュンヤを泣かせることになっただろう。

「……あ、ほっといてごめん。でも、良ければこのまま一緒にいてくれないか？　一人はなんとなく寂しいし、あんたとは無理して話さなくても気が楽だから……」

唐突に声をかけられ、はっとした。ジュンヤの考える顔を眺めていたはずが、少し時間が経っていたようだ。

「もちろん気にしない。では、本棚の本を読ませてもらおう。王都では読んだことがないものばかりだ」

「ん……」

ジュンヤは安堵した様子で微笑んだ。恐ろしい体験をしたせいで、安全圏にいても心細いのかもしれない。私もまだ同じ空間にいたかったので、密かに心が躍る。

ジュンヤは、私がいないと寂しいと言ってくれた。今も近くにいるだけでいいと言う。沈黙が苦にならない相手になれた。それは、私には愛していると言われるより嬉しいことだ。

本を手に取ってソファに戻り、浮かれているのを気づかれないよう、ページを開く。だが、目は文字の上を滑るばかりで内容が入ってこない。読むフリをしながら、ジュンヤを抱いた情念に満ちた時間を思い出していた。

――ノルヴァン殿の別宅にある地下の部屋で、負傷した私は朦朧《もうろう》として指一本動かせなかった。それでも、意識が浮上する度、ジュンヤが私を癒《いや》そうとする温かい力を感じていた。

ディックの裏切りを知った時、怒りに駆られ、神官にあるまじき言葉を吐きそうになった。しかし、脱出を図った際に神兵のリューン殿とトマス殿の協力を得られたのは、メイリル神のご加護に違いない。

本に向けた顔を動かさないようにジュンヤを窺《うかが》うと、俯《うつむ》いて小さな手帳に何か熱心に書き込んでいる。うなじから肩のラインは、程良く筋肉がついて美しい。私は、あの蜜色の肌に口づけ、舌を這わせたのだ……

エリアス殿下、ダリウス様、エルビス殿と肌を合わせたと知った時、我が神を奪われたような気がした。いや、元々私のものではないが、たとえようのない虚しさがあった。まだ、自分の本心に蓋《ふた》をしていたのだろう。きっと、既にかけがえのない存在になっていた。

だから、口移しで水を飲ませてもらった時、衝動的に抱きしめてしまったのだろう。理性が手を離せと警告する。一線を越えたらもうジュンヤの傍にいられなくなると、警鐘が鳴り響いた。それなのに、手放したくないと獣じみた激情に駆られ、逃がしてやることができなかった。

思いの外柔らかい唇と、甘く痺《しび》れるような濡れた舌から流れ込む力……

愛した男と交わりたい。殿下達の怒りを買うのは分かっている。密かに殺されるか追放か。それでもいい。一度だけ。ただ一度だけでいい……

昂《たかぶ》るジュンヤに触れ、慈悲を乞うた。私は狡《ずる》かった。軽蔑されても構わない。刹那の悦楽であっても、この男を隅々まで味わうため哀れに懇願した。

『俺達……共犯者になろうか』

そう言ったジュンヤは、私をまっすぐに見ていた。劣情に溺《おぼ》れた愚かな男への哀れみかと思ったが、淫欲に蕩《とろ》けながらも確かな覚悟が垣間見えた。

許可を得て触れてしまえば、抑えは利かなかった。性行為は神官にとっては単なる儀式だと思っていたが、あれはただの肉欲のぶつけ合いだ。

薄い皮膚から、無意識に絶えず互いの力が流れ込んだ。神官同士の行為――交歓《こうかん》と呼ばれる儀式でも、かなり相性が良くないと起きない現象だと聞く。それなのに、私達は……元々二人で一人だったように思えた。

ああ。汗と先走りが滲《にじ》んだ陰茎から滴《したた》る雫《しずく》は、まるで天上から与えられた甘露《かんろ》だった。飲み下すと、失血し弱りきった体に熱く力強い治癒の力が流れ込んだ。それがまた循環するようにジュンヤに戻ると、快楽に直結しているのか、ジュンヤの口から甘い吐息が漏れる。

隘路《あいろ》を拓いて繋がると、生まれて初めての快楽を知った。愛する人を抱くとは、なんと幸福なことだろう……

ジュンヤのそこは伴侶に愛された形跡があり、私を離すまいと絡みついてきた。優しくしたいと思っていたのに、お三方のうち誰かが直前までこの体を拓いていたのだと思うと、激しく――嫉妬した。

嫉妬……？　そうか。あれは嫉妬だったのか。

こうして理性を取り戻してから振り返ると、自分の感情を分析できた。嫉妬のせいで、絶頂したジュンヤに休む間も与えず、自分の存在を刻もうとしたのかもしれない。

ジュンヤは、まだ熱心にペンを走らせている。こんなに近くでなんでもない顔をしながら、頭の中ではお前を抱いた日のことを反芻《はんすう》しているなどとは、気づきもしない。

昨日の晩餐会《ばんさんかい》で私もジュンヤの庇護者《ひごしゃ》であると発表されたが、ジュンヤの中で私との時間は過去のことになっているだろうか。いや、あの馬車にいる時間だけ欲しいと言ったのは私だ。過去になっていて当然……

ふわりとジュンヤの香りが鼻腔《びこう》をくすぐる。

『マテリオ……あついの、いい……』

精を注がれ愉悦に震える声は甘かった。二度注いだ後のジュンヤは理性が飛んで、自分が何をしたか覚えていないかもしれない。

ジュンヤは余韻に耽《ふけ》りながら私の名を呼び、腰を揺らして私を煽《あお》り続けた。本来なら、一度吐精して気持ちが収まるはずだ。だが、治癒の循環のせいか、獣じみた淫情は尽きることがなかった。

『もっと、ナカ擦《こす》って』

顔を見ながら抱きたいと思い自身を抜こうとすると、可愛らしく嫌だとごねる。そんな淫《みだ》らな姿も愛おしくて堪《たま》らなかった。宥《なだ》めすかして体位を変えると、ようやく劣情に塗《まみ》れた顔がよく見えるようになった。

私の腰に脚を絡みつけ、早く突けというような嫣然《えんぜん》たるジュンヤの美しさよ。

首筋に、胸に、口づけて赤い花で肌を飾った。誰かに痕《あと》を残すなど初めてのことだ。私は神を抱いている。崇《あが》め続けた人に所有印を刻んだのだ。

これは、メイリル神への背信行為なのではないか……？

『マテリオ……そんな顔するな』

私はどんな顔をしていたのだろう。ジュンヤは両手を伸ばし抱きしめてくれた。

『気持ちいいから、存分に抱けよ』

こんな時、人間の本性が出るのだと思う。ジュンヤは淫猥に乱れながらも、どこまでも他者を思いやれる男なのだ。

『私は、永遠に、お前だけを愛すると誓う』

『んん、あ、マテリオ、マテリオぉ』

媚肉に自身を沈め抽送《ちゅうそう》すると、淫《みだ》らに身をくねらせながら名前を呼んでくれた。全ての感覚をジュンヤと共有しようと、体を密着させる。触れている場所もお互いの呼気も、全てが交わっていた。

『これ、だめ、イッてる、イッてる、からぁ』

『綺麗だ、綺麗だ……もっと見せてくれ』

愛していると何度囁《ささや》いただろう。庇護者《ひごしゃ》と認められたが、「気持ちは封印する」と己への誓いを立ててしまった。

それなのに、胸を飾る尖《とが》りの感触も肌の味も、まだ忘れられずにいる……

「――マテリオ、ありがとう。ほったらかしにして悪かったけど、助かった」

ジュンヤの気が済むまで沈黙に寄り添い、最後には笑顔で礼を言われた。淫《みだ》らな妄想に耽《ふけ》っていたなどと気づかれないよう、またいつでも付き合うと告げて退室する。

私は、二度と触れないと言ったことを、もう後悔している愚か者だ……

◇

午後になってもダリウスは現れなかった。自力でも動けるようになったので屋敷の中を捜してみたが、まだ騎士棟か宿舎にいるようだ。今日の夕食はヒルダーヌ様とティアの三人の会らしいし、ザンド団長は俺が顔を出した頃には既に騎士棟へ戻ってしまっていて頼れない。

「ヒルダーヌ様、真面目だし堅物そうだよな。少し怖いよ」

今はエルビスに手伝ってもらって夕食用に着替えている。招待されたので、身だしなみを整える必要があった。

「ダリウスは来ないんだよな？」

「はい。あのヘタレ団長は尻尾を巻いて逃げました」

さらっと酷《ひど》いな、エルビス。まぁ、昨夜の様子じゃ逃げたくなるのも理解できるんだよな。でもティアはいるから、フォローしてくれるはずだ。

準備万端整った。ゲームっぽい言い方をするなら、「ヒルダーヌ様攻略開始！」ってところか。

一階の食堂に案内され待っていると、ティアとヒルダーヌ様が揃って現れた。

「ジュンヤ、待たせて悪かったな」

「そんなに待ってないから大丈夫」

「神子《みこ》様、本日は我々だけですから、どうぞお寛ぎください」

「お招きありがとうございます」

今夜のヒルダーヌ様は髪を後ろで一つにまとめている。貴族としてはシンプルな髪型だな。

「少しは落ち着かれましたか？」

「はい、もうすっかり元気です。滞在させていただきありがとうございます」

「いいえ。神子《みこ》様の事情は殿下にお聞きしました。当家の不始末のお詫《わ》びも兼ねて、全面的に支援いたしますのでご安心ください」

「そうですか。よろしくお願いします」

全員が着席すると、ヒルダーヌ様がワインの注がれたグラスを掲げた。

「エリアス殿下のご活躍と、巡行の成功をお祈りして、乾杯」

二人に倣《なら》いグラスを掲げて乾杯する。一口呑んで、呑み口の良さに驚いた。実はあまりワインは得意じゃないんだが、ユーフォーン産は美味いらしい。

ティアと話しているヒルダーヌ様をこっそり観察する。ダリウスと同じ遺伝子とは思えない、落ち着いた所作と気品。この知的な兄上と武人のダリウスが協力して家門を守っていたら、取って代わりたい人間にとっては邪魔だよな。

ヒルダーヌ様は母親のチェリフ様似のようだが、昨夜の様子だとそれも含めてコンプレックスが強そうだ。いかにもバルバロイの男らしいザンド団長とダリウスがそっくりなのも原因だろうか。

それと、昨夜の晩餐会《ばんさんかい》は婚約者のメフリー様を紹介しても良さそうな場だったのに、彼は参加していなかった。元婚約者のダリウスに会わせたくないのか、はたまた別の理由がある？

「神子《みこ》様、どうなさいました？」

つい見すぎてしまったようで、気づかれた。

「すみません。見つめるなんて失礼でした」

「いいえ、お気になさらず。ただ、何かお聞きになりたいのかと思いまして」

聞きたいことなら山ほどありますよ。でも……

「ユーフォーンは街中に水源があると聞きました。だから病人が少ないんですか？」

まだ込み入った話をするには早い。無難な話題で切り抜けよう。

「はい。チョスーチを有効使用しております。ご覧になりたければ、弟にお申し付けください。ただ、近隣からの避難民を大勢受け入れていますので、お時間があれば民に慈悲をお願いしたいのですが」

「もちろん、奉仕はさせていただきます」

『弟』ね……名前を呼ばないんだ？

「チェリフ様は普段はどちらでお過ごしなんですか？　聡明で、素晴らしい方ですね」

チェリフ様は優秀で、バルバロイ家での地位も高いと聞く。なのに、ヒルダーヌ様は母親に似ていることをあまり喜んでいないみたいだ。エルビスに確認するのを忘れたから、真意は自分で探るしかない。

「ええ、今は賊の対処で離れていますが、普段はこの本邸で暮らしています」

家族仲は特に問題なさそう……かな。

「母と話したかったんですか？」

「お聞きしたいことがあったんですが、お忙しいのでは仕方ないですね」

「――それは、この家についての質問ですか？」

「どちらかと言うと、ダリウスについてですね」

少し切り込んでみると、表情自体は動かなかったが、片方の眉がわずかに上がった。さて、それはどういう感情だ？

「弟は王都暮らしが長く、たまに戻っても騎士棟で過ごしています。母に聞いても詳しくは分からないと思いますが」

「そうなんですか。では、元婚約者にでも聞いてみます」

今度こそはっきりと眉を顰《ひそ》めた。キーワードは婚約者か？　俺は元婚約者と言っただけで、誰とは言っていない。グラントだって元婚約者だしな。

「神子《みこ》様はダリウスの恋人だと聞いております。やはり過去が気になりますか？」

「ダリウスを信頼していますが、気にはなります」

――あなたのことも。

ザンド団長は、ヒルダーヌ様が弟に負けたくないと思っていると言っていた。彼の外見は、バルバロイ家の特徴が比較的少ないように見える。クマのような筋肉ムキムキマッチョでもないし、髪の色も違う。重要らしいブルーグレーの瞳ではあるが、グリーンの瞳を持つザンド団長が色を気にしている素振りはない。問題はどこだ……？

ユーフォーンのしきたりとかをもっと知る必要があるな。

「明日以降、チョスーチと騎士棟も見学してもいいでしょうか。王都の騎士とはまた違うと聞いているので、興味があります。もちろんお邪魔にならないよう気をつけます」

「神子《みこ》様にはさほど面白くはないと思いますが、知らせておきます。殿下も是非慰問《いもん》し、騎士を鼓舞してくださいますか？」

「いいとも。ところで、賊の件に進展はあったか？」

ティアが切り出す。俺達を襲った犯人の足取りは、ずっと気にかかっていた。

「騎士に命じ、継続してアジトを捜索中です。危険ですので、お二人とも街へ出る際は護衛をお付けします。お出かけの際はリンドへお伝えください」


「ジュンヤ、たまには一人になりたい時もあるだろう。今夜はゆっくりしたらいい」

これからもたまに食事を一緒にするようだが、緊張した夕食はなんとかクリアした。ふぅ……と息を吐き出したところ、気疲れしたのがバレてしまい、ティアに気を遣わせてしまった。

「ありがとう」

珍しく一人で広々ゆったり眠れる……はずだった。

なんてこった。このところ毎晩誰かとくっついて寝ていたから、一人だと寂しくて落ち着かない……とか言わない。言わないからな！

気分を変えるため、部屋に置いてあった酒を持ってバルコニーに出たら、椅子とテーブルを見つけた。夜風に当たると気持ちがいい。日中は少し暑いが、夜はひんやりとしている。

椅子の背にもたれて遠くを眺めていると、通路に沿って灯《とも》る魔灯《まとう》の光が巨大な蛇《へび》みたいに見えた。のんびりしていると、突風で木々がざわめいた。

思わず目を瞑《つぶ》り、開けた目の前には――ラジート様がいた。

緑を透かしながらも黒かった鎧《よろい》は、宝玉と同じように赤色が垣間見える。鎧《よろい》も宝玉も黒いと伝承されているのに、なぜ赤くなるんだろう。だが、赤くなるほど瘴気《しょうき》が減っているのも事実……

「神子《みこ》」

「ラジート様、今までどこにいたんですか？」

「我はいつも木々と共にいる」

言い回しが分かりにくいけど、要するに街は嫌いだということかな？

「宝玉の呪《しゅ》はだいぶ解けてきました」

「うむ。我の体も軽くなってきた。間もなく自由に動けるであろう」

「でも、宝剣を盗まれてしまいました。宝剣と宝玉は一体なんですよね？　全力で探しています」

カルマド領でナトル司教を捕らえた時に一度は保管できた宝剣は、その後の騒動でラジート様が姿を消すのと同時に、行方《ゆくえ》知れずになってしまった。ラジート様が持っていたら良かったが、やはり敵が盗んだようだ。

「それと、鎧《よろい》も色が変わっているようですが……」

「これは、かつて我が作り民に与えたものだ。社で眠っておったのに、剣とともに盗まれ呪《しゅ》をかけられた。小僧《レニドール》が人間の口車に乗って身につけてから脱げなくなっていた。だが、そなたのおかげで、このところは少し気分がマシだ」

人間に与えた武具に神が縛《しば》られるなんて皮肉な話だ。ラジート様は自分の鎧《よろい》に触れながら続けた。

「呪《しゅ》を受けた影響か、神気が抜け赤くなっておるが、本来は黒いものだ。剣と宝玉が揃わねば、我の完全復活は難しい」

確かに禍々《まがまが》しさは残るが、前より改善している。神気も失われているのは大問題だけど……

「騎士が全力で探しているので信じましょう。ところで、今日はなんのご用ですか？」

「なんの用だと？」

ラジート様が急に顔を近づけてきたので、思わず背けてしまう。

「つまらん、覚えておらぬか。これだから人は……。神域では意識を保てぬのだな」

がっかりした顔をしているが、心当たりは全くない。

「まぁ良い。そなたは更に力をつけたようだ。そのまま高みを目指せ。任を終えたら、共に上へ参ろう」

「上……とは？」

「人の世は煩《わずら》わしいだろう？　美しい場所へ連れていってやる」

人の悪意や誤解から生まれる諍《いさか》いが煩《わずら》わしいのは確かだ。でも。

「うう～ん。煩《わずら》わしいこともあるから人生は楽しめると思います。あなたに比べたら短い命なので、精一杯泣き笑いするつもりです」

「神になる気はないと？」

「未熟者なので、終わりがない生は目標を見失ってしまいそうです」

ラジート様は目を見開いた。

「そんな考え方があるとはな」

「もちろん神様を貶《おとし》めているのではありませんよ？　人から神になるなんておこがましいと思っているだけです。だって俺、煩悩だらけですから」

「儚《はかな》い時を選ぶのか」

「はい。だからこそ、大切な人達が愛おしいんです」

「また振られた。神を袖にするなど、そなたくらいのものだ」

「ははっ、すみません」

俺は持っていたワインのグラスを差し出した。

「人間界の酒はお好みじゃないですか？」

「ふむ、味見してみよう」

椅子に座り、一口呑んで気に入ったらしいラジート様は、ワインの瓶を独占してしまった。俺は別の酒とグラスを追加し、襲われたこと、そのせいで浄化が進まないことを話していた。

「神子《みこ》。そなたの敵が減れば浄化が進むのだな？」

「はい」

「そうか。この酒代として手伝ってやろう」

「それは私が買った酒ではありませんよ」

「そなたが呑むはずだったものを私が呑んだ。その対価としよう」

だいぶ安い気もするが、これは儲《もう》けもんだと思うことにした。

「そうだ、レニドールと話すことは可能ですか？　元気なのか知りたいんです」

「少しなら良かろう。だが、対価を寄こせ」

こういう時は、たいていろくでもない要求だよな……

「ラジート様、神様に失礼ですが、対価なんてケチ臭くないですか？　俺は頑張って宝玉を浄化してますよ？　とーっても大変なんですよ!?」

これ以上ないくらい頑張っているのに、まだ何か寄越せと言われるのは不満だ。

「――人の子のくせに、神への畏怖《いふ》はないのか？」

「大いにありますとも。ですが、努力に見合わない要求をされるのは納得いきません」

「メイリルが選ぶ人の子は、なぜいつも可愛げがないのか。我《が》が強いのぉ」

「いつも？　全員知り合いなんですか？」

「上から見ていただけだ。特にナオマサには関わりたくなかった」

ラジート様に避けられるなんて相当だ。まぁ、二つ名が『苛烈なる戦士』だもんな……

「えっと、追加の対価はなしと判断してよろしいですか？」

「はぁ、まぁ良い。では……」

言い終えたラジート様が目を瞑《つぶ》ると、ガクッと首が傾き、少ししてまた顔を上げる。

「だ、大丈夫ですか？」

「うう……あたま、いた……」

「……レニドール？」

「――？　あっ、あなたは……神子《みこ》様っ！」

目を見開いて俺を見る彼の表情に、ラジート様の影はなかった。

「あの時以来だね。体調はどう？」

「多分、大丈夫、です」

手足を動かし、久しぶりに自分の支配下に戻ったのであろう体をチェックしている。大丈夫そうで良かった。

「神子《みこ》様！　ずっとじゃないですけど、神子《みこ》様の浄化を見てたんです。オレがバカでナトルに騙《だま》されたから、神子《みこ》様が酷《ひど》い目に……」

「ナトル司教が相手じゃ、たいていの人は騙《だま》されたと思うよ。それに、君はお父さんのために宝物《ほうもつ》を取り返したかったんだろ？」

「父さんは、オレが物心ついた時にはもう痩《や》せ細って酷《ひど》い有様でした。でも、罰でも受けてるみたいに社で何時間も祈るんです。父さんに遊んでもらったことはないけど、母さんがいたし、オレが産まれた時の父さんの喜びようも聞いてたから……剣と宝玉が戻れば、笑ってくれると思って」

そう言ったレニドールはガックリと肩を落とした。まだ十八歳の青年が、あんな狡猾《こうかつ》な爺さんに勝てる訳ないよ。

「お父さんを助けたかったからだろ？　起きたことは仕方ない、これから挽回しよう！　宝玉は俺が浄化してる。でも、剣はまた盗まれて……ごめんな」

「ありがとうございます。オレ、最近までのことはよく覚えてないし、役立たずで悔しい……。剣のことは、神子《みこ》様が謝ることじゃないです」

不甲斐ないと泣くレニドールの肩をさすってやる。

「その気持ちは分かるが頑張るしかない。記憶はどこまであるんだ？」

「は、はい！　頑張ります！　断片的ですが、ラジート様の見ているものも見えてました。あの、そ、それで……神子《みこ》様は、いや、あれはメイリル様かな？　ラジート様と……」

レニドールが急に赤面し、もじもじし始める。

「あの、覚えてない……ですか？」

「なんの話？」

「覚えてないならいいです、はい！　あの、神子《みこ》様はすごく、すごく……綺麗ですね……」

「……黒色ってそんなに美形フィルターかかるのかな？」

突然変わった話題に戸惑っていると、レニドールが俺の手を握った。

「あのっ！　神子《みこ》様っ！　オレ、オレとラジート様が離れたら、その時は――」

そこまで言って、彼は突然石像のように固まってしまった。

「レニドール？　どうした？」

そして、糸が切れた操り人形のように、カクンと頭が前に倒れる。ひと呼吸を置いて顔を上げたその人格は、ラジート様だった。

「ふぅ。これだから若造は」

「ラジート様……話の途中だったんですが」

「無事が分かったのだから良かろう。さて、夜も更けた。人の子は眠る時間だろう」

「さっきまで眠れそうになかったんですが、今なら眠れそうです」

レニドールの無事を確認して安心したのか、睡魔がやってきた。

「我も森に戻る。神子《みこ》、またいずれ会おう」

「あっ⁉」

また突風が吹き、ラジートの姿は掻き消えていた。手伝ってやるという言葉の具体的な内容は、会話が弾んだせいで確認し忘れてしまった。ベッドに潜《もぐ》り込み、うとうとしつつ、答えを探す。

ラジート様……何をするつもりなんですか？


翌日。お茶会は東のガゼボですることになった。でも、敷地内で「東の」なんて冠が付くって、一体いくつあるんだ？　庭は緊急時に民を収容できるらしいし、相当広いんだろうな。

お茶会に参加するのはマテリオ、マナ、ソレス、ラドクルト、ウォーベルト、神兵さん達。エルビスと侍従ズは言わずもがなだ。

「あの、ジュンヤ様……私達は、その」

「このような場には相応《ふさわ》しくないと存じます……」

神兵さんは着席せず、隅っこで小さくなっている。

「なぜ私を呼んだんだ？」

マテリオも困惑している。昨日も会って話したけど、楽しむために呼んでもいいじゃんか。

「キャ～！　ジュンヤ様のクッキーをいただけるんですね」

マナって素はそんな感じなんだなぁ。素直で可愛いぞ。

「念願の……神子《みこ》様のクッキー！」

ソレスのフレーズには聞き覚えがあるな。静かに感激しているソレスを見ていると、マナと二人、太陽と月みたいな双子だと思った。神兵さんの緊張もそのうちほぐれてくるだろう。特に、マナの明るさが良く作用してくれるだろうと期待している。

「みんなとゆっくり話ができてなかったからさ。どこにいても奉仕に行ってるだろ？」

「神官はそうあるべきと教育されていますし、何もしていないと落ち着かないんです」

キリッとソレスが答える。

「そうなんですよ。僕らは神殿の子なので、もう日常ですね」

「マナ殿、いくら休憩中とはいえ、神子《みこ》への軽口は謹《つつし》んでください」

エルビスが諫《いさ》めたが、プライベートの時くらいは気にしないでいいと許した。ソレスの話し方は真面目で、マナはちょっと軽い。双子なのに不思議だな。神殿の子とは、両親が神官の子供を指すそうだ。だから治癒能力の高さが飛び抜けているんだろうか。

二人はピンクがかった明るい茶色の髪で、瞳はスカイブルーだ。二十五歳と歳が近くて親しみやすい。

「二人の顔はそっくりだけど、性格は結構違うよなぁ。面白い」

「師匠の影響かもしれませんね。私の師匠である司教様は生真面目な方でしたから」

「僕達、十歳で正式に神殿に入った後は、離れて暮らしてたんです。この巡行で久しぶりにゆっくり会いましたよ」

神殿での生活では、たまに会っても話す時間はあまりなかったらしい。驚いている俺を見て、二人はにっこり笑顔になった。

「ジュンヤ様のおかげです」

そこはハモるんだ！　さすが双子！

「良かったんだよな？」

「もちろんです！」

「でも、荒っぽいことに巻き込んで悪いとは思ってるんだ。こんなはずじゃなかったのに」

命の危険もあるし、街から街へ治癒を続けてハードな日常だと思う。

「修業は寝ずの番とかもありますから、これくらい全然問題ないです」

「マナ……そんなこと言って、司教様にバレたら罰を受けるぞ？」

「言わなきゃ平気だって～」

「マテリオ殿はご不快かもしれないだろう？」

「わざわざ告げ口することでもあるまい。気にするな」

「それに、マテリオ殿は言えないよ」

ニヤッとマナが笑った。

「なんだと？」

「やだなぁ、ソレスも分かるでしょ？　旅に出る前の庇護者《ひごしゃ》検査を辞退しておいてさぁ〜、ねぇ？」

「――マナ、そこまでだ」

マテリオの声が低い。うん、マナ、ここでその話はなしだっ！

「だって……香りとさぁ……光がさぁ〜、一緒だもん」

「光？」

ヤバ！　うっかり食いついてしまった！　だって香りが一緒はよく聞くけど、光は初耳だ。

「一部の神官にジュンヤ様が光って見えるのは知ってますよね？　マテリオ神官はアズィトに来るまで光ってなかったのに、昨日はジュンヤ様と同じ輝きが見えました。だから、交歓《こうかん》したんだなって……」

「マナ、ストップ！　恥ずかしい話はやめてくれ！」

「恥ずかしいんですか？　交歓《こうかん》は相性によっては魔力が増幅する、素晴らしい儀式ですよ？」

君達には儀式でも、俺にはエッチな話なんですよ！　それに、ラドクルトとウォーベルトが聞いてるのに……

「マナ殿、こうかんってなんっすか？」

「ウォル、余計な口を聞くな！」

純粋な疑問を投げたウォーベルトを、ラドクルトが諫《いさ》める。

「だって、ラドはいなかったから知らないだろうけど、馬車でジュンヤ様を見つけた時、扉を開けた瞬間にめちゃくちゃエロエロな香りでさ。俺、うっかり勃《た》っちまったんだよ？」

「お前、余計な一言はいらん」

ラドクルト、止めてくれてありがとう！　最後のは聞かなかったことにする！

「だって、団長も気にしてたっす……」

ああ、ダリウスのために聞いたのか。自分で聞きに来いよなぁ。

「ダリウスとは改めてちゃんと話すよ。だから、な？」

「まぁ……ジュンヤ様が治癒しなかったら、多分マテリオ殿はヤバかったっすからね」

「俺もまずいとは思ってたけど、やっぱり？」

「はい。ジュンヤ様といるだけで治癒されることがあるっすけど、それでもあれは失血死する量っす。むしろ、最初の一撃で動けないはずなのに、よく移動できたと思ったっす……」

アズィトでマテリオが斬られた時の、地面に残った血の話だろうが……。え、一撃……？

ショックが大きすぎる一言だ。

「ジュンヤ様、このバカがすみません。考えなしに発言するのが悪いところで。ただ――遺体を探したのは、事実です」

そんな状態だったのか。間近で見ていたのに、争いに慣れていないせいか全然分かっていなかった。しかし確かに敵から逃げる最中、置いていけと言われたっけ。マテリオを見るが、座禅を組む僧侶のように無だった。

「でもぉ、さすがメイリル様の神子《みこ》です！　そんな時に神兵と出会うなんて！」

「俺もリューンさんの声が聞こえた時は驚いたよ。ディックにも驚いたけど」

馬車に隠れていた時に偶然検問に当たっていた神兵のリューンさんに話を振ると、緊張しつつ話してくれた。

「迂闊《うかつ》に奴に報告せず良かったです。とても嫌な男だったので、無言の行をしていたのは幸いでした」

「あ、それ。なんで無言の行をやってるんだ？」

「私達はあまり魔力が高くないのですが、何かを犠牲にすることで魔法を練り上げ、底上げをするのです」

もう少し軽い修業もあるそうだが、会話を制限するのが最も効率的に底上げを図ることができるということで、それを選択する神兵がほとんどらしい。それだけ信仰心が強いってことか……

「言葉を発さないというのは、想像以上に苦痛を伴うのです。それに耐えられず辞める者もいます」

「確かに、話せないってつらいよなぁ」

うん、やっぱり神兵さんは弱くなんかない！　俺の見る目は間違ってなかった。

「ところで、二人の年齢を聞いたことなかったけど、何歳？」

「私ですか？　三十二歳になりました」

「私はもうすぐ三十になります」

リューンさんが三十二歳で、トマスさんが二十九歳……年上じゃないか。

「どうりで落ち着いてる。目上には敬語で話すべきなんだけど……」

「今のままでお願いします！　それに、呼び捨てにしていただけるともっと嬉しいです」

二人に必死で頼まれた。失礼だと思うけど、彼らにとって序列は絶対だ。普通に接するのが嬉しいらしいから、言う通りにしよう。

「二人と話す機会ができて良かった。前から話してみたかったんだ」

「私は、自分の生ある間に神子《みこ》様が顕現され、まして言葉を交わす日が来るなど思いもしませんでした」

「本当です……浄化に立ち会わせていただき光栄です。命を捧げる覚悟でお仕えします!!」

二人の――トマスとリューンの目に涙が薄っすら浮かんでいる。でも、命を捧げるなんて……

「ちょっと待て。ジュンヤは、たとえどんなにみっともない姿になっても、皆に生きていてほしいと願っている」

俺より先にマテリオが言ってくれた。マテリオは一瞬俯《うつむ》き、また顔を上げる。

「私も……命を捨てる覚悟をしたが、ジュンヤに生きろと言われた。だから、あなた方も生きるのです。もう、カーラ殿とステューイ殿が犠牲になった時のような泣き顔は見たくない」

「そうですよ、お二方に何かあったらジュンヤ様は嘆かれます。あなた方はもう仲間なのですから」

エルビスも二人に語りかける。彼らは驚いて絶句していた。エルビスもマテリオも、俺の気持ちを汲《く》んで代弁してくれて、ありがとう……

「分かりました……神子《みこ》を嘆かせることは決してしません!!」

二人は約束してくれた。そう、みんなで生き残り、浄化を成功せよう!

「ジュンヤ様、話を逸らしたつもりでしょうけど、俺は知りたいこと聞けてないっす。こうかん、ってなんすか?」

マジかよ! ウォーベルトめ、しつこいぞ!

「交歓《こうかん》は、交わりを歓《よろこ》ぶことで――むぐっ」

言いかけたマナの口をソレスが塞《ふさ》いで止めた。

「ウォーベルト、チェンジだっ!! 宿舎へ帰れ!」

俺は叫んだ。よく分からないけど、空気感込みで、今のだけでもエロい話だと気づかれるって。

「嫌っす! 謎は解明したいっす!」

「ウォル、不敬だぞっ」

「ラドは知りたくないのか? いい匂いがする～って匂いを嗅《か》いでたの知ってるぞ!」

「うるさい! 大体お前は――」

ラドクルトの小言はそのままウォーベルトの生活態度にまで及び、二人で取っ組み合いになっている。……そのまま忘れてくれ。

「ジュンヤ様、なんだか騒がしいお茶会になってしまいましたね」

エルビスが肩を竦《すく》める。

「まぁ、ガス抜きになっていいんじゃない？　あの二人があんなにリラックスしてると、それだけ安全なんだなって思えるし」

「……ジュンヤ様、私のお願いは決まりました」

「え？」

突然話題が変わった。今日はみんなの感情の変動が大きいなぁ。

「デートがしたいです！　侍従服を脱いでジュンヤ様と二人で歩きたい……！　敵の状況次第なので、今すぐでなくても、安全になったら、いつか――」

「そんな簡単なお願いでいいのか？」

「私には特別なお願いです」

なるほど。私服で俺と歩く……それが重要なんだな？

「いいよ。デートしよう！」

「ふふ、楽しみです」

エルビスはいつも可愛いなぁ。紅潮しているエルビスと視線が絡む。キスは我慢だ……

「お二人、口づけなさらないんですか？」

「マナッ!!」

空気を読まない……いや、ある意味読んだマナは止まらない。

「愛のある交歓《こうかん》って見たことないんです。見せてくださいっ!!」

「マナ、何を言ってるんだ。やめなさい!!」

「ソレスは興味ない？　普段と違う光が見えるかもっ！」

「む……それは興味がある」

ソレスまでマナの探求心に釣られそうだ。人前で致すなんて絶対しませんよ。

「二人ともいい加減にしなさい。ジュンヤの力は見世物ではない」

マテリオの不機嫌オーラに、興味津々な二人はおとなしく引き下がってくれた。さすが未来の司教様。でも、マナの言い方だと他人のエッチを見たことがありそうだ。交歓《こうかん》か、俺が知らない神官の世界……

いやいやいや！　世界には知らなくていいこともある。ここに来てから、何度この言葉を唱えたか分からないけど。

その後、喧嘩してスッキリしたらしい騎士二人の魔法を見せてもらったり、剣技が上達したと嬉しそうな神兵さんの報告を聞いたりと、和やかにお茶会は終わったのだった。都合良く交歓《こうかん》について忘れてくれた二人にバレないよう、しめしめとほくそ笑んだのは言うまでもない。


次の日、痺《しび》れを切らした俺は、ダリウスの居場所を確認した上で騎士棟向かった。エルビスも屋敷内をよく知っているが、筋を通して執事のリンドさんに頼んだ。

騎士棟は本館の隣に位置している。運動がてら歩いて移動しているが、ユーフォーンの騎士とすれ違うと、必ず二度見された。

「うーん、見られてるなぁ……」

「高貴な方は常に馬車を使います。美しい神子《みこ》様が歩いているので気になるのでしょう」

リンドさんはそう言うが、貴族は本当に歩かないんだな。

「ジュンヤ様、私達から絶対に離れてはいけませんよ。ラドクルト、ウォーベルト！　十分注意してください！」

エルビスはピリピリしていて、こちらをチラ見する騎士達に片っ端から魔法をぶっ放しそうな勢いだ。

「リンドさんもいるし、誰も変な真似はしないさ」

「俺達もいるっすよ～！」

「ウォーベルト、そろそろそれを直さないと、ザンド団長に言いつけられるぞ？」

ラドクルトのツッコミが入ると、ウォーベルトはあからさまにビクッと震えた。

「やべっ！　ジュンヤ様、真面目な俺見て笑わないでくださいよ～？」

ユーフォーンに着く前にも同じような話をしたが、いつもの「っす」がないのがおかしくて、どうしても笑ってしまう。

「もう笑ってますよね⁉」

「ごめんごめん！」

出会った頃はこんな感じだったな、と懐かしい気持ちになった。

「ラドクルトはいつもキリッとしてるから平気だよね？」

「行動規範には自信がありますが、訓練が……ザンド団長の訓練が……気が重いです」

「キツイんだ？」

「はい。滞在中は交代で護衛に付くことになります。今日はルファ達が酷《ひど》い目……訓練をしていますが、明日は私達が呼ばれています」

おいおい、酷《ひど》い目って言ったぞ。言い直しても手遅れだ。ザンド団長は戦車みたいな人だから、部下は大変そうだな。

話しながら敷地内を歩いていると、あっという間に騎士宿舎に着いた。さて、ダリウスはどこかな？

正面玄関を抜けると、大きなホールにはなぜか半裸のゴリマッチョがたむろしていた。むさ苦しいけど、男は脱ぐの好きだよな。俺も部活をやっていた時はそうだったし。

俺達に気づいた騎士がざわつき始めた。

「皆さん、すぐに服装を正してください。先触れはしたはずですが？」

リンドさんのよく通る声が響く。

「おいっ！　お前ら服着ろ!!」

誰かの怒号が響き、みんなが慌てて服を着ている。

「普段通りで大丈夫ですよ」

ゴリラ並みのマッチョに劣等感は覚えるが、半裸であること自体は平気だ。

「なりません。神子《みこ》様は高貴な方。神子《みこ》様にこんなだらしない姿を晒《さら》すなど、お恥ずかしい限りです」

「高貴ではないんですけどね」

「浄化という御業《みわざ》は神子《みこ》様しか持たぬお力ですから、どうぞ御身お大事にお願いいたします」

リンドさんにそこまで言われたら、気持ちを押しつけることはできない。

「ダリウスに会いに来たんですが、どこにいますか？」

俺の質問に、一人のゴリラ……ではなく騎士が進み出て跪《ひざまず》いた。

「神子《みこ》様に拝謁《はいえつ》が叶い光栄でございます。ダリウス様は、現在第一訓練所で鍛錬《たんれん》中です」

「ありがとうございます。案内をお願いしていいですか？」

「はい。こちらです」

騎士の後に続くが、道中、予想していたような反発はない。クードラとアズィトで挽回したのが効いたのかな。

「エルビス、これまでの態度と違いすぎて、逆に胡散臭《うさんくさ》いんだけど」

「それはご心配なく。クードラに来た騎士が、治癒を受けた話をして回っただけです」

「まさか、無理やり押さえつけて治癒した話も？」

「それも含めてです。彼らが話しているところを見かけましたが、熱弁していましたね」

噂に尾ひれがついていそうで不安になる。しかし、エルビスは満足そうだ。

案内された訓練所にも大勢の騎士が集まっていた。騎士が壁になっていて中の様子は全く見えない。ただ、ガキンッ、ズドンッ、バリバリッとか、およそ人間が立てるとは思えない恐ろしい音が聞こえるんですけど……？

雷撃の気配でダリウスを感じる。だが見えない。筋肉の壁のせいだ！

「お前達、神子《みこ》様の来訪だ。そこを開けろ」

案内の騎士が人垣を割って通してくれた。王都の鍛錬《たんれん》場も大きかったけどここも広くて、大きなドーム状の天井がついていた。

訓練所の中央には二つの影がある。王都の鍛錬《たんれん》場で見た、ダリウスが作った雷撃が槍《やり》のようにグラントを襲っている。対戦相手はグラントで、どちらも上半身裸だった。

結界があるので攻撃が飛んできてもこっちまでは届かないそうだが、それでもちょっと怖い。それに、雷撃が前よりパワーアップしていると思う。俺の影響なら、ちょっと嬉しいな。

恐る恐る結界の近くまで寄ると、二人の話し声が聞こえてきた。

「ダリウス、魔力は上がったようだが、鍛錬《たんれん》をサボって剣技は落ちていないだろうな？」

グラントがダリウスを挑発している。

「鍛錬《たんれん》は欠かしてねぇよ。なんなら、魔法なしでやろうぜ‼」

「いいとも。俺を超えたか確認してやろう」

六歳差らしいから、ダリウスが見習いとして騎士団に入った時、グラントは上官だっただろう。ダリウスの勝利を信じているが、五人の敵を一瞬で倒したというグラントも相当強いはずだ。

その後の二人は魔法を使わず斬り結び、鍔迫《つばぜ》り合いをして……なんだか楽しそうだった。クードラでは揉《も》めていたけど、元同僚で、元婚約者で、エッチの相手だった……

突然、もやもやした気分になる。他の騎士を見ると、うっとりとした眼差しや、あからさまに性的感情を持って二人を見つめている人間が大勢いた。彼らに、俺がダリウスの隣にいるに相応《ふさわ》しい男だと納得させなきゃいけないんだよな。

バルバロイ家は憧れの一族。その言葉を噛み締めながら、俺も皆に交じって二人を見つめていた。ダリウスは、この領地の言わばアイドル的な位置付けなんだ。そして、この地を守る義務がある。

二人はしばらく打ち合っていたが、押し負けたグラントが剣を落としたことで勝敗が決した。負けたのに、笑顔でダリウスの肩を叩いて讃《たた》えるグラント。そこには、元同僚以上の感情がある気がした。

「ジュンヤ！　来てたのか？」

俺を見つけて駆け寄ってきたダリウスは、褐色《かっしょく》の肌に汗を滴《したた》らせていて、すごくセクシーだった。――そっちの気がなくてもときめくレベルで、男の色気に溢れている。

「うん、見学させてもらったよ。カッコ良かった」

「お、惚れ直したか？」

「そ、そんなこと言うかよ！　バーカ！」

本当は惚れ直したけど、調子に乗りそうだから教えてやらない。

「俺も自衛できるようになりたいな。何か護身術みたいな技を教えてくれないか？」

「お前は俺が守る」

「分かってる。でも、今回のことで体力が落ちていたのに気づいたんだ。足手纏《まと》いにならないだけの体力を取り戻して、自己防衛の手段も覚えたい」

転移前まではあんなに走り込んでいたのに、すっかり鈍《なま》っていた。

「確かに体力はあったほうがいいな。鍛錬《たんれん》しに来たのか？」

「今日は違う。部屋で待ってたのに全然来ないから、俺から来ただけ」

「……すまん。あっちはどうも居心地悪くてな」

「ううん、気持ちは分かる。二人で話せるか？」

本邸では落ち着かないだろうし、ここならダリウスもリラックスして話せるだろう。

ふと、ダリウスが顎《あご》を伝い落ちる汗を拭う。その仕草にどきりとした。拭いてやりたいのに、ハンカチを持っていないことに気づく。

「神子《みこ》様、失礼します。ダリウス、ほらよ」

そこへ、グラントがやってきて布を差し出した。そのタイミングや、視線だけで礼を言うダリウスに、二人の深い絆を感じた。チクリと針で刺されるような痛みが胸に走る。なんでも侍従に預かってもらうようになって、それに慣れきって、好きな男の汗さえ拭いてやれないなんて。

「ジュンヤ、いいところへ連れてってやる！」

俺のもやもやなんて気づかないダリウスが、ニカッと笑った。

「いいところ？」

「ああ、最高にいい眺めだぞ。エルビス、二人で行ってくる」

「上の泉か？」

「ああ。帰りは俺が部屋まで送るから先に帰れ。着替えを持ってくるから待ってろ！」

ダリウスは訓練所の奥の部屋に入り、すぐにバッグを持って出てきた。

「ダリウス、私はジュンヤ様から離れない！　それにそんな格好でジュンヤ様を連れて歩くのか？　せめて服を」

「エルビス、ここはどこだ？」

そう言うダリウスは傲岸不遜《ごうがんふそん》な貴族の顔をしている。

「ここはバルバロイ家で、お前は侍従だ。任務がない間、俺は自由だ」

ダリウスの言葉に、エルビスは無言で一礼し、俺が声をかけるより早くその場を後にしてしまった。エルビスが心配だったが、ダリウスは俺の手を引いて馬屋へ向かい、愛馬のキュリオに俺を乗せると、自分も騎乗する。

「見せたい場所があるんだ」

楽しげに笑い、怖がる俺の腰をしっかり抱いて支え、ゆっくりと馬を進め始めた。

「いってらっしゃいませ」

騎士達が一列に並んで見送る中、ダリウスはバルバロイ家の次男として当然のようにその礼を受けている。

宿舎を後にすると、丘を登り始めた。領主館の更に上に目的地があるみたいだ。

「もっと上に行くぞ。しっかり掴まってろよ」

激しく動いた後の熱が残るダリウスの体とピッタリ触れ合っている。こんな日常の触れ合いや汗の匂いさえ、淫《みだ》らな記憶を呼び起こした。

邪《よこしま》な気持ちを振り払うように周囲を見回す。街の正門から延びる道は本邸の先にも続いており、木々が生い茂っている。どれも果物が実り、緑豊かだ。

「坂の上にはチョスーチがあるんだ。飲料水と、生活用水に分かれている」

「へぇ。マスミさんが作ったのか？」

「そうだ。だから、バルバロイ家は安全な水を与えてくれた王家と神子《みこ》に感謝している。戦があった時、騎士も民も救われたという記録も残っているんだ」

「そうなんだ」

坂を上り切った先は二手に分かれており、左手には立派な石造りの建物があった。昨日ヒルダーヌ様が言っていたチョスーチだよな。偶然来ることになったのは何かの縁だろう。

「あれがチョスーチだ。これから行くのはこっちだ」

右に進むと、サイズの違う池が二つあった。小さいほうは二十五メートルプールの半分くらいの大きさだろうか。側壁は石を積んで作られていて、よく管理されているのか水は透き通っている。

周囲を木々に囲まれ、穏やかで心地いい場所だ。

「ここは？」

「大きいほうは生活用水の予備だ。小さいほうは籠城した時に風呂代わりになる。城塞都市は籠城できるよう、自給自足の備えをしてあるもんだ。ほら、下を見てくれ」

示された眼下には畑や果樹園が広がっていた。庭園というより、農家みたいだ。

「屋敷の庭に畑？」

「そうだ。万一の際はここで民が暮らせるようになってるんだ。人が風呂として使った水は畑に流されて、無駄にならない。この形を作ってくれたのがマスミ様だ。すげぇよな」

「うん。すごく効率がいい」

「でもな、正直に言うと、上下水工事については尊敬していたが、浄化はあまり信じていなかった。こうして灌漑《かんがい》をした結果として、淀《よど》みが清められたんだろうと思っていた」

ダリウスは眼下の街を見つめた後、俺のほうを向いた。

「お前に会って、この世界の人間とは違う考え方を知った。そして、おとぎ話だと思っていた神子《みこ》の真実も知った……」

ブルーグレーの瞳が俺を捉えて離さない。

「この場所は我が家の聖地だ。緊急時以外は許可された人間しか入れない。だからお前を連れてきたかった。……グラントは連れてきてないから」

俺は特別。そういう意味だよな？

「嬉しいよ。ありがとう」

本当に、心から思う。言わなくても伝わるよ。不器用なダリウス……そこが可愛い。俺は目を閉じ、顎《あご》を上げる。

なぁ、伝わってるか？　俺も言葉にするのが苦手なんだ。だから……

唇が重なる。引き寄せられて抱きしめ合って、深く深く舌を絡め合う。

「……ダリウス、俺は、この世界に何をしてやれるのかなぁ」

「浄化してくれてるだろ？」

「それだけじゃ足りない気がしてさ」

ナオマサさんは国起こし、マスミさんは灌漑《かんがい》。それに比べたら……と思ってしまう。

「分かってないな。俺達の考え方そのものを変えてるんだぜ？　俺達だけじゃない。街の人間やユーフォーンの騎士も変わり始めた。誰も傷つけることなく、だ。それがどんなにすげぇことか分からないか？　ただ、お前に惚れる奴も増えるのは厄介《やっかい》だなぁ」

ダリウスは笑って俺の手を引き、小さい池の水際に誘った。

「水浴びしようぜ！」

「えっ？　これ非常時用なんだろう？」

「バルバロイの直系がいる時は許される。それに、ここは俺達の力を研ぎ澄ます場所だ。お前も入れば分かる」

「でも、着替えがないし……」

食い下がる俺の言葉に、ダリウスはニヤッと口の片端だけ上げて笑う。

「裸でいいだろ？　いつも見てんだから」

確かに見てるし見られてるけど、こんなオープンスペースで全裸は初体験なんですけど！

「なぁ……？」

しかし、耳元でセクシーにそう囁《ささや》かれ、俺は催眠にかかったように頷いていた。

バッグから大きな布を出して足元に敷いたダリウスが、脱いだ服をそこに置くように言う。俺が訪ねることも知らなかったはずなのにやたらと準備が良いと思ったら、持ってきたバッグは緊急出動セットらしい。野営できるグッズが詰まっているんだとか。

ダリウスは外で裸になるのは慣れているみたいで、躊躇《ちゅうちょ》なく脱いでいく。でも俺はこんな青空の下で全裸になった経験がない。誰もいないと言われても少し恥ずかしい。

でも、妙な雰囲気もないのに恥ずかしがるのもおかしいかも。思い切って脱ごうと服に手をかけたのだが……

今着ているのは、黒いフリルのついたシャツと、腰のラインを隠したいと言い出したエルビスのチョイスで、刺繍《ししゅう》入りのコルセットをつけられている。後ろで編み上げる形になっていて、自分では脱げない。よく考えたら、脱がないようにするため!?

「ダリウス、後ろの紐解いてくれ」

「あいつ、隠したつもりだろうが、これじゃ余計エロい腰付きに目が行くっての……アホだな」

ブツブツとぼやきながらも、大きな手が器用に動いて紐を解いてくれる。

「ありがとう」

「いーや。役得だな、くくくっ……全部脱がせてやろうか？」

締め付けのなくなった腰をスルリと撫でられ、ビクッと体が跳ねた。

「バーカ！　エログマ！」

「あははっ！　もう一人で脱げるよな？　俺は先に汗を流してるぜ」

ダリウスは脱ぎかけだった服をあっという間に放り投げて全裸になると、身を翻《ひるがえ》して池に飛び込む。あれは気持ち良さそうだ！

俺も急いで脱ぎ、池に向かう。水位は立ったダリウスの腰くらいか。まぁ俺でも足はつくだろう。いきなり水に入るのは体に良くないので、まずは体に水をかけて……ザ・日本人のルーティンだ。

「なーにしてんだ？」

「安全第一だよ！　笑うなっ！」

つま先から水に入ると、少し冷たいが気持ち良い。底面や側壁に苔《こけ》も生えてないし、本当に一回り小さなプールのようだ。水位からして、この池は浅いところと深いところがあるらしい。今はまだ俺の膝より下くらいまでしか深さがない。

それと、水に入ってから、魔力が流れ込んできているような気がする。

「これって魔力を持った水なのか？」

「ああ。理由は分からないが、ここの水は昔から魔粒《まりゅう》に満ちているんだ。だから、自然と魔力が回復するだろう？」

「うん！　この水、体が軽く感じるなぁ～」

テンションが上がるのは当然だ。王都とクードラでも水に入ったが、どちらも浄化でつらかった記憶が強い。だけど、今日はただの水遊びだっ！　ダリウスに近づこうと足を踏み出し――

「おっと、それ以上来ると深いぞ！」

「えっ？」

想定していた場所に底がなく、はっとした瞬間には、もう頭の先まで水に沈んでいた。パニックになる間もなく、ダリウスが救出してくれる。

「ゲホッ！　ゴホッ‼　ゴホッ！　はぁ……びっくりした。ありが……と」

支えるようにしっかりと抱かれ、素肌が密着していることに気づいてどきりとした。

「大丈夫か？」

「すぐ助けてくれたから大丈夫」

今の位置では足がつかないので、完全にダリウス頼りだ。水は冷たく気持ち良いが、触れている肌がやけに熱い……

「なぁ……ジュンヤ……いいか？」

「な、にが？」

本当は分かっている。俺だって本当は——でも、外だし……

「分かるだろ？」

ゴリッと臨戦態勢のモノを押しつけられた。

「でも、ここ、聖地なんだろ？」

「宗教的な聖地じゃない。俺達一族が勝手に崇《あが》めてるだけだ。それに、濡れてるお前が色っぽくて我慢できねぇよ。浄化してるのはわざとか？」

「えっ？　やってないよ？」

「……お前が水に触れてるだけで浄化されるのかもな。ああ、くそっ！　お前の力に煽《あお》られて堪《たま》んねぇよ。抱きたい……離れてる間、気が気じゃなかった！　それなのにその間、マテリオに抱かれただとっ!!」

最後のほうは悲痛な叫びだった。ずっと、苦悩を見せないようにしていたんだな……

ダリウスの首に手を回し、そっとキスをする。

「心配させてごめん。あんたの好きにしていいよ」

「仕方なく、抱かれてくれるのか？」

「違う。最初から全員のお願いを聞くつもりではいたんだ。外は恥ずかしいと思っただけ」

耳元で囁《ささや》くと、逞《たくま》しい肩がびくりと揺れた。

「ここに連れてきた本当の理由は、お前は俺の特別だって教えたかったからだ」

「嬉しいよ、嬉しい……」

首に掴まっていた右手を肩に移動する。立派な僧帽筋にキスしてきつく吸うと、褐色《かっしょく》の肌に赤い花が咲いた。俺の男だという印に満足して笑うと、ダリウスが苦笑する。

「悪戯《いたずら》したな？」

「俺だって、あんたが俺のものだってみんなに示したい」

ダリウスを見つめていたたくさんの熱い視線。その中には、かつて夜を共にした相手も含まれていたはずだ。

「ダリウスが俺だけだと宣言しても、諦められない奴は必ずいるはずだよ。だから、これはダリウスが俺のだって印。虫除けになるかは分からないけど」

「そうか——妬《や》いたのは俺だけじゃなかったか」

嬉しそうに笑うのと同時に、ダリウスの右手が俺の尻を撫で始めた。

「んっ……やらしい触り方、すんなよ……」

「いやらしいこと、しようぜ？」

「でも、ここは……あっ、ん……！」

指が尻の割れ目を撫でさする。それだけで腹の奥がずんと重くなり、核心に触れてほしくなる。

「んっ……くぅ……バカグマ……はっ、はぁ……エロ団長っ」

「ああ。俺はジュンヤに惚れまくってるエロ団長だ。だから、今すぐ愛したい」

「も、ほんとに……しょうがないなぁ」

キスすると舌が滑り込んできた。お互いの唾液を味わうように舌を絡め合う。

「んんっ……ん、待って、せめて、水から、で、んむっ……ん……あっ、んっ、ん」

左腕一本で俺を支えながら、右手は背中に移動する。背骨に沿って撫でられると、ゾクゾクするほど感じてしまう。キスで言葉を封じて愛撫され、どこにも力が入らない。窄《すぼ》まりに潜《もぐ》り込んだ指が、水中のせいか大した抵抗もなく根元まで挿し入れられた。

ダリウスの太い指、好き——

しがみついて両脚をダリウスの腰に巻きつける。両手が自由になったダリウスは、愛撫を続けながらナカを掻き回してきた。

もっと、奥までグリグリされたい……

ダリウスしか届かないところまで来てほしいと、指の動きに合わせ腰を揺らす。

「エリアスにも抱かれてきたな？　ここ、指に食いついてくるぜ」

「んっ、はぁ……今は、あんただけの、ぁ……俺、だよ……？　それじゃ、ダメか？」

「全部了解の上で恋人になった。でも、時々……どうしようもなく独占したくなるんだ」

それはそうだよな……一対一なら、自分の番なんて気にしなくていい。制約がありながらも、それでも俺を求めてくれる男だ。

「今は独占させてくれ」

指が二本になり、一緒に水が入ってきてびっくりしてしまった。水の力を借りて、このまま挿入できそうだ。

「水、入ってきちゃう……多分、すぐでも大丈夫……」

「傷つくからダメだ。……我慢できねぇのか？　腰振りまくって、エロくて可愛いなぁ」

「誰のせいだよ！　全部、あんたが最初だろっ」

「そういやそうだな。キスしたのも、最初にここに触れたのも俺だよなぁ」

「バカ！　エロエロ男っ！　早くヤれよぉ」

「そんなに求められたら期待に応えなきゃな」

ダリウスが俺の尻を掴んで先端を当ててくる。スムーズに挿入できるように、ダリウスの首に回している腕を緩めた。膝裏をダリウスの肘に支えられた体勢だ。浮力があるので、変わった体位でも陸より負担が少ない。侵入してくるダリウスと一緒に水が入ってくるが、冷たさは感じない。

「は、ああっ……ん……はぁ、……あんただけ届くところに、欲しい……」

内壁を擦《こす》られ、甘い痺《しび》れが体中を支配する。もっと奥へと呼び込むように、腰を揺らして誘った。

「どこまで夢中にさせる気だよ、壊しちまうだろうが……！」

「んぅ、うぁ……」

一気に奥まで貫かれ、衝撃に呻《うめ》く。交玉も香油もない分、さすがに少し苦しかった。

「あ、悪りぃ……痛かったか？」

「だい、じょ、ぶ……ゆっくり、慣らして」

心配そうに眉を八の字にするダリウスの頭を撫でてやる。交玉の媚薬《びやく》効果なしでセックスしている……それが、なんだか嬉しかった。

「あぁ、優しくするから」

ダリウスが後ろ向きに移動すると、更に水深が増したのか、俺達の胸付近まで水に浸かった。さっきよりも掴まるのが楽になったので、片手だけでしがみつきながらダリウスの逞《たくま》しい体を愛撫する。美しくかっこいい体に触れていいのは、俺だけ――

水面が俺達の動きに合わせて波打ち、水飛沫《みずしぶき》が跳ねる。太陽を反射して、飛沫《しぶき》が眩しいほどキラキラと輝いていた。そんな景色の中で、ダリウスの燃える赤髪が水を滴《したた》らせ、褐色《かっしょく》の肌も輝いて、男の色気が俺を酔わせる。

「ジュンヤ、ここ、好きか？」

「んん、いい、よ、ああ、ダリウス……」

穏やかな静寂を破るのは、俺達の荒い吐息と水音だけだ。背徳感が余計に興奮を煽《あお》った。

「あ、あうっ、も、イク、イクぅ……っ」

「くうっ……締めすぎだっ、俺も、もう、限界、だ」

「あ、あぁっ、――っ！」

ラストスパートの突き上げと、ダリウスの腹筋に挟まれたソコも擦《こす》られ、呆気なく達してしまう。

水の冷たさが、ナカに放たれた熱い雫《しずく》をより強く感じさせた。それが、痺《しび》れるほど気持ちいい。

「はぁ……ん……」

「ふ……そんなに良かったか？」

「うん……」

力の入らない俺を支え、ダリウスが首筋に何度もキスしてくる。まだまだ愛されたいと体が震えた。

「もう一回、抱きたい」

「いいけど、俺も触りたい……」

「じゃあ、出るか。しっかり首に掴まってろ」

「え、うん」

大人しく首に手を回すと、ダリウスが俺の太腿《ふともも》を掴んだ。そして、そのままズンズンと歩いて水際に向かう。すると、浮力が減り徐々に繋がりが深くなって――完全に水から出ると、自重も相まって深々と串刺しにされていた。

「ダリ、ウス……！　抜いて、これ、ヤバッ、あ、歩くの、む、りぃ、あうぅっ！　あ、はうっ！　あ、ひうっ！」

歩くごとに奥深くを抉《えぐ》られ絶頂を迎える。しばらく容赦なく揺さぶられ、そっと布の上に横たえられた。

「綺麗で可愛くてエロい、俺の大事な……伴侶だ」

——伴侶。この男が背負う言葉の重み。でも、俺も覚悟を決める時だ。

「あんたのためにできること、全部してやるよ。だって……伴侶になるんだもんな」

「そう言ってくれるのか？」

「うん……もう、逃げないよ」

覆いかぶさって何度もキスを落としてくるダリウスは、信じられないほど優しくてエッチでカッコイイ。

「どんな奴が取り返しに来ても、あんたを返してやれない……。なぁ、もっかいシよ？」

「俺だって逃さない」

足首を掴み、大きく広げられた。ダリウスの背後には、彼の瞳のような深い青色の空が広がっている。こんな青空の下でセックスする恥ずかしさと興奮が綯《な》い交《ま》ぜになり、いつの間にか俺のモノも力を取り戻していた。

言うまでもなく、ナカにいるダリウスは衰えを知らない。小刻みに出し入れする様を俺に見せつけてくる。

「お前のここ、美味そうに俺を食ってエロいなぁ。締まりも良いし、ピンクなままだ」

「言葉責め、やめろって……」

「その割には喜んで締めつけてるぜ。嬲《なぶ》られるのが好きなんだろ？」

このドスケベ男！　早くガンガン突いてほしいんだってば!!　わざと焦らしてんのかっ？

「ここか、ここも気持ち良さそうだ」

ゴリゴリと前立腺を擦《こす》られると、ダリウスを自然と締め上げ、その存在をより強く感じる。

「あぁ、っ、もうっ、早く！　奥を突いてくれよぉ」

耐えきれずに零すと、ダリウスがニヤリと笑う。

「満足するまで突いてやるよ」

そこからは……会話もなく、キスと、時折名前を呼び合うだけだった。青空の下で、お互い心も体も満足するまで獣じみたセックスをした。

「……俺は後れを取り戻せたか？」

余韻を楽しみながら、裸のまま布の上で抱き合い寝転がっていると、ダリウスがおでこにキスしてくる。そんなことを気にしていたなんてと俺は笑った。

「後れとか、そんなことを気にするなよ」

「気にするっての。でも……今日は良いことを知ったから満足だ」

「え、俺、変なこと口走ったか……？」

ダリウスは満足げに頬に口づけた。……相当まずいことを口走ったらしい。ぴったりと合わさっていた裸の胸を押すと、にやりと笑った。

「俺しか届かない場所が好きなんだろう？」

「はぁ？　な、何？」

「覚えてないのか？　一番奥を可愛がってたら、脚絡ませて自分から動いて喘《あえ》ぎまくってたぜ。すげぇ可愛かった」

髪を掻き回しながら顔中にキスをされ、何度も甘い言葉を囁《ささや》かれる。恥ずかしいが、喜んでいるようだからいいか……。

「……誰にも言うなよ？」

「もちろん。俺達だけの秘密だ」

「ん……」


しばらくダリウスと池のほとりでいちゃいちゃして、最後にもう一回水浴びをして体を清めてから邸宅に戻ると、玄関先でエルビスが待ち構えていた。

「ジュンヤ様……コルセットは？」

「俺が外した」

「……」

エルビス、つまりそういうことなんだ。ごめん！

「ごめんなさい……」

早急にエルビスのお願いも叶えてやらないと。早速明日、デートの手配をしてもらおうと心に誓った。

だが……翌朝。特段の手配の必要はなく、護衛を連れていれば敷地も街も自由に散策して構わない、とヒルダーヌ様から連絡が来た。突然緩んだ規制に驚いたが、理由を聞いたら何も言えなくなってしまった。

敷地内にある畑の作物が一晩で生長したという。それだけでなく、収穫された果物は驚くほど甘く、最高の出来だという吉報を聞かされた。俺がダリウスとチョスーチを訪問したとの報告を受け、俺が行く場所には何かしら良いことが起こるようだと考えたらしい。

すみません！　池でエッチしたせいかもしれません！

図らずもいやらしい行為が自由行動を手にするきっかけになり、少々複雑な気はするが……エルビスが俺の希望していた街の視察を優先すると言い、デートは後日にして街へ繰り出した。ヒルダーヌ様が街の警邏《けいら》を増やしてくれて、グラントを含むユーフォーンの騎士も俺の護衛に付いた。王都の騎士達もいるので厳重な警護だ。ただ、街の警邏《けいら》は変装しており、俺が圧を感じないよう気配りしてくれているらしい。

出かける前にヒルダーヌ様に挨拶がてら「人数が多すぎでは」と言ってみたが、まだ敵のアジトも捜索中なので仕方ないと言われた。居心地の悪さを我慢してダリウスも護衛に来てくれたが……「しっかり警護するように」と、またも兄弟らしからぬやりとりだった。

ダリウスは平静を装っているが、内心傷ついているのが分かる。仲直りしたいはずのダリウスのため、少しずつ距離を詰めてやれたらいいんだが。何はともあれ、情報収集だ。

まずはパッカーリア商会を目指す。あの日、ザンド団長に連れられてディックの裏切りを確認した、因縁のある店だ。ノルヴァンさんも商会ギルドの関係で付き合いがあるらしい。仲が良いのかは分からないが……。

この世界に来てからずっと市場調査をしたかった。ノルヴァンさんの店しか知らないので、多方面の商売を知りたいと思っていたんだ。

四人との今後を考えると、一人で自由に暮らす選択肢は消えた。そういう意味での自立の道は難しいかもしれない。でも、ティアの政務を手伝い、商売や食の発展に役立てるかもしれないと思ったんだ。補佐だって、権力に依存しないという意味で自立と言えなくもないだろう？

まぁ、今は話を戻そう。カルタス王国では、パッカーリア商会とノルヴァン商会がしのぎを削っていると聞いた。大規模な商会としてはその二商会だが、当然、ライバルは多数いる。パッカーリア商会は食品の輸出入と販売をメインに、ノルヴァン商会は衣類や雑貨を、このほか、武器専門業者もいるそうだ。

ディックが暴れ出した原因が俺ということもあり、少し緊張しつつ入店した。扉をくぐった途端に、口髭《くちひげ》の中年男性が深々と頭を下げた。

「神子《みこ》様、当店へのご来訪ありがとうございます。先日は大変な状況でお目通り叶わず、首を長くしてこの日をお待ち申しておりました。パッカーリア商会を取り仕切っております、ユマズ・パッカーリアと申します」

パッカーリア商会の直系で、バルバロイ家に代々仕える諜報部の家系だそうだ。商人をしながら国内外を回り、情報収集をするのだという。そのせいか、ただの商人より癖は強そうだ。

「ジュンヤとお呼びください。先日はお騒がせしました」

「とんでもありません！　神子《みこ》様は善行をなさっているという、商人から得た情報を民に知らせていたのですが、刺激的な噂話のほうが注目され、面白おかしく広まってしまいました。抑えられず、大変申し訳ありません」

「いいえ、よく分かります。今は落ち着きましたか？　俺が街を歩いても平気でしょうか」

今日は念のため、王家の紋入りではない貴族用の馬車に乗ってきた。

「不信感を完全に拭うのは難しいですが、アズィトに下賜《かし》してくださった魔石のお力で、瀕死の騎士のみならず、多くの民が救われたと一報が入っております。ジュンヤ様の慈悲を知り、多くの民が誹謗《ひぼう》中傷したことを反省しておりますよ」

評判も少しマシになったようだし、ヒルダーヌ様の計らいで王族並みの護衛が配置されている。注意していれば大丈夫そうだ。

「街を見て回りたかったので、誤解が解けて良かったです」

「ところで、ノルヴァンにも聞きましたが……ジュンヤ様にまつわる商品を彼と共同開発させていただきたいのです!!」

はい、商魂逞《たくま》しい！　包み隠さない熱意は好きだな。

「関連商品ですか。ノルヴァンさんは絵姿や香水と伺いましたが、あなたは何をなさる気で？」

「ケローガ支店の報告では、ジュンヤ様は料理がお得意とか。クッキーや飴《あめ》で浄化を授けられたと聞きました。配給されたスープも絶品だったとか。レシピを伝授いただけたら、神子《みこ》様公認の食品として販売しようかと考えております。印章を作ってもいいですねぇ。そうだそれがいい。ああ、あれもいい、いや、違うな……」

会話が突然独り言に変わり、あっけに取られてしまった。

「失礼します。当店の主人は興奮すると気持ちがどこかへ飛んでいってしまうのです。お許しください。私は弟のソーラズです。兄は天才的な閃《ひらめ》きで商売を成功させてきましたが、時々ああなるので、私が補佐をしています」

そう言ったのは、顎《あご》に立派なひげを蓄えたナイスミドルの弟さん。お兄さんより落ち着いている。天才は変わり者が多いと言うからな、うん。フォローする人が必要なんだろう。

二人はとてもよく似た顔立ちで、白い肌に黄緑色の目、赤茶色の髪をしている。兄は口髭《くちひげ》で弟は顎《あご》ひげだから覚えやすい。それにしてもこの世界は、本当に鮮やかな色をした人が多いな。

「私も商人をしていましたから、いいアイデアが出ると夢中になる気持ちは分かります」

「お気遣いありがとうございます。ところで、ダリウス様に緊急でご報告がございます。例の件ですが……」

ダリウスに顔を向けつつも、ちらっと俺を見たから、襲撃犯絡みの話か？

「覚悟を決めてるので、どんな内容でも聞きますよ」

「そうですか……ダリウス様？」

「ああ、一緒に聞こう」

奥の席に案内され、護衛も全員同席した。兄のユマズさんは店のほうに残してきた。

「敵のアジトらしき場所を発見し見張っておりましたところ、先程ディックが現れ、捕縛《ほばく》せよとヒルダーヌ様から命が下りました」

「そうか。……グラント」

ダリウスはグラントを気遣うように声をかけた。グラントが表情を変えず頷く。

「気を遣うな。捕らえて裁く」

本当は、部下の裏切りに苦しんでいるだろう。だが、グラントは使命を果たすつもりなんだ。

「神子様《みこ》。一度外してもよろしいでしょうか。奴を捕らえるのは俺でなくてはなりません」

「――分かった。でも、俺も行っていいか？」

「ジュンヤ、ダメだ！」

「神子様《みこ》、わざわざ危険に飛び込むおつもりですか!?」

二人共、当然止めるよな。でもな。俺もけじめが必要だと思うんだ。

「危険なのは分かってる。でも、ディックがおかしくなったのは俺のせいなんだろう？　だから見届けて……理由も知りたいんだ。ダリウス。守ってくれるって信じてるよ」

「見たくないものも見る羽目になるぞ」

恐ろしいものを見るのかもしれない。でも、俺が彼の人生を狂わせたのなら、見届けるべきじゃないか？　ダリウスの目をまっすぐに見つめ、本気だと伝える。

「はぁ……お前は言い出したら聞かないよなぁ。仕方ない、俺から離れるなよ」

「ごめんな。頼りにしてるよ、俺の騎士様。指示には従うから」

もし最悪の場面を見ることになっても……歯車を狂わせた責任を取らなければ。ただ、可能ならば、きちんと裁判なりで裁いて罪を償《つぐな》わせたい。

「ジュンヤ様、我々も協力します。うちの魔導士をお使いください。変わり者ですが、腕は確かですよ」

ソーラズさんに呼ばれてやってきた男は、紫紺《しこん》色の髪をしていた。梳《と》かしていないのか、寝癖のようにあちこち跳ねている。痩《や》せて不健康そうな青白い肌、アメジストの瞳は綺麗だが、メガネで隠れて見えづらい。三十代後半ってところかな？　本人の華やかな色彩とは反対に、身に纏《まと》うのはカーキ色の平凡なローブだ。

「当商会で抱えております魔導士のアナトリーです。ほら、神子《みこ》様にご挨拶をしなさい」

「はいはい、アナトリーです。苗字はありません。呼び捨てでどうぞ。えーっと、あなたが神子《みこ》様……？」

アナトリーが俺を凝視《ぎょうし》する。熱視線で、穴でも開きそうだ。

「は、はい。よろしくお願いします」

「神子《みこ》様……魔力量、すごいですね。器から漏れてる人を見るのは初めてです」

なんのことかと思ったら、肉体を器と表現した時、普通は器に収まるだけの魔力量を持っているところを、俺の場合はキャパオーバーしているそうだ。王都ではそんなこと言われなかったんだが。

「溢れた魔力は、主にダリウス様と侍従さんに流れていますねぇ。でも、広範囲に守護のお力が拡散しています」

「何か実感ある？」

ダリウスとエルビスの顔を見るが、首を捻《ひね》っている。

「ジュンヤといると体が軽くなるのは確かだが、魔力の流れは分かんねぇ」

「私もです。香りに包まれているのは感じるのですが……」

「恐らく、無意識に力を与えているのでしょうな。――面白い。実に面白い！　これは研究のし甲斐がありそうだ!!」

アナトリーが興奮した様子で腕を広げると、ローブが翻《ひるがえ》る。その内側にはびっしり魔道具らしきものが収納されていた。そこから虫眼鏡のような道具を取り出して俺に向け、まじまじと観察してくる。確かに変わり者と言っていたが、どちらかと言うと変態では？　マッドサイエンティストじゃないことを祈ろう。落ち着きのないおっさんの扱い、難しいぞ！

「アナトリー。最初からそれでは相手が怖がるといつも言っているだろう。やめないか」

「しかし、ソーラズ殿！　こんな調べ甲斐のあるお方は初めてで……!!」

「神子《みこ》様にしつこくするなら、資金援助をやめるぞ？」

「そ、それは困るっ！　分かりました。自重します。ええ、自重しますともっ！　それで、ソーラズ殿は僕に何をお求めですか？」

「神子《みこ》様を守る手伝いをしろ。領内を撹乱《かくらん》しようとする敵の捕縛《ほばく》に手を貸すんだ」

「はいはい、魔道具も魔法も存分に披露いたしましょう。神子《みこ》様、よろしくお願いします。たまには実験に協力してくださると嬉しいです」

前のめりに迫るアナトリーは妙に迫力があり、とりあえず首を縦に振って場を収めた。

「王都の魔導士アリアーシュ殿も素晴らしい方ですが、アナトリーは攻撃系が特に得意ですよ。結界だって、そこらの魔導士では太刀打ちできません。魔道具も、変なものも多いですが優れた品を多数作っています」

「変って⁉　ソーラズ殿～‼」

「褒めているんだ。独創性のある品は、我が商会にとっても領にとっても得がたいものだからな」

「へへへ……褒められた……？」

ソーラズさんに褒められて喜ぶアナトリー。大人なのに大人じゃない、今まで会ったことのないキャラクターだなぁ。俺の周りはしっかりした人が多かったんだと思った。

そこへ、グラントが焦れた様子で割り込んでくる。

「アナトリー殿、そろそろいいか？　ダリウスは神子《みこ》様の警護中心で頼む」

「俺が手を貸さなくて大丈夫か？」

「これは我々ユーフォーン騎士のけじめだ。ザンド団長も捕縛《ほばく》には参加すると仰っていた」

「そうか。なら、王都《うち》組はジュンヤの警護に専念する」

グラント達の気持ちを察したダリウスが了承し、今後の流れを話し合う。ユーフォーン騎士がディックの逃げ道を塞《ふさ》ぎつつ近隣の住人を密かに避難させて、アジトに突入する計画だった。地図を見ながら話していると、ユーフォーン騎士がやってきて包囲が完了したと告げる。

「神子様《みこ》……神官殿はご一緒ではないのですか」

さて動き出そうかという時、ソーラズさんに聞かれた。マテリオのことか。

「今日は同行していないんだ」

ソーラズさんの顔が曇る。怪我人が出た時の治療の心配だろうか。そこは俺が対応すると言うと、今度はグラントが話しかけてきた。

「神子様《みこ》、血を見る可能性もあります。それでもいらっしゃるのですね？」

「その覚悟だ」

「――分かりました。では、後程合流しましょう」

そう言って、ユーフォーン騎士はアナトリーを連れてパッカーリア商会を出ていった。

「俺達は知らせが来たら向かう。お前は一番後ろで待機だ。いいな？」

実戦を目の当たりにするのは正直怖い。でも、ディックを利用した奴らの正体も知りたいし、俺がいれば興奮して秘密を漏らすかも……なんて、そんな考えは甘いだろうか。

急な予定のため、奉仕に出ている神官達は頼れない。でも、俺がいる。俺が治癒をして、決して犠牲は出さないと誓い、準備を進めるのだった。

ユーフォーン騎士達の配置が終わり、俺は安全を確保しつつ作戦が見渡せる高い場所から見守っていた。近隣住民は避難済みで、いつでも突入可能な状態になっている。

現場からは離れすぎているが、連れてきてくれただけでも十分だ。ソーラズさんは商人から臣下に役割を替え、ダリウスへの報告や連絡係として奔走《ほんそう》している。お兄さんは騎士としては向いていないので商人に専念しているのだと言っていた。

「外からは一般家庭に見えますが、地下に武器を隠し潜伏していると思われます。ダリウス様の仰っていた、山の民の宝剣もあるはずです」

「街中の検問を厳しくしているから、脱出も増援の侵入も困難なはず。彼らはひたすら俺達に隙ができるのを待っているんだろう」

俺の隣に立つヒルダーヌ様は、街への出入りを蟻《あり》一匹も逃さない構えで見下ろしている。

「でも、ディックは今までどこにいたんだろう」

俺の疑問を聞きつけ、ソーラズさんがダリウスを見た。どうやら良くない話らしい。だが、ダリウスが頷くと、ソーラズさんは話し出した。

「市民の家を占拠し隠れていました。発覚したのは、その家族の親族が訪れて……遺体を発見したからです。ディックの私物があり、確定しました」

思わず顔を両手で覆う。罪もない民を殺したのか！　なんて酷《ひど》いことを……

「ジュンヤ様……」

俺の決断に口を挟まずずっと見守ってくれていたエルビスが、そっと背中をさすってくれる。

「証拠を残したのなら、もう後がないと覚悟をしたんだろうな」

ダリウスの声は冷静そうだが、領民を殺されて怒っているはずだ。

「ジュンヤ、無理しなくていいぞ」

「いや、残る」

答えてダリウスを見ると、焦点を絞るように目を細めて何かを見ている。

「ん……？　誰だ、あれは。まさか避難し損ねた…………いや、ラジートじゃねぇかっ⁉」

その言葉に俺もその方角を見ると、黒っぽい鎧《よろい》を着た男が、包囲された家に向かって歩いていた。あの赤銅《しゃくどう》色の髪は間違いなく山の民で、悠々とした歩き方は確かにラジート様に似ている。

「まさか……いや、でも、間違いない」

俺達の戸惑いをよそに、ラジート様は堂々と通りを歩いている。人っ子一人いない通りに、ぽつんといるのは異様な光景だ。

ラジート様は検問やヒルダーヌ様の監視の目を掻いくぐり、突然現れた。神には包囲網なんて無意味なのかもしれない。問題は、騎士達が動揺するとまずいってことだ。かといって、強引に排除しようと騒げば敵にバレる。いや、もう気づかれたかも……

「あの野郎、なんでこのタイミングで現れるんだよ！」

駆け出そうとしたダリウスが、はっとした様子でこちらを振り返る。俺から離れられないが、騎士達とラジート様が接触したら被害が出るのは間違いない。ラジート様の恐ろしさを知るダリウスが、行動を決めかねているのがすぐに分かった。

そうこうしている間にも、騎士が建物に身を隠しながら不審人物たるラジート様に接近している。

「ダリウス、俺も行く。そうしないと騎士に犠牲が出るぞ」

ダリウスとエルビスは当然反対した。でも、ラジート様を止められるのは俺しかないんだ。

「ラジート様は俺を傷つけない。でも、戦いを挑んだ騎士は斬られる！　だから俺が行く」

「くそっ!!　ラド、風で運べっ!!　ウォーベルトは盾役、残りは待機だっ!!　絶対ラジートを攻撃するなよ！」

ダリウス、俺、ウォーベルトを、ラドクルトが風魔法のドームで包む。体がふわりと浮き、坂を滑るように下りる。ラジート様に連れ去られた時と似ているが、術者のラドクルトは苦しそうだった。

「この人数はキツイですっ！　ウォル！　お前は走れっ！」

「しょーがねーなっ！」

ウォーベルトがドームから出て、後ろから追いかけてくる。その頃には、騎士が剣を抜いてラジート様を取り囲んでいた。一触即発の場面に割り込もうとした時、アジトの窓から丸い物体がいくつも飛んできた。

「魔導弾だっ!!」

ダリウスが叫ぶと、その場にいた騎士達が一斉にガードをしながら下がる。それが地面に落ちた瞬間、閃光《せんこう》と爆音が響き、もうもうと砂煙が上がった。ダリウスが俺を庇《かば》い前に立つ。烟《けぶ》った視界の隙間から、荊《いばら》が見えた。

「つく!!　ラ、ラジート様！　騎士は味方です！　攻撃しな、で……!!　ゲホッ！」

巻き上がった砂が目や鼻に襲いかかる。手で塞《ふさ》いで保護するが、目は開けられない。あちこちで呟き込む声が聞こえる。

不意に、簡単には収まらないだろうと思っていた砂煙が俺達の周辺だけフリーズし、一部が切り取られるように地面に落ちた。

「な、何？」

「お待たせしたっす～!!」

追いついたウォーベルトが周囲の砂煙の動きを止め、落としたらしい。一気に広範囲は無理でも、騎士達を取り巻く砂煙が少しずつ減り始めた。

その間もアジトの一階と二階の窓から、絶え間なく矢が飛んできている。魔導弾は数が少ないのか、最初の攻撃以降は投げ込まれていない。

「団長、ジュンヤ様を連れて下がりましょうか？」

ラドクルトがダリウスと並んで俺をガードしつつ、いつでも撤退できると示す。俺も、最前線に来るつもりはなかった。でも、ラジート様が見境なく殺すのは阻止したい。

「待って！　ラジート様の近くに行く」

「えっ？　ジュンヤ様、何言ってるんですか！　あいつは――」

「このままじゃ敵も味方も関係なく攻撃される。それだけじゃない、最悪喰《く》われるかも……」

俺の言葉にダリウスも頷いた。

「あいつを止められるのはジュンヤだけだ！　行くぞ！」

「喰《く》われる!?　わ、分かりました！」

ウォーベルトは砂を利用して盾を作り、ラドクルトはアジトから飛んでくる矢を風で搦《から》め捕って落とす。俺の前に立つダリウスは、アジトに向けて雷撃を叩きつけながら進んでいた。

「ラジート様っ！」

砂煙の向こう、防御のためか鳥カゴのように周囲を荊《いばら》で固め、ラジート様は飄々《ひょうひょう》と立っている。矢は荊《いばら》に軽くいなされて、変な方向へ飛んでいく。魔導弾はやはり数がないようで、たまに投げ込まれる程度だ。

「神子《みこ》よ、なぜここに来た。そなたは荒事に向いていない」

「俺の味方は殺さないでください！」

「敵か味方か、我には分からぬ」

「青い服と白い服の人は、俺の味方です！」

「――善処しよう」

答えたラジート様がふわりと浮き上がり、二階の窓へと滑り込む。矢を射っていた敵が消えた。

「あっ！　待ってくださいっ！」

「これ以上はダメだっ！　下がるぞ！」

ダリウスは一階から飛来する矢を薙《な》ぎ払いつつ、俺の腕を引っ張る。これ以上我儘《わがまま》は言えない。

俺はダリウスとラドクルト、ウォーベルトに守られながら撤退を始めた。

「魔導弾、来るっす!!　しゃがんでください！」

ウォーベルトが叫び、俺は衝撃を覚悟し頭を抱えてしゃがんだ。

ジュワッ！　ボッ！　ボッ！　ボッ！

衝撃の代わりに、爆音と熱気を背中に感じて顔を上げる。

「神子《みこ》様～。こんなところにいたら危ないですよぉ～？」

「ア、アナトリー？」

「おう、助かったぞ」

「はいはい、ダリウス様。ご無事で何より。背後はお任せを」

――何をしたのか分からないが、助かった。こんなに頼りになると思わなかったので見直した。

攻撃が届かない場所まで下がると、ちょうど一階からユーフォーンの騎士が突入していくのが見えた。

「ラジート様は剣を探しに来たのかも……無事に見つかるといいな」

「それほど重要な剣なのか？」

「昔人間に与えたものだって。剣と宝玉が揃ってこそ、本当の力が発揮できるんじゃないかな？推測だけど」

だけど、もし剣を奪還したら、浄化が終わっていない宝玉を剣に戻すことになるんだろうか。

「神子《みこ》様、神子《みこ》様」

目の前にアナトリーがぬっと現れ、驚いて仰《の》け反《ぞ》ってしまった。

「宝剣を取り戻したら僕にも見せてくれませんか？　どれほどの魔力が秘められているのか……神の与えたもうた武器!!　ああ、ロマンですね!!　ワクワクしますね!!」

テンションが高すぎてついていけない。うん、色々台なしだ、アナトリー。株を上げては下げるあなたが全然分からないよ。

「瘴気《しょうき》があったら触れないよ」

「見るだけでも構いません!! お願いしま……おやっ、あちら、様子がおかしいですね」

アナトリーはアジトのほうを振り返っていた。二階の窓から荊《いばら》がうねうねと伸びている。あれはラジート様だっ!!

「ダリウス、あれっ！」

「ラジートの荊《いばら》だな。相変わらず気持ち悪りぃ」

騎士が窓や玄関から転がり出てくる。敵は制圧したらしいが、中でラジート様が暴れているようだ。

「あれを止められるのは俺だけだ……」

「ほっといてもいいぞ。あいつは、お前の敵を殺《ヤ》るつもりなんだろうさ」

「全員死んだら証言が取れないだろう？　それに、あいつらには生きて償《つぐな》わせる」

「仕方ねぇな。アナトリー、ついてこい。結界のタイミングはお前の判断に任せる。ラドクルトは遠隔でサポート。ウォーベルト、あの荊《いばら》を防げるか？」

「やってみるっす」

再びアジトに近づくと、騎士達は内部で蠢《うごめ》く荊《いばら》の海を呆然と見つめていた。屋内いっぱいの荊《いばら》は悪夢を見ているみたいだ。逃れようとする誰かの手が見えたが、すぐに荊《いばら》に呑まれて消えた。また、玉にして喰《く》らうつもりなんだろうか……

「神子《みこ》様、危険です！」

撤退してきた騎士達の中から飛び出してきたグラントが、青い顔で俺の前に立ち塞《ふさ》がる。

「グラント。あれは人の体に憑依《ひょうい》したラジート神なんだ。彼を鎮められるのは、メイリル様から力を与えられた俺だけなんだよ。だから……行く」

「では、俺も行きます」

その目には、絶対に引かないという強い意志が見えた。仕方なく頷く。

「逃げきれなかった味方の騎士はいる？」

「何人か。敵のほうはほとんど家の中にいます」

扉の前に立つと、屋内は相変わらず荊《いばら》が蛇《へび》のように蠢《うごめ》いていた。これじゃ敵も味方も見えやしない。

「ラジート様！　荊《いばら》を引っ込めて、俺を中に入れてくれませんか？」

返事はないが、荊《いばら》が一本俺の前に伸びてきた。全員が剣を構える。

「攻撃しないで。大丈夫だから……多分」

「ジュンヤ、多分って、おい！　触るなっ！」

「ダリウス、絶対、大丈夫」

そっと手を伸ばして荊《いばら》に触れる。

「ラジート様、俺です。お怒りでしょうが、ここは収めてください」

声をかけると荊《いばら》がするりと引っ込み、内部の荊《いばら》も徐々に減っていく。メチャクチャになった室内は暗く、中に入るのは憚《はばか》られた。その奥から、一つの影がゆっくりとこちらに向かって歩いてくる——ラジート様だ。

防御のためか、ラジート様は荊《いばら》を鎧《よろい》のように纏《まと》っていた。そこから伸びる蔓《つる》の先に、三人の男がぐるぐる巻きにされてもがき呻《うめ》いている。一人はネイビーの制服なので味方だ。他の二人はチュニックを着て顔を布で隠している。つまり、敵。

「ラジート様。青い服の彼は俺の味方です。お願いですから解放してください」

「これは我に剣を向けた。許さぬ」

怒りのせいか赤い目が燃えているように見えた。怯《ひる》みそうになる自分を抑え、なんとか言葉を続ける。

「その人は俺を守るための作戦に参加しただけで、ラジート様のことを知らなかったんです。どうか、解放してください」

必死で訴えると、騎士を捕らえていた蔓《つる》が緩み、彼はどさりと床に落ちた。制服が破れ、あちこち出血している。しかも、皮膚にはあの荊《いばら》の模様が浮かんでいた。浄化しなければ危険だ。騎士に近づいて浄化と治癒を流すと、彼は呻《うめ》きながら目を開けた。

「みこ……さ、ま？」

「そうだ。もう大丈夫。グラント、彼を避難させて」

ユーフォーン騎士の一人が彼を抱えて下がる。

「ラジート様、そちらの二人はどうなさるおつもりで？」

「これらは魔力が少なく糧《かて》にならぬ。嬲《なぶ》って大地に還す」

いやいやいや!!　それダメっ!!　ラジート様、怒鳴りはしないけどブチ切れているんだな。

「ですが、黒幕を捕まえるには捕虜が必要です。どうか、こちらに渡してもらえませんか？」

「捕虜は一人でも良かろう」

「人数は多いほうがいいんです。……お願いです」

「許さぬ!!　これらは、我が剣で動物を嬲《なぶ》り弄《もてあそ》び、我を穢《けが》した!!　我を縛《しば》る愚かな人間を許す訳にはいかん!!　全員に償《つぐな》わせるっ!!」

怒号と同時に瘴気《しょうき》が撒《ま》き散らされた。ダリウスもグラントも咳き込み、手で口を覆う。

「みんな、瘴気《しょうき》を吸うな！　俺は大丈夫だから下がれっ!!」

一人その場に残り、ラジート様と対峙《たいじ》する。彼の顔は怒りで紅潮し、眦《まなじり》は吊り上がっている。恐ろしい顔つきだが、思い切って近寄り、荊《いばら》を避けずに手を伸ばした。すると、ラジート様を覆っていた荊《いばら》が引っ込んでいく。それを追いかけるように手を伸ばし、俺は……なぜか彼を抱きしめていた。

――ああ、浄化したはずなのに、また酷《ひど》い瘴気《しょうき》に苦しんでいる……

俺が浄化を流し込むと、ラジート様が抱きしめ返してくる。

「苦しいんですね。でも大丈夫、俺が浄化してあげます。だからその二人を俺にください。あなたにしたことも償《つぐな》わせます」

「神子《みこ》……」

だんだんと荊《いばら》が消えていき、二人の男は解放されたが、こちらもやはり血塗《まみ》れで荊《いばら》の模様が浮かんでいる。

「犯人を、俺にくれますか？」

「ならば、浄化を……我にもっと浄化をくれ!!」

覚悟を決め、覆いかぶさってきたラジート様の頬にキスして浄化を送る。頬でも浄化されるらしく、ラジート様の強張った体が緩んでいくのを感じていた。

どれくらいの時間そうしていたのか分からない。ようやく解放され、ラジート様の腕から離れた。

「もう大丈夫ですか？」

「──正気には戻れたようだ」

「良かったで──あっ!!」

視界の端で何かがキラリと光り、影が飛び込んできた。とっさにラジート様を突き飛ばし、反動で俺も床に転がる。顔を上げて目に入ったのは、ボロボロになったネイビーの制服だ。

「ディック？」

「誰にでもそうやって媚《こび》を売るんだろう、淫売め！　貴様がいなければこんなことにならなかった!!　俺は騎士のままでいられたっ!!」

ディックが剣を振りかぶる。これは逃げられないと目を瞑《つぶ》ったが……背後から強い風が吹いた。

同時に、ゴトンと何かが落ちる鈍《にぶ》い音が響く。

「っ！　あっがぁぁ〜‼　ゔぁぁっ〜！　手が、おれの、手ぇぇ！」

凄《すさ》まじい叫びを聞き、目を開けるのが怖かった。それでも……見なければ……

「グラントざまぁ〜っ！　なぜ？　なぜですかっ！　おれは、あなたのために！　あなたが、バルバロイに名を連ねたいと願っていだがらぁ〜！」

今、俺の目の前に立っているのはグラントだった。左手で右肘の上部を掴んでいるが、大量に出血している。

ディックの右腕は肘から下を失っていた。俺を庇《かば》いディックに剣先を向けている。

「そのために仲間を裏切ったのか？　己の過ちを認めず、神子《みこ》様に反旗《ひるがえ》を翻す勢力に付いたと？　よくもユーフォーン騎士の名を汚したな」

グラントの剣から血が滴《したた》り落ちるのを見て、彼の手で斬り落とされたのだと気づいた。

「俺は確かにバルバロイ家の一員になる夢を見た。だが、こんな方法では意味がない」

グラントは毅然《きぜん》と拒絶する。

「おうおう、クソガキはグラントに懸想してやがったのか？」

今度はザンド団長が現れた。ダリウスはこっちに来たがっているようだが、制止されている。ザンド団長の言葉にグラントが振り返り、顔を顰《しか》めた。

「団長、やめてください」

「団長！　おれ、は！　そこにいる淫売が許せない！」

「大バカ野郎め。神子《みこ》様はな、俺達常人とは違うんだよ。ガキがとんでもないことをしでかしやがって」

ディックは俺を憎しみに満ちた目で見ていた。今も大量出血を続けているとは思えない形相で、背筋に寒気が走る。床に落ちた自分の剣を左手で取り上げ、ディックがグラントを見た。

「あなたの、夢を……叶え……たかった……」

「だめだ！　死なせるな！　止めてくれ！」

嫌な予感に、俺は必死で手を伸ばす。が、届かない。ディックが、自分に向けた剣に倒れ込む――

「仕方のない奴め」

やけにゆっくりと感じる一瞬の間に、耳元でラジート様が囁《ささや》いた。気づくと、素早く伸びた荊《いばら》がディックの手や体を搦《から》め捕っていた。

「これでいいのか？」

「っラジート様!!　ありがとう！」

俺は思わずラジート様に抱きついた。ディックは悪態をつきながら暴れている。

「くくっ……そなたから抱きついてくるとはな。しかし、あれはあのままでは死ぬぞ？」

「あっ！　ラジート様、しばらくそのままでお願いします」

「神使いの荒い奴め」

ディックに近づき、震える手で出血が止まらない右腕に触れる。

「触るな！　汚らわしい!!」

「黙ってろ」

失血で顔色がどんどん白くなっているが、まだ間に合うはずだ。もしかすると腕をくっつけることもできるのかもしれないが……それは人の道理から外れる気がする。

「神子《みこ》様、もし腕を戻せるとしても、それはしないでください。騎士の誇りを汚した罰です」

グラントは俺の考えを察したみたいだった。そうだな、これは彼への罰だ。ラジート様が捕らえてくれている間に、完全に止血する。

「なぜだ……なぜ、こんな!? 殺せっ!! グラント様っ！ せめてあなたの手で殺してくださいっ!!」

「あんたは生きて、裏切った仲間や殺した人達に償《つぐな》うんだ。……死なせてやらない」

「くそぅ!! この淫売っ!! ……うぐっ！」

暴れ喚《わめ》いていたディックは、ザンド団長の拳一発で気を失った。

「神子《みこ》様よぉ、なんでこいつを助けた？」

ザンド団長は呆れているみたいだ。分かるよ、俺をお人好しだと思っているよな？

「死んだほうがマシだと思ってる奴には、生きて償《つぐな》うほうが苦しいだろう？ 自分の罪を思い知ってもらう」

そう答えながら治癒を終えると、ザンド団長が俺の肩を叩く。

「なるほど、バルバロイに相応《ふさわ》しい男だ。ダリウス、来ていいぞ」

「ジュンヤ、無茶しやがって……」

ダリウスは許可を得るや否や駆け寄ってきて、まだ震えている俺を抱きしめてくれた。

「お前がずっと相手を決めなかったのは、神子《みこ》様に会うためだったのかもしれんな」

「そうかもしれません。俺にはもったいないほどの——伴侶です」

「伴侶か。うん。良いなぁ。後で祝いの場を設けてやる。お前らぁ、全員捕縛《ほばく》だ！　かかれ！」

騎士達は荊《いばら》の消えた家の中を捜索し、倒れている敵を全て捕らえた。中には荊《いばら》の侵食を受けて死亡している者もいたが、捕虜は複数いるので、誰かが白状するだろう。

「神子《みこ》。我の剣に触れよ」

「は、はい」

ラジート様が差し出した剣の柄《つか》を反射的に握って、困惑する。剣なんか持ったことないよ。ただ、握った剣には瘴気《しょうき》が籠《こも》っていて、なんとかしなければと思った。刃は濃緑色《のうりょくしょく》でドス黒く、本来の輝きはほとんど見えない。だが、これを浄化すれば宝玉の浄化も進む。なぜかそう思った。

「ラジート様の憂《うれ》いを、少しでも減らしてあげたい……」

——ラジート……私の片割れ。命を分け合う者。

柄《つか》にポッカリと空いた、あるべき宝玉のないその場所。

我が夫にこの力を分け与えたまえ——

頭の中で響く声に導かれ、俺は柄《つか》に口づけた。

——湧き出る清水のごとく清らかな力よ。大地を潤《うるお》す満ち足りた慈愛の力よ。無限の情愛の力をもってこの穢《けが》れを祓《はら》い、魂魄《こんぱく》を解放せしめよ……

目を開けた時、剣の柄《つか》には赤い艶やかな装飾が浮き出ていた。刃には未だ濃緑色《のうりょくしょく》の瘴気《しょうき》が残っているが、かなり浄化できたようだ。隣にいるラジート様を見ると、柄《つか》と同じ赤が目の前に広がった。

「ラジート様……鎧《よろい》が……！」

「うむ。神子《みこ》よ、そなたのおかげで、我の枷《かせ》がまた一つ外れた」

赤く変化した鎧《よろい》を纏《まと》ったラジート様は、初めて見る心からの笑みを浮かべていた。

ほっと安心感に包まれた途端、視界がブラックアウトして――同時に、ダリウスの力が流れてくるのを感じ、その腕に身を任せた。


剣の浄化で気を失った俺は、夕方になって目を覚ました。数時間眠っている間、三人が力を分け与えてくれたそうだ。体は重いが寝ている訳にはいかない。頼み込んで、ティアやヒルダーヌ様、ザンド団長など錚々《そうそう》たるメンバーが揃った会議に同席していた。

「ジュンヤ、苦労をかけたな。ヒルダーヌ、現状を教えてやってくれ」

ヒルダーヌ様が言うに、敵のほとんどは捕えるかもしくは死亡したらしい。もしまだ敵が残っていても、大幅に仲間を失い戦力はかなり落ちただろうし、単独行動を強いられている可能性もあるという。

「作戦は成功ですね、良かったです。作戦に口を挟むことはしませんが、怪我人が大勢いたので、慰問《いもん》に行かせてください。それと、ラジート様の剣はどうなりましたか？」

「それはザンドから報告させましょう」

ヒルダーヌ様がザンド団長を促す。

「倒れた神子《みこ》様にダリウスが力を与えている隙に、剣と共に消えた。その時に、敵も数人連れ去った」

「――何か言ってましたか？」

「いや、何も。だがなぁ……あの哄笑《こうしょう》が、耳にこびりついて離れねぇ……」

「笑ってた？　ええと、敵は――生きてました？」

「ああ。逃げようと暴れてたが、荊《いばら》で拘束されてビクともしなかった。あいつら、どうなるんだ？」

どうなる……か。大地に還すのか、それとも。

「その敵は、魔力が高い人でしたか？」

「ああ……確かに、あの中では魔力が高くて面倒な敵だった」

生きたままラジート様の糧《かて》になる要員かな。ひと思いに死んだほうがマシだと思うことになるだろう。

「神子《みこ》様？」

怪訝《けげん》そうなザンド団長に、ケローガで、バーレーズ司教が荊《いばら》に包まれ球体になり、剣に取り込まれた話をした。その時のみんなの顔といったら……うん、気持ちは分かる。生きたまま魔力の供給源にされる。それも、いつ終わるか分からない。一日か、数週間か、何年か……

「うへ……神ってのはやることがエグいな。ひと太刀で殺してやる俺は親切なもんだ」

「あの剣で動物を虐待したと怒っていたので、わざと殺さなかったんでしょう。魔力がない相手は、大地に還すと言ってましたから」

『大地に還す』の意味を正しく取った彼らは、しばらく沈黙した。

「ジュンヤがラジートを宥《なだ》めてくれたそうだな。よくやってくれた。ありがとう」

人前で簡単には礼を言わないティア。権威を維持しなくちゃいけないのに、他の人がいる場で「ありがとう」と言ってくれた。

「役に立てて嬉しいよ。そういえば、ディックも含め、彼らはどうなるんですか」

「我が領の法に基づいて裁きます。王族と神子《みこ》への反逆ですから、死罪は免《まぬか》れません」

ヒルダーヌ様が処断するんだろう。確かに今回のことで多くの血が流れ、亡くなった人もいる。

俺が口を出す権利はない……

「ヒルダーヌ。執行は、全容が明らかになってからだ」

「御意にございます」

ティアは優しい。俺の滞在中に執行を見なくて済むように気を遣ってくれたのかな。でも……神《み》子《こ》が現れたせいで争いが悪化したんじゃないのか？　だったら、俺は裁きの場にいなくちゃいけないんじゃないのか？

ぐるぐる考えている俺の頭に、大きな手がボスンと乗った。見上げるとザンド団長だ。

「神子《みこ》様は余計なことを考えてるな？　謀反《むほん》を謀《はか》った奴に従うのも、道を誤るのも、結局はそいつが選んだことだ。嫌なら他国にでも逃げりゃいい。だがディックはグラントに本音をぶつけず、神《み》子《こ》様を逆恨みした。その責任はあいつ自身のもんだ」

ぐちゃぐちゃと俺の髪を掻き回して優しく笑う顔は、ダリウスとよく似ていた。強いからこそ持つ優しさなのかもしれない。

「俺のせいで道を誤らせたのかと……考えてました」

「神子《みこ》様が来る前からあいつは拗《こじ》らせていた。殿下を狙う刺客もいた。結果は大して変わらんだろうさ」

ザンド団長の言葉を噛み締める。

「だから気にすんな。俺達騎士なんか、敵を殺してるんだぞ？　もっとひでぇだろ。だが、必要なら非情になる。何かを守るということは、何かを切り捨てることでもあるんだ」

この人はずっと戦ってきて、俺よりつらい場面をたくさん経験してきたんだろうな。

「そうですね……ありがとうございます。気持ちを切り替えます」

「優しさは変える必要ねぇぞ。それが、殿下やうちの坊主を変えたんだろうからな」

「……っ！　はい」

もう一度、俺の頭をぽんと軽く叩いて、その手は離れていった。

「ザンド……私が慰めようと思っていたのに」

「これはこれは、殿下の出番を取ってしまいましたなぁ、ハッハッハ!!」

ティアが拗《す》ねた顔をしていて、俺もプッと噴き出してしまった。だが、ザンド団長のおかげで場が和んだ。

「失礼いたします」

少し落ち着いた雰囲気の中、リンドさんがヒルダーヌ様にヒソヒソと耳打ちすると、彼の眉間に皺《しわ》が寄った。

「殿下、騎士棟からの知らせで、出頭してきた者がいるそうです。どうも貴族のようでして。しかも、他国の」

「なんだと？」

「何かの罠《わな》でしょうか」

ティアがリンドさんに出頭した男の容姿を尋ねる。

「白い肌に青銀の髪、細身で、従者を三人連れているそうです」

青銀の髪で貴族……なんとなく、知っている人物と重なる。

「まさか、サージュラさん？　あいつが黒幕ってことか!?」

サージュラさんは隣国トラージェの商人を装って事あるごとに接触してきた人だ。やっぱり彼も敵なのかと怒りが湧いた。

「落ち着け、ジュンヤ。黒幕は王都の者だ。とはいえ、取り調べは必要だな」

「わざわざ自分から現れるとは。殿下、青銀の髪は……あの国の人間ですね」

ヒルダーヌ様も察している。でも、他国の王族らしい人が自ら出頭したのはなぜだ。

「ケローガでもジュンヤに纏《まと》わりついていた。ここまで追ってきた理由を聞かねばならぬ。私が行こう」

ティアが立ち上がると、ケーリーさんが止める。

「止めても無駄なのは分かっています。ですが、態勢を整えるまではどうかお待ちください」

「分かった。では準備をしろ」

「俺も行く！」

「まず確認してからだ」

その場にいた全員の大反対を受けて、俺がサージュラさんに会うことはできなくなった。まぁ、危険な目に遭ったばかりだし仕方ない。

「ティア。サージュラさんには会わない。その代わり、騎士棟では怪我人の治癒をする。俺達のために大勢が怪我をした。持っている力は使わなくちゃいけないんだ。そうだろ？」

「――分かった。警護はダリウスに任せる」

「敵はいなくなったんだろ？」

「敵はな。ダリウス、頼んだぞ？」

「御意」

敵は？　変な言い方だ。敵以外何がいるって？　ダリウスをチラ見するが、近衛騎士モードで澄ましている。答える気はなさそうだ。

ケーリーさんが部下に指示を出し、慌ただしく動き始めた。

「神子《みこ》様ぁ、俺も行くぜ？」

「ザンド団長がいると心強いです」

「おう、任せろ」

「はい。俺、戦えないから守られてばかりで、汚いことや恐ろしいものを見なくていいように配慮されてました。でも現実を知りたい。そうでなきゃ今後、ティアの補佐にも、ダリウスの力にもなってやれない。もっとこの世界の現実を知るべきだと思うんです」

ザンド団長は考え込んでいた。

「神子《みこ》様は真面目ちゃんだなぁ～。もうちょい軽く考えていいんだぜぇ？」

「こればかりは、性分ですね」

話しているうちに準備ができ、ティアと同じタイミングで移動することになった。

「ティア、俺が無茶したから怒ってる？」

「怒ってはいない。結果としてジュンヤのおかげでラジートも押さえられた。そうでなければ、犠牲はもっと大きかっただろう。ジュンヤがラジートを説得したと聞いた。――本当に助かった、ありがとう」

今日のティアはいつもより表情がよく変わるが、今は苦しそうに瞳が揺れていた。

「お礼なんていいよ」

「この地は、私が立太子を迎えるまで過ごしていた第二の故郷だ。いや、むしろこちらのほうが、第一の故郷と呼べるかもしれない。チェリフとザンドは親代わりで、ヒルダーヌとダリウスは兄弟だった」

ふわりと柔らかく微笑むティアの様子から、バルバロイ家を大切に思っているのが感じられた。

「王都に帰った後は、ファルボドが私を守ってくれた。――実の父より父親だった。バルバロイ家は私の家族同然なんだ。だから彼らの領地を、民を、私は守りたい」

国王たる父は公務で忙しく、側妃の母は身分が低いと叩かれる。ティアのお母さんが国王に愛されれば愛されるほどに嫉妬を生み、幼いティアも狙われたのかもな。それを、ダリウスのお父さんが守ってくれたんだ。その陰で、ティアは国民に認められるために努力した。

「俺もみんなが大事にしているものを守りたい。もっと強くなりたいから、護身術を覚えるのを許可してほしい」

「護身術……無理じゃないか？」

「まぁ、そう思うよな。でも、最低限身を守る術《すべ》が欲しいんだ。あと、足が鈍《なま》ってるから走り込みもしたい」

「走るだと？」

ティアは心底意味が分からないという顔をした。

「仕事をする前はそういう競技の選手だったんだ。走る速さを競う競技があってさ」

「ううむ……」

「護身術の許可が出なくても、走り込みと筋トレはするからな」

「まぁ、それでジュンヤが納得するのならば良いか……」

ぶつぶつ言いながらも許可をくれたティアにお礼のキスをすると、応援の言葉をかけられた。現金なもんだよな。

そうしているうちに騎士棟に着いて、分かれ道でティアに抱きしめられる。

「ジュンヤ。ダリウスとエルビスから離れてはダメだぞ？　あと、ユーフォーンの騎士棟はジュンヤの想像を超える場所だから、覚悟しておけ」

真剣な表情で言われ、ごくりと生唾を呑み込んだ。

「そんなに怖いところなのか？」

「暑苦しい、むさ苦しい、ガサツ、性的な話題を大声で話す、デリカシーがない」

ティア……容赦ないな。ザンド団長も聞いているのに。

「本館の騎士宿舎の何倍もむさ苦しい。だから、いやらしい目に遭わないよう、周囲に気をつけるんだ」

「分かった」

ダリウスもザンド団長もいるし大丈夫だろうが、そこまで言うなら用心しよう。

「ザンド、ジュンヤに手を出す奴がいたら容赦するな」

「はいはい、お任せあれ。さぁ、殿下はお仕事頑張ってくださいよ」

ザンド団長はどでかい手のひらでティアの背中をばしっと叩いて気合を入れる。ティアは噎《む》せながら別棟に向かって歩き出した。

「さ～て、神子《みこ》様、行くぜぇ。ほれ、ディーもそんな顔してないで行くぞ!!」

「連れていきたくないし、見せたくないです」

ダリウスは珍しく駄々を捏《こ》ねている。

「かぁ～!!　過保護だなぁ！　変わったもんだ」

「叔父上、俺は初めて恐怖を知ったんです。ジュンヤを失うのが、怖い。……弱音を吐いて申し訳ありません。聞かなかったことにしてください」

そんなダリウスに、ザンド団長はにっと笑った。

「恐れを知るのは素晴らしいことだ。お前はまだまだ強くなれる。失う怖さを知らなければ、強くなれないんだぞ」

「叔父上……」

ダリウスの頭を撫でるザンド団長の横顔は、とても嬉しそうだった。

「命知らずに戦うのが強さじゃねぇんだ。やっと……本当のお前に戻ってくれたな」

恐れを知るから強くなれる……そんなこと思ってもみなかった。ザンド団長の言葉は、俺達の胸に深く刻み込まれただろう。

ザンド団長を先頭に歩くが、正直言って正面の様子は何も見えない。縦にも横にもでかいザンド団長の後ろにエルビス、その次に俺、両サイドにルファとラリーがいて、背後をダリウスと神兵さんに囲まれている。つまり、筋肉の壁で完全包囲されている。なんか、これ……いっそ懐かしい光景だ。初めて浄化に行った時を思い出すなぁ。

「あのさ、全然周りが見えないんだけど」

「ジュンヤ様は医務室だけご覧になってください」

エルビスに軽く流される。

「いや、周りも見たいんだよなぁ」

「ほら、言ったろ？　神子《みこ》様はビビらねえって。見せてやれや」

ザンド団長がフォローしてくれて、渋々だが筋肉の壁が崩れた。

「うわっ、びっくりした」

視界が明るくなると、マッチョ達が大勢こちらを遠巻きにしているのに気づいた。こんなに見られているなら、無視して通る訳にはいかない。

「はじめまして、ジュンヤ・ミナトです。この度は作戦にご尽力いただき感謝しています。怪我や病気のある方は後で治療しますので、申し出てください」

頭を下げたが、静まり返っている。俺のせいで怪我した人もいるから、こうやって顔を出すのは迷惑かもな。そう考えていたが、すぐにあちこちでざわめきが広がった。

「神子《みこ》様……！」

人垣を割って出てきた一人の騎士が跪《ひざまず》く。どこかで見覚えのある顔だ。

「神子《みこ》様。私はアズィトの町長宅で浄化をしていただきました。その節は無礼な振る舞いと、お礼も申し上げずに大変失礼いたしました。ご無礼を謝罪し、慈悲に感謝申し上げます」

そうか、アズィトで羽交《はが》い締《じ》めにして無理やり浄化した騎士だ。

「いいえ。誤解が解けたならいいんです」

俺も頭に来ていて強引だったし。もう終わった話だ。

「寛大な神子《みこ》様に忠誠を捧げます」

「あの、普通にしてもらっていいんですよ？　もっと気軽に話したいので、神子《みこ》じゃなくてジュンヤと呼んでください」

「そっ、そうですか！　本当によろしいのですか？」

「もちろん」

「ジュンヤ様！　無礼をした分、全力でお守りしますから!!」

前のめりにグイグイ来られて思わず後ろに一歩下がると、ダリウスに抱き止められた。

「お前ら、忘れるな。ジュンヤは俺の恋人だ。手を出すなよ。――妄想くらいは許してやるけどな」

妄想ってなんの妄想!?　許さないでくれよぉ！

「はいっ！　もちろんダリウス様の恋人に不埒《ふらち》なことはいたしませんですっ!!」

周囲が高速で頷いたのを見て、ダリウスはニンマリした。何その顔、満足そうに。言い触らしたかったのか？　もう……バカだなぁ。

「よしよし。さぁ、もう行くぞ」

「うん」

そして辿り着いた治療室はとても広かった。諍《いさか》いが多かった時代は、これでも患者が部屋から溢れていたと聞くと、過去の戦いの激しさが想像できる。一角には、騎士を治療している神官がいた。騎士棟には専属の神官がいて、敷地内に教会もあるそうだ。

俺達が来たのを見て姿勢を正そうとしているが、構わず治療を続けてもらった。彼らの邪魔をするのは本意じゃない。

ぺこりと頭を下げて治癒を続ける神官さんや、起きようと上半身を起こしていた騎士達も無理せず横になっていてもらう。こっちから行けばいいんだからさ。一人の神官さんの近くに寄り、声をかける。

「こんにちは。神官さん、お疲れ様です。俺はジュンヤです。お忙しいところすみません」

「はっ、はい！　私はハルと申します。お声をかけていただき光栄至極でございます」

「ああ、そのままで！　お邪魔してすみません。騎士さんの具合はどうですか？」

「魔導弾の爆発による火傷《やけど》と、爆発で飛んだガラスの破片による裂傷があります。当初よりは大分回復しましたが、まだ治療が必要です」

「そうですか」

俺は医者じゃないから詳しい症状は分からない。でも、見て分かる範囲では、左上半身に大きな火傷《やけど》があり、治癒で間に合わないところには大きなガーゼで薬を当てられていた。まだ止血しきれていないようで、包帯に血が滲《にじ》んでいる。

「ハルさん、これを食べてみてください」

飴《あめ》をたくさん持ってきたので、ハルさんに食べさせる。

「こ、これはっ……神子《みこ》様、力が湧き上がってきます！」

「良かった！　俺も少しは力になれますね。置いていくので、あなたも食べて回復してください」

「で、でもこんな貴重なものをいいのでしょうか？」

「人を助けるために作ったんですから、遠慮なくどうぞ。それと、騎士さんも」

自力で食べるのは無理だろうと判断し、彼の口元に飴《あめ》を運ぶ。

「まず、これを食べてください。それから、手に触りますね」

「えっ？　手を？　は、はい……」

騎士に手を伸ばすが、ダリウスに止められた。

「何？　治癒するんだけど？」

「いや、ジュンヤが直接する必要ないだろう？　魔石を使えば済むはずだ」

「俺が治癒したほうが早いだろ？　これまで散々同じことをしてたのに、急にどうしたんだ？」

「こいつらに触るのが嫌なんだよ……」

ダリウスと別行動だったアズィトでは、治癒中に抱きつかれたりもした。これは、黙っておいたほうが彼らのためだな。

「誰が相手でも治癒をする。それが俺の役目なんだぞ？」

「必要以上に触るなよ」

「はいはい」

これ、ヤキモチだよな。うちの団長様は俺に甘々だ。でも、正直言うと特別扱いは嬉しかったりする。

騎士の手を握り、いつも通りに治癒するが……なぜ顔を赤らめる？　これ、治癒だから！　甘ーい奴じゃないから！

「じゃあ、これでひとまず大丈夫」

十分治癒できたところでそそくさと手を離すが、騎士君はうっとりと見つめてくる。やめてくれ！　嫉妬した恋人達にお仕置きされちゃうだろうが！

「ジュンヤ。ここは魔石を預けて終わりにしろ。いいな？」

ダリウスが低い声で告げる。

「「「ええ～、そんなぁ！　ダリウス様、酷《ひど》いです！」」」

一斉にブーイングだ。ダリウスの睨みには負けないらしい。まぁ、ザンド団長のほうが怖そうだよな。

「煩《うるさ》い！」

「神子《みこ》様のお慈悲をお願いしますよ～！」

「痛いです～！　苦しいです～！」

ギャーギャーと大騒ぎしているが、ダリウスが本気でキレる様子はない。じゃれている感じで、仲が良いんだな。

「ダリウス様！　いくら神子《みこ》様にベタ惚れでも独り占めは酷《ひど》いですよ！　俺ら怪我人ですよ？」

「神子《みこ》様に色々教えちゃいますよ～？」

「うるせぇ！　やめろ、馬鹿ども！」

結局、凄《すさ》まじいブーイングと、俺に知られたくない秘密を盾にされ、ダリウスは彼らの治療を許可した。そこまで隠したいなんて、どんな過去があるんだよ。まぁ、過去は過去だ。でも、いざ聞いたらヤキモチは焼くだろうな。だって、好きなら当然だし。

「人数が多くて一回じゃ無理だから、日を分けてやるよ」

数日かければ負担は少ないだろうと言うと、ダリウスはまた不機嫌になった。一日でもやれるだろうが多分倒れると付け加えると、大きなため息をつく。

「分かった。無理はすんなよ」

「ありがとう。怒らないで、後で力分けてくれよ」

「俺は怒ってるんじゃねーよ」

治癒をかけながら話しているので顔は見えないけど、心配性だなぁ。

「もう乱暴はされないんじゃないかな？」

「そっちの乱暴じゃねーんだけどな……」

その小さな呟きは上手く聞き取れなかった。

「ん？　ごめん、よく聞こえなかった」

「いや、なんでもない」

護衛もたくさんいるし問題ないと思ったが、治癒を進めるとダリウスの心配していた意味が分かってきた。騎士達の俺を見る目つきがどうも怪しい。反感じゃない意味で怪しい!!

手を握った時に俺の手の甲を親指で撫でて、ダリウスからげんこつを喰《く》らう奴続出だった。それはつまり、『今夜どうですか？』のサインだそうだ。

「どうですかって……なんだそれっ!!　俺はダリウス達のだって分かってるはずだよな」

「既に恋人が三人……まだマテリオは入れねーからなっ!?　あいつはただの庇護者《ひごしゃ》だ。とにかく、複数婚に決めたなら、自分も受け入れられる余地があるとでも思ってんだろ」

「隙あらばアピールしてくるかもしれませんね」

エルビスも怒り心頭の様子で、周囲に氷がキラキラ光っている……全員凍らせてしまいそうだ。

「いやいや……メンバー見て諦めないか？」

「そんな程度でへこたれる奴は、ここの騎士やってねーから」とはダリウス談だ。恐ろしいほどメンタル強いなぁ。

ザンド団長はそんな騎士達を諌《いさ》めるどころか、勇気ある挑戦者だと笑っていた。責任者としてなんとかしてください……

その後、本日の予定を終えた俺達は、団長室でティアを待っていた。ザンド団長は直接ティアを捜しに行ってしまったが、部屋を貸してくれた。

やがてやってきたのはケーリーさんの部下だった。

「どうした？　何か問題か？」

「はい。問題の男が、神子《みこ》様にしか話したくないと言っているんです。ひとまず武器類は全て没収して危険はありませんので、殿下が呼んでくるようにと仰いました」

「行くよ」

俺が頷くと、ダリウスに肩を掴まれる。

「ジュンヤ!?　危険だ」

「話が進まないんだろう？　なら行く。安全は確保してくれるよな」

「お任せください。アナトリー殿に結界を張ってもらっています」

あのおっさん、まだいてくれたんだ。心強いな。

「行こう、みんな。俺もサージュラさんが気になってたし、この際はっきりさせよう。いつまでもストーカーされたら気味が悪い」

「すとーかーとは？」

エルビスが不思議そうに聞いてくる。

「ああ、えっと、しつこく付きまとう人のことだよ」

「なるほど、分かりました。――ダリウス、いざとなれば私も氷壁でお守りする」

ケーリーさんの部下の案内で通路を進みながら、目的の知れない相手と会う緊張感に拳を握りしめた。


「やぁ、ジュンヤ殿！　お待ちしていたよ。ここは待遇が悪くてね。あなたから、改善するように言ってくれないか？」

眼前には鉄柵が立ちはだかり、重苦しい光景が広がっている。しかし、中にいる人物は飄々《ひょうひょう》としていて、むしろ偉そうだった。

武器を奪われ、身に纏《まと》うのは薄手のチュニックのみと、正直みすぼらしい格好だ。ターバンも取られたようで、王族の証だという青銀の髪も曝《さら》け出している。牢に備えつけられた安っぽいベッドに腰掛けた彼に笑顔で話しかけられ、毒気を抜かれてしまった。

「サージュラさん、ご自分の状況を分かってますか？」

「もちろんだとも。だがね、君の庇護者《ひごしゃ》達も理解していると思うが、私を殺すことはできない。そうだろう？」

ああ、絶対解放される前提で出頭したんですね……

尊大な態度に、思わず大きなため息が出てしまう。

「それで、俺をご指名でのお話とはなんですか？」

「そうだねぇ……あ、エリアス殿下、ひとまず牢から出してくれないか？　さぁ、ジュンヤ殿、彼に一言頼んでくれ」

——なんだよ。俺が言うことを聞いて当然って態度。一ミリも頼む気ないだろ。ティアが良い人なだけで、王族というのはこういうものなんだろうか。上位貴族の高慢さをヒシヒシと感じます！

「牢から出ないと話さないつもりですか？」

「わざわざこんな待遇に甘んじているのは、何もかも、ジュンヤ殿と話すためだからね」

「はぁ。……ティア、サージュラさんだけなら出しても大丈夫？」

「仕方あるまい。アナトリー、結界を外せ。だが、いつでも拘束できるよう待機だ」

「はいはい、殿下。承知いたしました」

牢から出てきたサージュラさんを騎士達がぐるりと囲み、一分《いちぶ》の隙もない。俺なら震え上がりそうな状況だが、サージュラさんは涼しい顔で促された部屋へと進む。その様子を見て、こういう——大勢が周りにいるような状況に慣れているんだと思った。まぁ、今は連行されているんだけどな……

質素な作りの取り調べ室に、無駄に煌《きら》びやかな容姿の面々が集まった。その中に誰一人としてサージュラさんの味方はいないのに、怯える気配は微塵《みじん》もない。

「ケローガでは、ジュンヤ殿とは残念ながらほんの少ししか話せなかった。私はどうしてもあなたと話したかったのだよ」

「俺が神子《みこ》だからですか？」

「それもあるが、あなたの為人《ひととなり》を見て、是非とも我が国に欲しいと思ったのさ」

「ジュンヤを他国にはやらぬ。……そなたはサージュラ第四皇子だな？　もし協力を求めたいのであれば、正式に我が国に要請すれば良かろう。応じるかどうかは分からぬがな」

ティアの言葉にサージュラさんはクツクツと笑った。……第四皇子では、俺を利用しても皇位を狙うには随分難しい地位だというのは学んだ。

この世界における王位継承は、余程のことがない限り、生まれた順で継承権を得るそうだ。能力にかかわらず、血の濃さと生まれた順番で決めるなんて……向いていない奴がトップになったらどうするんだ。そう聞いたら、そういう王には補佐が山ほど付くから、臣下にとっては役職が増えて都合がいいそうだ。それは傀儡《かいらい》の王って奴じゃないの？

それはさておき、サージュラさんと初めて会ったのは、ケローガの食堂で二人神子《みこ》の告示が出たと騒ぎになった時だった。しかし俺と出くわしたのは偶然で、神子《みこ》狙いで出会いを仕組んだ訳じゃないという。「おまけ」だという異世界人との接触を図っていたところ、どちらも神子《みこ》だと知って欲が出たのか。

「役に立つかもと、おまけの異世界人を見に来た。でも、神子《みこ》が二人いるなら一人もらっても良いんじゃないかと考えた……とか？」

「ははは！　ジュンヤ殿はやはり面白いなぁ。最初から、『浄化の神子《みこ》』とやらを狙うリスクは高いと分かっていた。だが、民を癒《いや》す美しい黒髪の人物がいると噂を聞き、その人物こそ我が国に必要だと思った」

にやりと笑うサージュラさんは俺から視線を逸らさない。負けるものかとその瞳を睨みつけた。

「神子《みこ》としてちやほやされている訳でもないのに人々を癒《いや》す。その気高き心を持つあなたが欲しいのだ」

「……ちょっと待ってください。話がずれました。聞きたいのは、非公式に入国した理由と、賊の仲間なのか、です」

危うく脱線するところだった。気を取り直して、改めて問いただす。

「ふむ……つまらぬ。至って本気なのだが、まぁいい。そうだな、私がユーフォーンへ来たのには理由があるのだよ。それには、やはりジュンヤ殿が絡んでいるのさ」

パチンとウインクするチャラい王族。もう突っ込むのはやめよう……

「ケローガであなたに惚れた後、カルタスの王都がどう変わるのかを探りに戻った。そこで、ある人物からの接触があった。――ところで、茶の一つも出ないのかな？」

「出る訳ねーだろ！　ここは牢獄だ！　ある人物って誰だよ！」

ダリウスは完全にキレている。王族に対する態度もやめたようだ。まぁ、みんなも同じだけどな。怒鳴られてもヘラヘラしているサージュラさん、なんという図太さだ。

でも、これはそれなりに場数を踏んでいるからこその度胸なのかも。

「まぁ慌てるな。仕方ない、茶は後で頼むよ。それでだ、その人物は名乗らなかったので名は知らん。だがな、面白い話を持ちかけてきたのだよ」

口の片端を上げて笑うその顔は、俺達を焦らして楽しんでいる。

「どんな話だったんですか」

「教えても良いが、見返りはあるのかな？」

「俺が来ただけじゃ足りませんか」

「足りんね。これは、国政の根幹に関わることだ」

自国の問題を告白するんだから、こちらにも妥協をしろってことだよな。でも。

「じゃあ、言わなくていいですよ。俺をやると言われたんでしょう？」

「なぜそう思う？」

「直接聞いたので」

正体不明の二人に襲われマテリオが負傷した時、一人が『神子《みこ》様さえ生かしとけばいいって命令だろ？』と言っていた。ディックも、『そいつを欲しがってる奴がいる』と。両者とサージュラさんの背後にいるのが同一人物かは分からないが、神子《みこ》を守れなかった罪でティアを断罪しようとしていたのだろうと推測している。

ついでに、サージュラさん――他国に神子《みこ》を渡してその国が発展したら、ティアはきっと王位にはつけない。

「なんだ、つまらん。だがジュンヤ殿は手強くて面白い。ますます欲しくなった」

返事に困ることを言わないでくれ。正直、トラージェには興味は大ありだ。でもそれを口にすればみんなを心配させる。ただの観光だとしても不安にさせるかも。

「サージュラ第四皇子、いい加減目的を言え。貴殿の訪問について、貴国からなんの知らせも受けていないぞ」

ティアの詰問《きつもん》は当然だ。

「それはそうさ。私はふらりと旅に出たのだからな」

しかし、サージュラはあっけらかんと答えた。

「まさか、トラージェ皇王も知らぬと言わぬだろうな？」

「末端の皇子がいなくても陛下は気がつかない。元々、私はよく旅をしているのでね」

国内ならともかく、他国はマズイだろ⁉　皇王様、しっかりしてくれ。

「サージュラさん。あなたがカルタス王国に来ているのを知っているのは誰ですか？」

「モイラが陛下に知らせたとは言っていたな。まぁ、任せているので他は知らん」

モイラさんって、彼の従者だったたか。なんて自由人なんだ！　知らせようよ⁉　大事だろっ⁉

「ダメですよ！　何か起きたらどうするんですか？　あなたがこの国で怪我でもしたら、国家間で揉《も》め事になるとは思わなかったんですか？」

「皇位から遠い私は比較的自由なのだよ。商人の真似事で他国へ訪問もしているしね」

「……まさか、以前から我が国に非公式に訪問していたと？」

ティアの声には苛立ちが籠《こも》っている。

「いいや。カルタスは初だ。この国は関を抜けるのが難しい。今回は上手くいっただけのこと」

その言葉にヒルダーヌ様が反応した。

「一体どこから入国したのです。仰るように我が領の関は厳重だ。魔法で検知もしている」

「そこはまぁ、良かろう」

「良くない。あなたが王族でも関係ない。我が領に入り込んだ方法は吐いてもらう」

だんだんと物騒な雰囲気になってきて、慌てて間に入る。

「それで、俺をあなたに渡すと言った人はどんな容姿でしたか」

「あれは武人だな。奴の主人が、類稀《たぐいまれ》なる宝石を私に贈呈したがっていると言って接触してきた。そんな稀少なものを良いのかと聞くと、扱いに困っていると言うじゃないか」

そこまで言うと、サージュラさんはケラケラと笑った。

「そのご主人はジュンヤ殿の名声が余程煙たいらしい。近いうちに手に入るのでユーフォーンで待てと言われたよ。そこへこの大騒ぎだ。このままでは私が黒幕にされかねんのでな」

そして、じっと俺の目を見つめる。

「私は公式に、ジュンヤ殿を我が国に招きたかった。だがその前に、どうしても為人《ひととなり》を確かめる必要があった」

さっきまでのふざけた様子から一転、真剣な表情だ。

「そこまでする理由を教えてください」

「打ち明ければ我が国に来てくれるのか？」

「俺は、大事な人達のためにこの国の浄化をしてます。優先順位はこちらですが、事情によっては考えます」

キツイ言い方ではあるが、この話が嘘じゃないと誰が言える？　トラージェの現状を知らないんだから、無条件に信じるのは難しい。

「私は皇位など求めていないが、国を愛している。そのために知恵が必要なのだよ。これまでの常識を覆《くつがえ》す、新しい風が必要だ。だから、怪しげな輩《やから》の口車に乗ったフリをして、あなたを求めた。アユム殿への接触も考えたが、ケローガで見る限り、彼は幼く奔放《ほんぽう》すぎる」

祖国への思いは本音だろう。ただ、歩夢《あゆむ》君への評価は上っ面だけで、本質を何も見ていない。

「ティア、牢を出て話す必要があるんじゃないかな」

ティアとヒルダーヌ様は目配せして互いの考えを汲《く》んでいたが、やがて了承した。

「私の従者と護衛の解放もお願いしたいね」

「従者と言っても、ありゃあ武人だろ？　あんたのためならなんでもする目をしてたぜ。そんな奴、解放するかよ」

ダリウスが、モイラさんをそう評する。え、あの人武人だったのか。全然分からなかった。俺から見たら全員強そうだしな。

「ならば、モイラに枷《かせ》でも付けるか？」

睨み合う二人の間に、ザンド団長が割って入った。そして、サージュラさんの目をまっすぐに見る。

「まぁ待て。枷《かせ》なんて一流の武人には無意味だ。従者殿が妙な真似をしたら、あんたの指を一本ずつへし折る。それが嫌なら大人しくするよう、命令するんだな」

「末端とはいえ、私は皇家の人間だ。そんな真似ができる訳――」

「できるぜ。俺は、できる。俺の名はザンド・ファートラ・バルバロイ。トラージェでも、よ～く知られてるだろうさ」

サージュラさんが小さく息を呑んだ。ザンド団長、一体これまでに何をしてきたんだろう。

「どうする？　第四皇子様よぉ」

「モイラには……手出ししないよう言い聞かせる」

「ほい、交渉成立っと。では、マティ、領主代行として命令をくれ」

ザンド団長がふざけた調子でヒルダーヌ様の愛称を呼ぶが、目は全然笑っていない。怖……っ。

「ザンド。領主代行として命令する。従者モイラを牢から出し、我が前に引き立てて参れ」

「はっ！　御意」

ヒルダーヌ様の命を受けて、ザンド団長達が一斉に動いた。あくまでもヒルダーヌ様が上の立場だと示すためだろう。

騎士の半数がモイラさんのほうへ、もう半数はサージュラさんを連れて俺達と共に部屋を移動する。取り調べ室から一転、立派な応接室だ。モイラさんを待つ間、返還したサージュラさんの衣服を着付ける係を、なぜかうちの侍従ズに振られて少しムカついた。

エルビスが俺以外の人間の着替えを手伝うなんて……！　ムカムカする！　一人で着ろや!!　サージュラハゲろっ!!

そんなイラつきを抑えながら、モイラさんを交えた話し合いが始まる。

「モイラ、酷《ひど》いことをされなかったかい？」

サージュラさんが従者と顔を合わせた開口一番のセリフがこれだ。失礼だな。酷《ひど》いことなんてする訳……ある、かもしれない。どっかの団長が、指を一本ずつ折るとか恐ろしいことを言いましたね……。

「大したことありません。それよりサージュラ様こそ無体な扱いを受けませんでしたか？」

ひん剥《む》かれ、安っぽい服を着せられて投獄されてましたよ。俺からは黙っておくけど。

「なんの、それでジュンヤ殿と話せたから安いものだ。そなたは大人しくしていなさい。万が一そなたが暴れようものなら、彼らは私の指を折るそうだ」

「っ！　そんな真似、皇子である殿下にできる訳ありません!!」

「相手はザンド殿だ」

「……ザンド・ファートラ・バルバロイ卿、ですか」

頷いたサージュラさんに、モイラさんは自分は黙っていると約束していた。ザンド団長……誰が相手でも手加減なしなのは分かったけど、敵になったらどれだけ恐ろしいんだろう。

俺には優しい笑顔を向けるザンド団長の真の顔に怯えつつ、お茶を一口飲んで気持ちを落ち着かせる。

「では、サージュラ皇子。話していただこう」

サージュラさんが一つ深呼吸して口を開いた。

「これは一部の者しか知らぬ秘匿《ひとく》事項だ。皇族の中でも、各地を飛び回る私だからこそ、気がついたと言っていい」

彼は商人として各地の視察をし、土地の痩《や》せ方が著《いちじる》しいことに気がついた。国境の山に近い地域ほど顕著らしい。その土地はトラージェで最も重要な耕作地だが、最近では備蓄食糧に手をつけなければならなくなってきた。状況が改善しなければ備蓄は数年で底をつき、飢饉に陥《おちい》る可能性があるという。

すぐに瘴気《しょうき》を疑いティアの顔を見ると、俺と同じ考えらしかった。もしそうなら、北部の呪《しゅ》は山中、もしくは国境付近にある。そしてそれは、トラージェと水源を共有する場所かもしれない。

呪《しゅ》の存在は機密事項なのでサージュラさんには言えないが、原因がこちら側にあるのなら対処しなくてはいけないのでは？　後でティアと話し合う必要があるだろう。

「父上や兄弟は一時的な不作と考えているが、こんな不作がそう数年も続くだろうか。私は、カルタスからの輸出量が減っているのも関連があるのではと考え、父上に進言した」

さっきまでと話し方が全く違う。本気で祖国の状況を憂《うれ》えているのが伝わってくる。

「父上はそれを我々への圧力だと考えているが、神子《みこ》降臨の噂が入った時、私は確信したのだよ。

やはりこの不作はカルタス王国と繋がりがある……とな」

サージュラさんは確信を込めて俺を見た。

「私は大陸に残る伝説を学んだ。神子《みこ》が土地を浄化し繁栄に導いたと。伝説では神子《みこ》が現れたのはカルタス王国で、今回もまたしても貴国に……。ずるいとは思わぬか？　そのうえ二人も顕現したのなら、一人は我が国にくれても良いではないか」

「ふざけるなっ!!　ジュンヤはものじゃねーぞ!!」

ダリウスの怒号もどこ吹く風で受け流す、薄笑いのサージュラさんにイラつく。

「この国の近衛騎士団長は、すぐ頭に血が上るようだ。品位が欠けておりますよ？」

「落ち着け、ダリウス。控えていろ」

「……御意」

ティアがダリウスを制し、言葉を続けた。

「だが、それだけでわざわざ危険を冒して潜入しはしないだろう。他にも理由があるはずだ」

「穀倉地帯の異常は国の死活問題でしょう？」

「我が国に協力を求めたいのなら正直に話すべきだ。そのために愚弄《ぐろう》に耐えたのだろう？」

愚弄《ぐろう》という言葉にモイラさんが反応したが、サージュラさんが制する。

「そうだなぁ。穀倉地の問題もあるが、私は我が国の発展に不安を持っている」

彼は、トラージェはもっと発展できると思っているが、皇王は現状維持での安定を選んでいる。

海運業も盛んらしいが、この世界の船旅はまだ危険を伴い不安定だという。

「輸入が滞《とどこお》れば国内生産だけでは心許《こころもと》ない。自給率を上げたいのだ。我が国を狙う国もある。海路を封鎖されても生き抜く力が欲しい。飢饉が起これば、豊穣《ほうじょう》な国土を持つカルタス王国に侵略しようという不届き者も現れるかもしれない」

ティアの顔色を窺《うかが》いながら、サージュラさんは一度言葉を切った。

「同盟の力関係を保つためには、我が国の発展も必要だと思わないか？」

チャラい商人の顔を封印した彼は、真剣に自国の未来について語っている。

「だがな、旅をして分かった。この地の穢《けが》れとやらを浄化せねば、我が国の発展も難しいのであろうな」

「そうだ。我が国の穢《けが》れを祓《はら》うことが先決だ。貴国の穀倉地については、それで改善する可能性もある」

「私は今以上を求めているのよ。——足りぬのだ」

強欲に聞こえるが、要は民を守りたい一心なんだ。ちょっと助けてやりたくなるのは、俺がお人好しなんだろうか。余計な口を挟んでティアの迷惑にならないよう口をつぐんでいる。

「ただの王子である私の一存では決められない。トラージェの発展は我が国にとっても有益だが、今は対応できない。それに、私が聞きたいことは別にある。……お分かりのはずだ」

「ああ。私にジュンヤ殿を差し出そうとしたのは、殿下を蹴落としたいどなたかの差し金だろう。根拠はあるよ。偽装してあったが、男の持つ剣の柄《つか》に紋章の一部が見えた。エリアス殿下、お耳を拝借」

サージュラさんが身を乗り出し、ティアに耳打ちする。次にティアがヒルダーヌ様に伝え、二人は頷いた。

「私も相手国の調査くらいはしているからね。誘いに乗ってはみたが、まだまだ浄化が終わっていない段階で神子《みこ》を襲うとは、考えが甘いお方だな。浄化後に始末しなければ、瘴気《しょうき》が残るじゃないか」

その意見には同意する。浄化が終わっていないのに、なぜ早まったのか。

「私にジュンヤ殿を渡したら、いずれ国力は逆転する。もしかしたら、あの歌が原因で焦りが生じたのかもしれない」

サージュラさんは、王都で流行《はや》っている歌があると言い、歌い始めた。

神樹の花咲き乱れし時、麗しの双黒は来たれり
癒《いや》しの御手は民を愛し、慈悲の心で大地を癒《いや》す
メイリルの愛し子降臨し時、玲瓏《れいろう》たる漆黒は輝き
癒《いや》しの光で民を包み、慈悲の心は水を清める

「王都から来た者が言うには、吟遊《ぎんゆう》詩人が歌って流行したそうだ」

その歌の主人公が、おまけの君……つまり俺だという噂付きだ。

「ジュンヤの名声が広まり、早まった行動をしたのかもしれないな」

「殿下も苦労なさるねぇ。調べさせていただいたが、正直弟君に覇王の才はない。でも、あなたが廃嫡したら我が国の有利になるねぇ。父君は色ボケ、側室は権力を欲し愚行を重ねる。しかも……いやぁ、大変大変」

「サージュラ殿下、お口が過ぎるのでは？」

ケーリーさんが口を挟む。「しかも」の続きが気になったが、聞けそうにないな。

「それは失礼。それで、考慮していただけるのかな？」

「いいだろう。検討はする。その代わり、我らの要求も呑んでいただくぞ？」

「もちろんだとも。ああ、いつかジュンヤ殿が我が国に来てくれたら、以前話した海産物をいくらでも食べさせてやろう!!」

海産物――!!　ああ、マグロにブリの刺身、わかめの味噌汁《みそしる》に昆布出汁《こんぶだし》……い、いや、ダメダメ。今はそれどころじゃない！　みんなが浮かれる俺を心配そうに見ている。大丈夫だからそんな不安そうな顔しないでくれっ！

「それはティアが――エリアス殿下が決めることです」

ちょっと浮かれたのは事実だが、ここはキッパリと断る。俺の欲望より、恋人と仲間が優先だ。

「全ては国内が落ち着いてからだ。さて、サージュラ殿には、監視付きでこちらに滞在していただく。あなたが裏切ったと恨む残党がいるかもしれない。ヒルダーヌ、空いている部屋の手配を頼む」

「離れはいかがでしょう。監視の目も行き届きますし、敵の侵入も困難です」

離れは警備しやすいらしく、それで話がまとまった。サージュラさんの残りの部下も、武器は没収だが解放する。彼は渋々了承し、離れに向かっていった。

ひとまず交渉成立か。まぁ、端的に言うと軟禁かな。ティアもヒルダーヌ様も、彼を完全には信用していないだろう。

彼らが去った後、俺達はまた頭を悩ませていた。

「殿下、裏付けを取るには、トラージェへ誰かやらねばなりませんね」

ヒルダーヌ様が言うと、ティアが頷く。

「うむ。またパッカーリア家を借りるが良いか？」

「もちろんでございます。手配しておきましょう」

その返事に再び頷いて、ティアは俺を見た。

「ジュンヤは、浄化が終わったらトラージェに行く気か？」

ティアだけじゃない。ダリウスもエルビスも、いや、みんなが不安そうに俺を見ている。

「瘴気《しょうき》が原因で浄化が必要なら、行くかもしれない。それに、この国で起きたことが原因なら後始末は必要だろ？　でも、それだけだ。俺はこの国で生きるって決めたんだから」

確かに海産物に惹かれてはいるけど、ティア達から離れるつもりはない。

「それを聞いて安心した。万が一トラージェ皇国に行くとなった時、私がついていくのは難しいからな。既に長期間王都を離れている。そう頻繁に王都を出ることはできない」

そっか……そうだよな。本当はティアには王都にいてやるべきことがたくさんあるんだ。各地への視察はあるだろうけど、基本的には王都にいて、自分の役割を果たさなくちゃいけない。

「大丈夫だって。俺はみんなと離れないよ！　そんな顔しないで」

ポンポンとティアの肩を叩くと、ぎゅっと抱きしめられた。

「安心した。トラージェに惹かれているのを知っていたから不安だった。我が国でジュンヤは散々な目に遭っているからな」

「味方も増えたからもう大丈夫。何よりティア達がいる国にいたい。あの人、正直苦手だし」

サージュラさん、どうも扱いにくいんだよなぁ。ずっと関わるのは嫌だ。

「ジュンヤに惚れたってサラッと言いやがったな。絶ーっ対、俺達抜きで会うなよ？」

「ダリウス、あれは冗談さ」

「いいや！　油断するなよ？」

「はいはい、分かったよ」

相変わらず独占欲が強くて可愛いな。

「ダリウス。いつも神子《みこ》様にそのような軽率な態度を取っているのか？」

ヒルダーヌ様が冷水を浴びせるような声音で咎《とが》める。

「恋人として話していますが、何か問題でも？」

「問題はあるだろう。殿下の恋人でもあらせられる方に軽々しい態度で接するなど、臣下としてあるまじき態度だ」

バチバチと音がしそうな睨み合いだった。ちょっと、これはまずい……

「ヒルダーヌ様、俺は気にしていないので大丈夫です」

「神子《みこ》様、ご自覚ください。殿下の恋人とはつまり、未来の王妃です。そして、今は恋人でも、ダリウスは家臣。もっとお怒りになってください」

俺も怒られた……確かに正論だ。でも、公《おおやけ》の場ではそうだけど、恋人の時間も大切にしたい。

「エリアス殿下も、恋人としての時間は、全員平等に接していいと仰っています」

あえて『ティア』と呼ばない。ヒルダーヌ様はとても真面目な方だと思ったからだ。

「神子《みこ》様の慈悲深さには感服いたしますが、ケジメというものがございます」

「ヒルダーヌ様、この後お時間ありますか？　一度二人きりでお話ししたいと思っていたんです」

「私と話、ですか？」

「ジュンヤ、俺のことなら……」

「ダリウスのためだけじゃない。大丈夫、話すだけだから」

そう。良い機会じゃないか。誰にも邪魔されずに、ようやく膝を突き合せて話せる。訝《いぶか》しげにこちらを見つめるヒルダーヌ様に、俺はニッコリ笑ってみせた。

戸惑った様子ながらもヒルダーヌ様が頷くと、ティアの合図でみんなが部屋を出てくれる。

「……さっきも言いましたが、ずっとゆっくり話したいと思っていたんです」

ヒルダーヌ様と向かい合う位置に座り直し、いざ対決だ。

「何をお聞きになりたいのです？」

「単刀直入にお聞きします。ダリウスと何があって拗《こじ》れているんですか？」

「それは、随分と踏み込んだご質問ですね」

「ええ。失礼は重々承知です。ですが、俺はダリウスとずっと一緒にいると決めたので、知らなければと思うんです」

強張った表情で兄と話すダリウスはいつもとはまるで別人で、見ていてつらい。

「弟にはなんと聞かされていますか？」

「二人の仲を裂くような第三者の画策があったと。詳しい内容は聞いていませんが、誰かがあなたに嘘を吹き込んでいると思っています」

俺の言葉に、ヒルダーヌ様は眉間に皺《しわ》を寄せた。

「冷静になれば、罠《わな》だったと気がつく……しかし、その時には手遅れなのです」

「手遅れなんかじゃありません！　あなたがまだ、なんとかしたいと思っているのなら」

今の言い方に、諦念や後悔を感じ取った。なら、今からでも……！

「私は、どんな風に見えますか？」

ヒルダーヌ様は唐突に質問を投げかけてきた。どんな風に見えるかだって？　それは、どこまで正直に言っていいんだろう。

「……とても真面目な方だと思います。聡明で、お母様似とお見受けしました」

「そうですか。確かに、私は母に似ています。バルバロイ家の当主は代々、赤髪の武人でした。私も剣を学びましたが、ダリウスと剣を交えたら負けるのは確実です。強さを求める当家では、本当は――」

ヒルダーヌ様がふと遠い目をして窓の外を見る。個人的には、武力だけでは当主はやれないと思う。でも、バルバロイ家では重要な資質だ。それがヒルダーヌ様には大きなコンプレックスなんだろう。横顔には苦しみが垣間見える。

「……私は、力が全てだとは思いません。もちろん、バルバロイ家の歴史は教えてもらいました。でも、人を束ねるには、知恵も大切な要素だと思いますよ」

ヒルダーヌ様は顔を戻し、じっと俺を見つめた。ブルーグレーの瞳はダリウスと同じで、確かな血の繋がりを感じるのに、二人の心は遠く離れている。

「私では当主に相応《ふさわ》しくないという噂を何度も耳にし、ダリウスはそれを何度でも否定してくれました。しかし、ダリウスも本音では噂と同じように思っているのだと聞かされ、私はどんどん卑屈になっていきました」

俺は、ヒルダーヌ様が話したいだけ話させてやろうと、深く腰掛け、軽く頷いて先を促した。

「実際、ダリウスは幼い頃から剣技に長《た》けていて、体格も父上やザンド叔父上のように逞《たくま》しい。一方の私は、一般の貴族や民と比べれば体格が良いですが、バルバロイ家では小柄です。我が家では、年齢に関係なく強い者が家督を継ぐのだと思っていました」

『思っていた』？　過去形なのは、ヒルダーヌ様が後継として確定しているからだろう。なら、なぜこんなに不安そうなんだ？

「父は、ダリウスを落ち着かせる目的で、子爵家のご子息であるメフリー殿との婚約を優先的に決めたのです。しかし弟は遊び歩いて自ら評判を落とし、メフリー殿はもちろん、他の全員との婚約を解消しました」

　そこまでは俺も知っている話だ。

「その後、私とメフリー殿の婚約話が持ち上がりましたが、その騒動のせいで断られました。しかし、ほとぼりが冷めた四年前、彼は私との婚約を受けてくれました。あまり騒がれたくないと望んでおられたので、殿下にご報告した時、ダリウスには内密にしてほしいとお願いしました」

　確かに揉《も》めそうな内容ではあるが、弟の元婚約者と婚約するのなら、ちゃんと話すべきだったと思う。

「一部では弟から婚約者を取り上げたと陰口も囁《ささや》かれました。悪い噂は、消そうとしても消えぬものです」

「……ご婚約おめでとうございます。そう言っていいですよね」

　めでたいが、素直に祝えない雰囲気で、本人もにこりともしない。メフリー様も苦しい思いをしたんだろうな。外野に嗅《か》ぎ回られそうな話だ。

「彼は母のように、とても聡明で美しい人です。家督を継ぐ弟の補佐にと父が考えたのも無理はありません」

「待ってください。お父上が後継者はダリウスだと言ったんですか？」

「いいえ。ですが、バルバロイに相応《ふさわ》しい弟に家門を継がせたいだろうと考えるのが自然でしょう」

「話し合ってみなければ誰の真意も分かりませんよ？　それに、失礼を承知で言いますが、四年前に婚約したのに、今もまだ婚約状態なんですか？　その、この国では既に結婚していてもおかしくない年齢と期間なのではと思いまして。すみません」

踏み込みすぎなのは分かっているが、お互い成人しているのに婚約期間が長すぎる。

「婚約してすぐ、彼は病にかかりました。ですから結婚は延期しています。もしかしたら、私との結婚が嫌でご病気になったのかもしれませんね……」

「えっ？　でも、それじゃ」

後継はどうなる？　ダリウスはヒルダーヌ様の子供が後継者になると思ってる。でも――

「父にも子供をせっつかれていますよ。この際結婚していなくても良いから、早く子を作れと。ですから神子《みこ》様。ダリウスが他に妻を持つことを許していただけませんか？」

感情が顔に出てしまったらしく、先回りしてヒルダーヌ様が答えてくれた。でもちょっと待て。他に妻を、だって？

「神子《みこ》様は、まだ結婚は考えておられないそうですね。ダリウスを本当に愛してくれているのなら、子を持つように説得してください。弟の子なら、騎士も民も後継として納得するでしょう」

「そんなっ‼」

ダリウスが、俺以外の誰かと……セックスする？　子供を持つ？

「バルバロイ家はカルタスの守備の要《かなめ》。もしも私の子が生まれても、戦闘能力の低い子では力不足となるでしょう。どうか、許可を……いいえ、命令してください。あなたの命令なら聞くでしょうから」

誰かと子供を作れとダリウスに言えって？

「お断りします」

俺が拒否した瞬間、ヒルダーヌ様の目の色が変わった。

「断る？　ダリウスには子を作る義務があるのですよ？」

「命令されてすることじゃないと思います。それに、あなただって子供がいないじゃないですか！

それなのにダリウスには強要するなんて」

怖いけど引きたくない。だって、無理に決まっている。

「私は、非嫡出子でも強い子でさえあれば良いと思っていますよ。私には、それに見合う相手がメフリー殿の他にいないだけです」

「それはちょっとおかしいですね。ダリウスには婚約者が三人もいたのに、あなたにはメフリー様だけ。他に理由があるんじゃないですか？」

睨み合いになるが、一歩も引く気はない！

「家族でもないあなたに話す義理はない。神子《みこ》様はダリウスと結婚する気も、子を儲《もう》ける気もないと言う。だが、自分の男を他人には渡したくないと仰る。噂通りの男娼とまでは言わないが、男を咥《くわ》え込むのが大好きな淫乱というのは、真実らしいですね」

「なんだとっ⁉　ふざけんなっ‼」

ヒルダーヌ様は俺を蔑《さげす》んだ目で見下ろしていた。

「庇護者《ひごしゃ》についてはお伺いました。神子《みこ》の立場を利用して、男の精を貪《むさぼ》るため四人もの男を翻弄《ほんろう》しているのでは？　しかも、そのうちの一人が第一王子とは罪作りな淫乱だ。傾国とはあなたのような人を言うのでしょう」

「俺はそんなつもりじゃないっ！」

「だが、このままでは殿下の血も、弟の血も受け継がれない。それなのに、他の者との関係を禁ずるのですか？　民を守る貴族に、自分の意思など不要。彼らに自分だけを愛せと強いるのは傲慢《ごうまん》だ。あなたは何も失っていないというのに」

俺は元の世界での絆を失っている！　見知らぬ地で見つけた愛をエゴだと言うつもりかよ。

「二人共、子供を作る道具じゃない」

「いいえ。子がいなければ血筋は絶える。優秀な血が絶えるのは、国を滅ぼすのと同じだ。道具となってでも支えるのが義務です」

「俺だってみんなの将来を考えてる！　みんなを本気で愛してるんだ」

ムカつくっ！　魔力が高い者同士ほど子供はできやすいって聞いた。それなら、俺達ならすぐにできるっての！

俺の怒りとは正反対に表情を変えないヒルダーヌ様が、嘲るように鼻を鳴らす。こっちが本当の顔か。

「口先だけならいくらでも言えます。そうやって相手をいい気にさせるのが常套句《じょうとうく》ですか？　可愛く甘えて抱かれて、もっと欲しいと思わせる。ああ、なんといやらしい」

ダリウスの兄だからって、そこまで言われる筋合いはないぞっ!!

「あなたの恋人は全員優秀だ。殿下さえあなたの前では跪《ひざまず》く勢いで嘆かわしい。エルビスもマテリオ神官も将来有望。なれば、優秀な子が生まれるに違いない。子がいなければ国は成り立たない」

悔しくて言葉が出ない俺に畳みかけてくる。

「少し言い直しましょう。あなたが愛人でいるのは目を瞑《つぶ》ります。ですから、全員に、正式な妻を持ち子を作るようにお命じください。それは力ある者の義務です。見たくないのなら、サージュラ殿と某国へ行かれると良い。ちやほやしてもらえるのは間違いないですよ」

――全員に誰かと結婚して子を作れと命じろ？　俺は愛人だって？

「ふざけんなっ!!　俺は全員と離れないからな!!」

「おや、マテリオ神官は恋人ではないはず。そもそも愛と義務は無関係。あなたのそれは傲慢《ごうまん》だ」

「どいつもこいつも子供子供って！　子供は魔力が高けりゃ産めるんだろっ!?　だったら俺が産んでやるよ!!」

「ほぉ、全員の子を産めるほどの能力があるとは思えませんがね」

ヒルダーヌ様はあからさまに俺を見下し、せせら笑っている。

「やってやろうじゃねぇのっ!!　吠え面《づら》かくなよ!?　俺が全員の子をっ…………ん？　あ、あれ？」

ヒルダーヌ様が突然にっこりと笑顔になった。……興奮してやばいことを口走ってしまったみたいだ。

「神子《みこ》様が全員のお子を産んでくださるならこの国も安泰です。優秀な血に、更に神子《みこ》の血が入るとは素晴らしい。マスミ様のお子同様、優秀なのは間違いないですね」

「あ、今のは……ちょっと、勢いで……」

笑顔のヒルダーヌ様が手を開く。魔道具らしきものを持っていた。そして、カチッとスイッチのようなものを押す。

『ふざけんなっ‼　俺は全員と離れないからな‼』

『おや、マテリオ神官は恋人ではないはず。そもそも愛と義務は無関係。あなたのそれは傲慢《ごうまん》だ』

『どいつもこいつも子供子供って！　子供は魔力が高けりゃ産めるんだろっ⁉　だったら俺が産んでやるよ‼』

『ほぉ、全員の子を産める程の能力があるとは思えませんがね』

『やってやろうじゃねぇのっ‼　吠え面《づら》かくなよ⁉　俺が全員の子をっ………ん？　あ、あれ？』

またスイッチ音がして、音声は終わった。

え〜っ⁉　この世界にレコーダーだと？　いや、今はそうではなくて！

「ヒルダーヌ様、それはなんですか」

「皆に聞かせれば大喜びするでしょう。子を産む決断をしてくださり、ありがとうございます」

ヒルダーヌ様はそう言って、座ったまま優雅に一礼する。

「いやいやっ！　ちょ、待って！」

「これは大事に保管させていただきます」

「あ、あのですね、待ってくださいって」

「当家もこれで安心です。できれば殿下と弟の子は二人ずつ欲しいです。神子《みこ》様は魔力値が高いと聞いておりますので、元気なお子を産んでくださいね」

やられたっ!! いや、産んでも良いかもって考えてはいたけど、こんな形で言わされるとは。

このクソ兄貴、嵌《は》めやがったな～！

俺は心の中で罵声《ばせい》を浴びせる。

「ヒルダーヌ様、今のは伏せておいてくれませんか」

俺はなんて言った？ 全員って言ったな！ ムカつきすぎてやらかした！

「取引材料なのでお約束はいたしかねます」

「でも、その、マテリオは神官ですし、そういう関係では」

「庇護者《ひごしゃ》とは、その身をもってあなたを守る者なのでしょう？ 第一、あなたは神官からも愛されておいでだ」

確かにマテリオには愛してると言われた。でも、子供のことまで考えているかは分からない。

「私はめでたいお話が聞けて満足です。神子《みこ》様の質問に答えてもいいですよ」

「それがあなたの傷を抉《えぐ》る内容でも？」

「答えるかどうかは、私が決めることですから」

手強いな。顔色一つ変えない。だが、そう言うなら遠慮なく聞かせてもらおう。やられっぱなしでいるかよ。

「では、お聞きします。ダリウスは兄であるあなたを慕っています。なのに、なぜ邪険にするんですか？　本人から聞いた話では悪口など言っていないし、家督も狙っていないと訴えたと言っていました。それを信じなかった理由はなんです？」

「——あれがそう言いましたか」

「あれなんて言うな。あんたの弟だろ、名前で呼べ！」

腹が立って、思わず立ち上がって怒鳴りつけてしまった。だが、大人げなかったと思い、またすぐに椅子に座り直す。

「……失礼しました。少し感情的になってしまいましたね。貴族は本心を話さないものだとは聞いています。ですが、この際話したほうがすっきりしませんか？」

「あなたが聞きたいのは、私とダリウスが決別した理由ですか？」

「そうです。先程の口ぶりからして、仕組まれたことだったとは気がついているでしょう。いや……もしかしたら、当時から気がついていたのでは？」

「なぜそう思うのですか」

「あなたの立ち振る舞いを見て……でしょうか」

会うまでは、ヒルダーヌ様という方は頭が良くても嘘に惑わされやすい、愚かな奴じゃないかと思っていた。一族の象徴みたいな弟に嫉妬する卑屈な兄。それが最初に抱いた彼のイメージだ。

でも、現実のヒルダーヌ様は落ち着いていて聡明。物事を冷静に見極めて動くタイプだ。ダリウスとは正反対だが、二人に強い結束があったら手強いタッグになるだろう。

「あなたがもっと愚かな人なら、なるほどと思ったでしょう。でも違う。感情のままには動かない人だ。もしや、あえて決別したのでは？　何か事情があったんじゃないですか？」

「……お好きなように判断されるといい。一つ確認したいのです。あなたは皆を愛していると言った。ダリウスも同列ですか？」

「順番をつける気はありません。それぞれの長所も短所も、全部を愛しています」

「愛、ですか」

ヒルダーヌ様はそう呟くと立ち上がり、窓辺に立って外を眺めた。

「貴族に最も縁遠いものが愛です。全ての物事は国や領地を守るため。当家の両親は側室達とも円満ですが、その理由は愛ではなく義務でしょう」

義務……？　当主夫妻のチェリフ様とファルボド様が揃っているところを見ていないから、適当なことは言えない。

「私達兄弟も同じ運命を辿るはずでした。ですが、ダリウスは違った。感情豊かで貴族の打算的な生き方は向いていなかった。――あれは自由な男です」

今度の『あれ』には、なぜか腹が立たなかった。むしろ羨望の響きを感じる。ダリウスが自由だとは思えないが、貴族の中では比較的自由なほうなんだろう。

「――自由にさせてやりたかったんですか？」

「どうでしょう。魔力も剣技も、求めれば簡単に私の上を行く弟を、目障りだと思ったことは何度もあります」

「だから追い払った？」

「そう思っていただいてよろしいですよ」

そう言われても、何か腑《ふ》に落ちない。ダリウスへの妬《ねた》み以外の何かがある気がした。だって、ダリウスを自由な男だと言ったヒルダーヌ様の横顔には優しさを感じた。すぐに感情を消されたが、その一瞬に本音が見えた気がする。

「本当にそれだけですか？」

窓辺で光を受けるヒルダーヌ様の黄色味の強い金髪がキラキラしていた。その中心にあるブルーグレーの瞳に動揺が見える。同じ色の瞳を持つ弟は、自分の求めるものを素直に求め始めている。この人も、本当は自由に生きたいんじゃないだろうか。

「しつこいですね。納得できませんか？」

「できませんね。ダリウスと争う……というか、もう少し普通に接してくれるのでしたら、今はこれ以上踏み込むつもりはありません。心を土足で踏みにじる権利はありませんから」

「あなたは面白い方だ。ダリウスが愛したのも分かる気がします」

その声には、もう侮蔑《ぶべつ》は感じなかった。

「私も今はこれ以上お話しする気はありません。ですが、そうですね。森の浄化が終わったら、ユーフォーンで休養なさると聞いています。その時に、話す気になるかも……しれませんね」

話さないのもまた彼の自由。でも可能性はある。それならば、俺はそれに賭けよう。

「これからは、あなたともっと積極的に話したいです。だから、俺のことは神子《みこ》じゃなくジュンヤと呼んでください。少しは距離が近づいた気分になりませんか？」

「気分でよろしいので？」

「そうしているうちに、本当に近づくかもしれませんよ？」

「くくっ……本当に変わった方だ」

あ、初めて笑った！　笑うとダリウスに似ていてなんだか可愛い。

「えー、少し和解に近づいたところで、さっきの録音は――」

「消しませんし渡しませんよ。こんな素晴らしい武器を手放すと思いますか」

ですよね～。分かってたけど！

「これを聞かれたら、神子《みこ》様……ジュンヤ様は殿下達に抱き潰されるでしょうね。即日孕《はら》ませかねない溺愛っぷりですから」

「なんて言い方するんですか!!」

「本心ですよ。そうなれば、あっという間に子だくさんで、めでたい限りです。あぁ、当然、長子は殿下でお願いいたします。この国の礎《いしずえ》となるお子ですからね」

「急に態度が変わりすぎじゃないですか？」

「なんの、武器の効果を試しているだけのこと。大変有効なようで、私は満足しております」

ヒルダーヌ様は、とてもとても悪い顔で笑った。

その顔……めちゃくちゃヤラシイことする前のダリウスそっくりなんですけど。そんなところは似なくていいんじゃないですか？

隙を見て奪うか、録音を消すとか、できるかな？

「これは私自ら保管しますから、こっそり奪おうとしても無駄ですよ。私の持ち物には防御魔法が組み込まれています。無理に消そうとしたり盗もうとしたりすれば、痛い目に遭うでしょう。そうそう、アナトリー作ですから、反撃は非常に痛いものとなりますよ」

うぐっ！　悔しいっ！　全部読まれている！

「絶対、変な使い方をしないと約束してください」

「殿下が聞いたらお喜びになるのに」

「今やるべきは浄化なんです。はっきり言いますが、浄化に失敗したら俺は死ぬかもしれません。彼らがいてくれなければとっくに死んでました。この先だって、瘴気《しょうき》が濃ければどうなるか——あまり、悲しませたくないんですよね。もちろん死ぬ気はないですけど！」

今は生き抜くのが最優先で、後継者問題は二の次だ。俺の言葉にヒルダーヌ様も頷いてくれた。

「民が苦しむ姿を何度も見てきました。私が尽力しても穢《けが》れには勝てない。浄化の代償の大きさを改めて知りました。虐《しいた》げられたのに、なぜそこまでできるのですか」

「大事な人を助けるために動いたら、全体を救うことになっただけです」

何度やっても呪《しゅ》の浄化は怖い。どんどん瘴気《しょうき》も強くなっているし。でも、浄化を進めるにつれ、ラジート様の呪縛《じゅばく》が解けつつあることが希望をくれる。

それに、ティアを狙う勢力の攻撃も未然に防げた。大変だったが、証拠が得られれば反撃もできる。徐々に、俺達に有利に変わりつつある。

「そういえば、その魔道具はたくさん出回ってるんですか？」

「これは貴重な品なので、領外に出しておりません。広まりすぎても面倒な道具ですからね。ですが、賊の取り調べなどで重宝しています」

「もしかして、敵に対しても使っていますか」

「さあ、どうでしょうね」

躱《かわ》されたが、絶対使っているな。アナトリーさんの発明は独創的で、アリアーシュとはタイプの違う天才かも。彼も魔道具の開発を手伝ってくれないかな？

「ヒルダーヌ様。攻撃が落ち着いたなら、早く浄化に向かいたいです。クードラの神官に預けた魔石も、長くは保《も》ちません。早く発たないと……」

「敵の勢力はほぼ捕縛《ほばく》していますし、大丈夫でしょう。私としても一刻も早い領地の平安を望んでいます。その点ではジュンヤ様に頼るしかないので、申し訳なく思います」

初めての本心からの気遣いだった。ヒルダーヌ様も色々と対処してきたのだろうが、瘴気《しょうき》だけは彼が頑張ってもどうにもならないので、歯痒《はがゆ》い思いをしてきたんだろう。

「いいえ。お気遣いなく。あなたが引け目を感じる必要はありません。それでも気が引けるなら、往復分の食料や装備をマジックバッグに準備していただけると嬉しいですね」

ニッコリ笑ってお願いすると、ヒルダーヌ様は目を瞬《またた》かせた。ちょっとはやり返せたかな。音声で弱みは握られてしまったが、次の浄化へと、また一歩近づいた。

二日後、俺達はユーフォーンを発った。サージュラさんはあのまま離れに滞在し、王都の問題が片づくまでバルバロイ家にて保護という形になった。

俺はというと、ヒルダーヌ様があの録音を妙なところで使わないかとヒヤヒヤし通しだった。俺の言葉は嘘じゃないから、内容についての心配じゃない。みんなのためならなんでもできるんだと、改めて自覚したよ。自分で思っていた以上に惚れてるんだ。

自覚したら、急にみんなの顔を見るのが恥ずかしくなった。これまで散々いやらしいことしたのに今更と思うけど。うん……なんだかおかしいよな。

それと、ヒルダーヌ様とダリウスの子供時代について、彼ら自身が気づいてないこともあるはずなので、ソーラズさんに調査を頼んでいる。対価は俺の知識だ。俺が戻るまでに調査が済んでいればいいんだが。

「ジュンヤ様、どうかなさったんですか？　この数日様子がおかしいです。本当は体調が優れないのでは？」

「体調は良いよ。やっと浄化へ行けるな～ってのと、短期間で事件がありすぎたから考え事をしてた」

もしも。もしもティアとダリウスの子を産むなら、当然エルビスの子だって……そう考えた時、ケローガの孤児院でメイヤーを抱いて、俺達の子みたいだって言われたことを思い出した。すごくほのぼのしたよなぁ。

ヒルダーヌ様は、一番にティアの子をと言っていた。まぁ、王子の子が一番最初なのは当たり前か。ていうか、複数婚って本当にどうなるんだ？　全然想像つかないぞ。

「ジュンヤ様？　本当に大丈夫ですか？」

「大丈夫だって！　エルビス……あのさ」

エルビスは子供が欲しいか？　聞いてみたいような、怖いような……

「どうしました？」

優しい微笑みを向けられる。メイヤーと一緒にいた時のエルビスは穏やかな顔をしていたし、ノーマやヴァインを助けたり、年下に優しい。きっと良い父親になると思う。自分の子供が欲しいんじゃないだろうか。

「――エルビスは優しくて、素敵だなぁと思って」

やっぱり聞けないや。いつか……全部終わったら聞こう。

「急にどうしたんですか？」

俺の言葉に少し頬を染めるエルビスは可愛い。

「俺、エルビスのためならなんでもできるよ。ちょっと自覚しただけ」

もしも望んでいるなら。でも、とにかく世界が平和にならなきゃ始まらない。

「なんか、うじうじ考えて疲れたから、悩むのはやめる！　すぐには解決しない話だし」

「もしや、反王子派のことで悩んでいたんですか？　そちらは対処していますから、お任せください」

「うん、そうだな。俺は戦闘系じゃないし、知略なら少しは力になれるかもしれないけど」

今はそういうことにしておこう。

「ジュンヤ様は、浄化を第一にお考えください」

頷いて気持ちを切り替える。

「今度のチョスーチは森の中だったよな。どんなところ？」

「子供の頃、殿下の視察でお供しました。ドーム建築の建物で、内部は湧き水が満ちて美しい場所でしたよ。そこがどんな風に変わってしまったのか、少し不安です」

今回は屋内なんだな。瘴気《しょうき》が籠《こも》っていたら危険かもしれない。

「どんな状態でも、きっと元に戻してみせるよ。任せて！」

話をしているうちに馬車は進み、休憩場所に到着した。

「ジュンヤ様ぁ〜!!　またお時間ください〜！」

「ア、アナトリー。今度は何？」

ユーフォーンで知り合った魔導士のアナトリーは浄化に強引についてきていた。理由は俺。反対するユマズさんとソーラズさん兄弟に、この世界と違う知識を得られれば魔道具は更に発展すると演説をぶちかました。それで即座に試算したのか、二人は態度を豹変《ひょうへん》させ、巡行への同行を認めたんだ。

同じく魔導士のアリアーシュが推薦していたのもこの男だが、質問攻めでぐったりしている。歩夢君が作ったダイビングセットの問題点、酸素ボンベの構造を解決できるかもしれないから、必要なやりとりではあるんだが。

「アユム様は、逆流弁があれば背負って潜水できると仰ったんですね」

「うん。作れる？」

「そうですねぇ、作れると思います。アユム様の道具を弄《いじ》ってもいいんですよね？　風魔法を組み込んで、あれをこうすれば……ぐふ、ぐふふ……」

インスピレーションが浮かんだのか、アナトリーはぶつぶつ言いながらダイビングセットを手に作業を始めた。

でもこれが実用化されれば浄化以外にも役立つから、完成が楽しみだ。その様子を見ていたマテリオが口を開いた。

——ちょっと怖い。

「浄化後は失神の可能性があるので、意識がなくてもマスクやボンベが外れないようにできるでしょうか」

「はいはい、もちろん。相当なご負担と聞き及んでおります。……このベルトをですね」

説明しながらアナトリーが俺にセットを装着していく。ボンベを背負ってから胸に二本のベルトをクロスして結ぶ。更にすっぽ抜けないようにと、ウエストにも固定ベルト。ちょっと待って——固定はいい。でも、何このベルトの結び方！　いや、これはハーネスだ、うん。ハーネス！

「ジュンヤ、これは——」

言うなよ、マテリオ。思っても口に出すな!!

「ジュンヤ〜、それ胸が強調されてエロい格好だなぁ。裸でつけてくれよ〜」

エロを嗅《か》ぎつけたダリウスが来た。注目されてしまい恥ずかしい。

みんなも見るなよぉ〜！

「おやおや。ダリウス様はこういう趣向がおありで？」

「俺は大体のことはイける」

「アナトリー！　ダリウス！　今、真面目な話だからな」

「こうした楽しい遊びも、イマジネーションを広げるのに必要なんでございますよぉ」

遊んだのかこの野郎！　だからこんなSM風⁉

「アナトリー、あんたいい仕事したぜ。給料上げるようにユマズに言ってやる」

「ダリウス様、どっちかと言うと開発費のほうが嬉しいですっ‼」

「おっしゃ、任せとけ。で、だ。ものは相談だが、こっち来てくれ」

ダリウスはアナトリーを連れて俺から離れた。嫌な予感しかないので追及はしない。でも変なものを作ったら全力で拒否しよう。

「……悪巧みしているが、いいのか？」

「止められるものなら止めてるよ。でも変なものなら断固拒否する」

「ふっ……確かにダリウス様は止められないな。頑張って逃げろ」

「ん、そうする」

ふと、マテリオとのやりとりに妙な間が生まれて気まずくなった。なんとか話題を絞り出す。

「次の浄化は水を避けられるといいんだけど、やっぱり無理かな」

「難しいだろうな。それに、次のチョスーチは規模が大きいので呪《しゅ》を探すのも大変だろう。最初の泉を覚えているか？　あそこのおおよそ二倍だ。マスミ様が衛生的に使えるよう手を加えてくださったので、広範囲に水を引ける規模だ。だから、ボンベが使えたらとても良いと思う」

長時間の潜水はボンベがなければ相当体力を使う。でも、何があるか分からないから大事に使いたい。

「無理して一度で見つけようと思わなくていい。アユム様も予備を送ってくださったし、アナトリー殿も、材料があればお一人でも作れると言っている。備品の温存は考えなくていいぞ」

考えを読んだようなマテリオの言葉に、はっとした。

「そっか。歩夢君に感謝だな」

……マテリオ、めちゃくちゃ普通じゃないか。どうなってんだ？　マテリオは弱っていたとはいえ、雰囲気に流されてエッチするタイプじゃないから、俺への告白は本気だと思う。でも、そんな甘い気配はもう欠片《かけら》も感じない。

大人の対応なマテリオに、胸の奥がチリチリした。なんでだろう……

「ジュンヤ様〜！　お食事ができましたよ」

エルビスが俺を引き寄せ腰を抱いたので驚いた。普段はこんなこと絶対に人前でしないのに。

「すぐ行くよ。でも、何かあった？」

「いいえ。ただ、ジュンヤ様があまりに美しかったので、つい触れてしまいました」

「もう、上手いんだから。えっと、俺は元気だよ？」

「ええ。もちろん分かっています。すみません」

そっと離れていく手を握る。

「嫌じゃないって。ただ、心配させたかなって思ったんだ。一緒に食べよう？」

「ふふふ……はい。さぁ、お食事にしましょう」


ダリウスとアナトリーは食事中も隣同士で座り、終始ニヤニヤしながら話をしていた。そして、その様子をみんなが不思議そうに見ていた。かなり意外な組み合わせだし、あのニヤケ顔は悪巧みしているようにしか見えないもんな。エログマめ、何を企んでいる？

食事と休憩を済ませて早々に出発した。ユーフォーン滞在が予定より長引いたから、周囲の汚染が心配で先を急いでいるんだ。

案の定、城塞を出て間もなく穢《けが》れの影響が見え始め、先が思いやられた。チョスーチまでに二つの農村を通過する。その村の浄化をして二、三日後にチョスーチに到着予定だ。

昼食後はティアと話したくて、同じ馬車に乗せてもらった。

「証拠集めは順調かな」

「ああ。王都からの連絡では、手駒が捕縛《ほばく》されてかなり焦っているようだな。ナトルを使おうとしている節もある」

「ナトル司教を？　……牢にいるんだよな」

「ラジートを縛《しば》った呪《しゅ》をもう一度使い、再び操ろうと画策していたらしい。だが、少し雲行きが怪しくなってきた」

ティアは言葉を切った。

「落ち着いて聞いてくれ。王都内に、瘴気《しょうき》が現れ始めたそうだ」

「そんな……！　呪《しゅ》はなかったはずだ」

「そうだ。確かに王都は安全だった。だが、ナトルが移送されてから、少しずつ変化したらしい。奴は日々祈祷《きとう》しているとの報告があるが、独り言は罰せられない。何も持たせてもいないから、祈《き》祷《とう》以上のことができるとは考えられない」

「たとえ呪いの言葉でも、証拠がない……か」

具体的な敵対行為じゃないから何もできない。——参ったな。

「それと……各地の浄化が進むのに比例して、王都の瘴気《しょうき》が増えている。マテリオ達は、呪詛《じゅそ》返しのようなものだろうと言っていた」

呪具は水の中なのに、なぜだ。疑問に答えるようにティアは続ける。

「浄化されると、呪詛《じゅそ》を使用したナトルに戻るのかもしれない。王都ではなく人の少ない幽閉塔に投獄していたら、被害は少なかっただろう」

「でも、呪詛《じゅそ》返しなんて想像できなかったよな」

人を呪わば穴二つ……ナトルは分かっていてやったんだろうか。

「通常、身分の高い者は幽閉塔に送られる。王都に投獄したのはチェスター様の強い意向によるものだった。だが、言いなりになった父上が悪い」

己の判断ミスで民を危険な目に遭わせている国王とチェスター第三妃は、何を考えているんだろう。

「俺が浄化すればするほど、王都は穢《けが》れてしまう？」

「可能性はある。だが、ジュンヤが作った魔石をいくつか持たせて早馬を送った。王都の各地に配置し、なんとか保《も》たせようと思っている」

「頑張って作るから、どんどん送って。あれ？　でも、誰が減った？」

先程の休憩時のことを思い出すが、すっかり顔を覚えた護衛に欠けはなかった。

「ユーフォーン騎士の有志が向かった。ジュンヤが助けた者達が志願してくれたのだ」

クードラとアズィトで苦労したのは無駄じゃなかったんだ……

「ジュンヤが諦めなかったから、彼らの心を動かした。以前、有言実行という言葉を教えてくれたな？　それを体現したジュンヤを誇りに思う」

「……ありがとう。でも、俺は自分のエゴを通しただけさ」

「少しは誇れ。それだけの偉業を成したのだぞ」

ティアが両手を広げて俺を呼ぶ。その腕の中にすっぽり収まると、すごく安心できた。

「じゃあ、たまには偉そうにしようかな」

「くくっ……そうだな。私はジュンヤの可愛いところも好きだが、毅然《きぜん》としたところも好きだ」

「ふふっ、そう？　じゃあ、王子様。すごく頑張ったから、ご褒美《ほうび》にキスしてくれますか？」

「喜んで」

……キスだけのつもりが、最後まで致してしまったのは仕方ないいんじゃないかな？

間もなく問題のチョスーチに到着する。同乗しているエルビスもマテリオも沈黙して暗い顔をしている。俺を心配しているんだよな……

途中で立ち寄った二つの村はなかなか厳しい状況で、完全な浄化をすると俺が保《も》たないと判断され、応急処置的な浄化に留まった。

そこからまた馬車を進めて、本当は昨日のうちにチョスーチのすぐ近くまで到達していた。だが、瘴気《しょうき》の状況が読めず、念のため距離を置いて野営したんだ。

当日チョスーチまで向かう時間がかからなくなったので、とある話をするため、昨夜は庇護者《ひごしゃ》四人に集まってもらった。それは、みんなにとっても俺にとっても楽しい内容じゃないが、避けてはいられない話だった。

話を終えた後のみんなの顔は苦しそうでつらくなったが、信頼しているから話すんだと説得した。

——だから、安心して瘴気《しょうき》に挑む。

窓の外を眺めていると、みだりに人が入らないようにする門が現れた。監視塔も建っている。

「もうすぐ到着します」

重い空気を破るように外から声がすると、エルビスとマテリオの肩がビクッと震えた。みんなで黙々と防護マスクを装着する。外にいる護衛達も、危険を感じた時点で装着しているはずだ。到着が遅れたおかげで全員分のマスクがケローガから転送されてきたので、逆に良かったと思うことにした。

「行こうか」

二人は——いや、全員俺が頼んだ内容には不満を抱いているはずだけど、必要だと理解しているからこそ複雑そうだ。外に出ると、ティアや護衛もみんながマスクを着けている。

「マテリオ、案内を頼む」

先導され、丘に続く整備された細道を歩く。緑はくすみ、草木も少し萎《しお》れている。枯れた雑草もそのままで荒れているが、瘴気《しょうき》が増える前は手入れが行き届いていたそうだ。

「確かに影響はあるな。でも、思ったより酷《ひど》くはないかも。マスクなしじゃ無理だけど、もっと木々が枯れてると思ってた」

「そうだな。だが、常人では耐えられないのは間違いない。このマスクがなければ我々も危なかった」

大きなドーム型の白い建物が見えてきた。蔓《つる》が絡んでいて神秘的な感じだ。

「バルバロイ領の泉って、屋内にあるんだな。クードラも神殿の地下、バルバロイ家の敷地内のチョスーチも建物の中にあったし」

「マスミ様の降臨以前は屋外だったが、衛生管理のために屋内にしたと記録にあったぜ。それに、全てが屋内って訳じゃない。重要な泉はバルバロイ家の私財で保護されているんだ」

ダリウスが教えてくれた。

「私財！　すごいな、バルバロイ……」

「マスミ様が、災害にも強い建築をと、当時の領主にアドバイスをしたらしい」

ドーム型は強風などに対しても耐久性がある。

「屋内だから中に瘴気《しょうき》が充満しているかも。だから外の木々が無事って可能性はないか？」

「あり得るな……いきなり入らないほうがいいだろう」

マテリオが、後ろにいるティアに安全を確認するまで近寄らないように知らせる。不満そうだったが、重責を担《にな》う立場なので理解してくれた。

マテリオに新しい魔石を持たせてまずは二人だけで入る。他は入り口で待機だ。

「マテリオも来なくていいよ」

「行く。一人で行って倒れたらどうする」

「あんたが倒れたら？　また捨て置けとか言うなよ？」

「その前に退避すると約束する」

お互いに無理をしないと約束して扉に手をかけ、背後を振り向いた。

「ジュンヤ、危険を感じたらすぐ退避だ。良いな？」

「マスクを着ければ俺が行ってもいいんじゃねぇか？」

「私もお傍にいたいです」

不安そうな顔で三人が見つめている。過去の俺が無茶したせいだな。

「危ないと思ったらすぐ出てくるって約束する。最悪の時は、魔石だけ置いて瘴気《しょうき》が減るのを待つ」

「私が守ります」

瘴気《しょうき》に最も近づくことになっているマテリオのマスクは、アナトリーに改造してもらい、魔石を通常より多く組み込めるようにしてもらった。だから他のマスクより浄化の力が強い。

三人のマスクも改造したかったが、間に合わなかった。この世界にはゴムやシリコン素材がないので、完璧に顔にフィットさせるのはひと苦労なんだ。それでも北の浄化までにはかなりの数が改良されるだろう。

「よし、行こう」

「でか……」

扉を開き慎重に中へ入る。通路の両脇にある植え込みはいくつか立ち枯れていた。

源泉はチョスーチの中央だという。二十五メートルプール二個分くらいあろうかという大きさだ。ここから地下水路を通し、各地へ水を行き渡らせているんだ。

建物は石造りだが、通路は土だ。こんな時じゃなければ散歩したいくらい素敵な場所だろう。というか——ここはまるで熱帯植物園だ。天井はガラスなのか、明るい日差しが入り込んでいる。

「クードラみたいに人工的な場所かと思ってた」

「あれは後付けのチョスーチだ。こちらは泉ありきで建物を建築したとある。ゴミや動物の糞《ふん》などを避けるために屋内にしたんだろうな」

「泉に合わせて建物を建てたのか……」

「そのようだ。ジュンヤ、もう少し先へ進むか？」

「うん。少しずつ近づこう」

様子を見ながら進むと、水辺に生えた大木の隣に石像が建っていた。長い髪で、背中に大きな翼を持つ少年像だ。しかし、その姿は瘴気《しょうき》の濃緑《のうりょく》色に侵されている。

「あんなのもあるんだ。石像があるなんて初めてだな」

眺めつつ進もうとした俺を、マテリオが引っ張って止めた。

「何、どう――」

「静かに」

マテリオは口に指を当て、下がれと手で合図した。

え、あれヤバイもの？

石像と見比べるように目を合わせると、マテリオが頷く。マジか。見た目はただの石像なんだけど。動かないでくれと祈りながらゆっくりと来た道を後退し、無事に外に出た瞬間、思わずため息が出た。

「どうした！　何かあったのか？」

出てくるのが早かったせいか、ダリウスがぶっ飛んできて勢い良く肩を掴まれる。

「大丈夫！　ちょ、痛い痛いっ！」

「あ、悪りぃ」

肩をさすりながら、マテリオを見た。

「あれ、何？」

「分からない……ここにあんな像はないはずだ」

「マテリオ、何があったんだ？　さっさと言え」

ダリウスがせっつく。いや、俺も早く知りたいけどな。

「ダリウス落ち着け。ジュンヤ様、想像以上に瘴気《しょうき》が濃かったのでしょうか？」

「皆さん、ひとまず殿下のいる位置まで下がりましょう」

マテリオに促され、ティアが待機している場所まで戻った。

「ジュンヤ？　何か問題か？」

「殿下、一度天幕まで戻ります。瘴気《しょうき》があるのは確かですが、一つ問題が」

怪訝《けげん》そうなティアにマテリオが言う。深刻な表情に誰も文句は言わず、更に後退して馬車に乗り込んだ。一部のメンバーがチョスーチ組とは別行動で、マスクなしでも大丈夫な位置に拠点を作っているんだ。そこに全員集合し、マテリオと俺を囲む。

「マナとソレスも近くに来てくれ。意見が聞きたい」

そう言って近くに呼び寄せた。

「内部に漂《ただよ》う瘴気《しょうき》は、予測より酷《ひど》くはないと思います。ですが、以前来た時にはなかった石像が、水辺に建っていました」

像の姿形を説明しながら、ふと疑問が湧いた。

「石像は瘴気《しょうき》に侵された濃緑《のうりょく》色だったけど、呪《しゅ》がかけられたメイリル神像はちゃんと石の色だったぞ」

「……これまでの報告では、瘴気《しょうき》の影響を受けるのは生体のみだ」

「ということは――」

「あの石像は生きている」

思わず絶句してしまう。人が石化しているのも衝撃だけど、生きているとしたら……あの翼は本物ってことだ。誰もが言葉を発せなかった。

「だが、どこから侵入した？　普段は鍵がかかっているし監視塔もある。瘴気《しょうき》のせいで衛兵の入れ替わりは激しいが、関係者以外の出入りは難しい。窓などを壊された形跡はあるか？」

しばらくの沈黙の間に冷静に分析していたのか、ティアがケーリーさんに尋ねた。

「外観を調査した騎士から、異常なしと報告があります」

ケーリーさんが答えた。俺達が中を見たのは短時間だけど、壊して無理やり入ったような箇所はなかったと思う。

「じゃあ、あれは……」

「殿下、魔族に会ったことはございますか？」

「ない。だが、魔族は建国前の戦乱に巻き込まれて以来人を嫌い、森の奥に消えたと聞く。魔の森には結界がかかっており人を拒んでいると……違うのか？」

「私もそう聞いていますし、会ったことはありません。しかし、伝承に聞く魔族の姿に大変似ていると思います。ジュンヤ様とマテリオ殿はその目で見たのでしょう。どう思いましたか？」

カルタス王国建国の物語に出てくる『魔族』は子供向けの絵本にもなっていて、みんなその見た目を絵で見て知っているらしい。

「確かに、言い伝えの魔族に似ていました。あの翼は、絵本で見たことがあります」

石像を見つけた時、最初マテリオはラジート様のように瘴気《しょうき》に侵された敵だと思って退避を決めたそうだ。ぴくりとも動かないので死んだのかとも考えたが、それなら倒れているはずだという。

「仮に魔族だとして、なぜここにいるのか……マナ神官、ソレス神官、魔族について何か聞いたことがあるか？」

「魔力が膨大だということしか知らない。人間なんかひと捻《ひね》りだから怒らせるな、魔の森を侵すなと何度も言われたけど」

「マナと同じです。その魔力は小さな街など一瞬で吹き飛ばすほどだと何度も聞かされました。あとは容姿について、耳が尖《とが》っていたり、獣のような恐ろしい姿の魔族もいたと。ただ……怒り狂う魔族をマスミ様が宥《なだ》めたという伝説を、師が聞かせてくれました」

「えっ⁉」

全員の視線がソレスに集まる。

「あくまでも伝説です！　むやみに話してはいけないと言われましたが……話すべきだと判断しました」

ソレスは短い話だと前振りをして教えてくれた。ここのチョスーチを建築中に事故があり、巻き込まれて怪我をした魔族がいた。マスミさんが彼の怒りを鎮めて治癒し、無事に魔の森に帰ったというものだ。

「私はそんな話は聞いたことがない……。殿下、王都の神殿と連絡が取れますでしょうか？　過去の伝承を確認したいのです」

マテリオが言うと、ティアは頷いた。

「うむ。すぐに問い合わせよう。そなたも手を貸せ。全員、返事が来るまで待機だ。相手が敵か味方か分からぬ。警戒を怠《おこた》るな。アナトリーは野営地の周囲に結界を張れ」

ティアの指示のもと、今夜はここにキャンプだ。みんな素早く態勢を整え始める。

「マテリオ、魔族に詳しい人はいるかな」

「殿下はご存じかもしれない。我々に話せないから知らないと仰った可能性もある。すまない、私は急いで手紙を書かねば……」

そう謝って、マテリオはティアとケーリーさんと相談を始めた。エルビス達にも聞いてみたが、さっき聞いた以上の情報はなかった。

魔族は魔力が膨大で、身体的能力も高いらしい。魔の森は魔力濃度が濃すぎて人間には耐えられないので、奥に踏み込めば生きては出られない……というものだ。

あの水辺にいた魔族はなぜあんな姿なのか。さっき聞いたマスミさんと魔族の関係は美談として語られそうなものなのに、なぜ誰も知らなかったのか。

何もかもが分からず、今はただ待つしかない。マテリオの手紙を王都に転送したが、その日はいくら待っても返事はこなかった。

焦れったい時間が過ぎ、翌朝、ティアの天幕に庇護者《ひごしゃ》、神官、ケーリーさんが集まった。返事がいつ来るかは分からない。今調査しているかもしれないし、返事があっても情報が秘匿《ひとく》されていて真実を伝えてこない可能性も高い。

「返事は四日待つ。帰還することになったら、馬を休ませる以外はどこにも寄らずに戻るぞ」

「チョスーチの浄化はどうする？　何もしないで帰れないよ」

「あれの正体が分からなければ危険だ」

でも、さっきの像はどう見ても子供だったぞ？　見た目はアランデルと同じ、十歳くらいに見えた。とはいえ、本当に魔族なら嫌いな人間を攻撃する可能性もある。

「返事が来なかったらどうしよう。それでも浄化をするべきなのか……ティア、四日の根拠は？」

「敵の増援が来る可能性を考えれば、長期滞在は危険だ」

確かにそうだ。一旦はユーフォーンで捕縛《ほばく》したけど、全員捕らえられたのかは不明なんだ。

「殿下、何か情報があれば、可能な範囲で教えていただけませんか？」

「ふむ……そうは言っても、あまり役に立たないだろう」

ケーリーさんの問いに、ティアは顎《あご》に手を当て、思い出すように話し出した。

「マスミ様が魔族と出会ったという記述は確かにあった。その魔族の魔力は膨大で、知識も豊富。人間の姿に変化して魔導士として過ごし、マスミ様の死後は姿をくらました。神子《みこ》の伴侶は総じて若さを保っていたそうだが、伴侶でないはずの彼もまた、変化が少なかったという」

「その魔導士は、もしや……大魔導士ロファ・ザーンですか？」

「そうだ。だが、なぜこの話が王族の一部にしか伝えられていないのかは知らない。陛下と王太子のみ大司教から伝えられることになっているそうだから、理由は神殿が知っているはずだ」

大魔導士とか、本当にファンタジーだなぁ。

「でしたら、すぐに返事も来そうなものですが、遅いですね」

マテリオの眉間の皺《しわ》が更に深くなる。

「ティア、この通信機に返信が来るんだよね？　これっていつできたんだ？」

「マスミ様によって開発され、各地と連絡が取りやすくなった。代々神子《みこ》は多くのものを開発し、魔導士にアイデアを与えた。功績を考えれば、他国が神子《みこ》を欲するのは当然だな」

だからサージュラさんは危険を冒してまで単独行動したのか。でも、俺は開発なんかしていないから、彼のそれは徒労だ。歩夢君の創造チートを隠したのは正解だったな。

「他人事《ひとごと》みてぇな顔すんじゃねぇ。お前も、民や貴族、国中に影響を与えてんだぞ」

ダリウスが俺の考えを読んだように言う。食事面には影響を与えているとは思うけど。

「ジュンヤの献身と寛大さ、そして勇気は、出会った司教や神官にも影響を与えている。精神面でも心の支えになると言っていた」

マテリオ、めちゃくちゃ褒めてくれるじゃないか……照れるぞ。

「マテリオ神官はもっと素直になればいいのにぃ」

「マナ！」

「ふ〜んだ」

そっぽを向くマナ。仕切り直すようにソレスが咳払いをした。神殿には何か秘密があって、あえて魔族の話を避けてきた。だから、問い合わせても答えがもらえない可能性もある、とソレスは推測していた。だとしても、浄化しなければ被害が拡大するだけだ。魔族らしい少年について、危険があるか、もう少し調べたらどうかと言う。

「背格好はアランデルくらいだ。顔はちょっとしか見てないけど幼い感じだったよ」

「ジュンヤ、魔族は長命だ。千年生きる者もいると聞く。容姿に騙《だま》されてはいけない」

千年⁉

「殿下、お話中失礼します。返信が届きました。まず、殿下が目を通してください」

ケーリーさんが手紙を手にやってきた。思ったより早く返事が来て助かった。みんなの注目を浴びながら手紙を読み終えたティアは、額に手をやって天を仰ぐ。これはとんでもない内容らしい。あんな顔、人前で滅多にしないいんだから。

大きなため息をついた後、挨拶を除いて読み上げろとケーリーさんに渡す。さて、その内容は……

　エリアス殿下、この報告が我が国の最重要秘匿《ひとく》情報でありますことをご理解願います。ユーフォーンのチョスーチにいたという魔族の容姿を調査したところ、神子《みこ》マスミ様のご子息である可能性がございます。大魔導士ロファ・ザーンの正体は魔族であり、彼との間に生まれた半魔であります。

　ご子息はマスミ様の死後、父ロファ・ザーンと共に失踪しており、本人であれば二百歳を悠に超えております。存在を秘匿《ひとく》された理由は、ご子息がマスミ様と同じ黒い髪を持ち、かつ黒い翼という魔族の特徴もあり、成長が極端に遅く、明らかに人間と乖離《かいり》していたからです。

ご子息が外に出ては、色彩からマスミ様の縁者であると分かると同時に、マスミ様が魔族と契《ちぎ》ったことが民に知られます。謂《いわ》れのない悪意を受けないよう、ご子息は離宮で暮らしたと記述されております。

ご子息がユーフォーンにおられる理由は分かりませんが、バルバロイ領の泉は魔の森に近く、マスミ様がロファ・ザーンと出会った場所でもあります。

「以上、ご報告いたします。大司教ジェイコブ——とのことです……」

読み上げたケーリーさんも呆然としている。そりゃそうだよ、マスミさんの子供で、半魔で、黒い髪に翼を持っていて、二百歳超え？　情報量が多すぎる。

「なんということだ。まさか魔族を伴侶としていたとは……」

全員、もたらされた新情報をすぐには呑み込めない。でも、それが隠された事実なんだ。

青い顔をしたケーリーさんに、それ以外に何か書いてあるか聞いたが、今以上の、過去の話以外の情報はないらしい。確かに昔の話だもんな。

「その魔族——敵になるか味方になるか、どちらだと思う？」

ティアの復活早いっ！　さすが冷静な男!!

「人間に虐《しいた》げられていたら敵意があるかもしれませんが、その報告はありませんね……」

エルビスも報告書を読んで呟いた。半魔の彼もここが両親の出会いの場と知っていたら、大切にしているんじゃないだろうか。

「両親が出会った場所に来て、瘴気《しょうき》に侵されたのかな」

「もう、行くしかないだろう」

ダリウスがキッパリと言い放った。確かにそうだ。ここにいても何も変わらない。

「うん、行こう！　でも、ティアはこの天幕で待機してくれ」

「立場としてはそうするのは正解だ。だが、私もジュンヤを支えたい」

ティアがそう言って俺の手を握る。俺は、まっすぐにティアの目を見た。

「離れていても支えてくれてるよ。でも、もしもの時はケーリーさんと逃げて」

「ジュンヤ!!」

「エリアス殿下、あなたを愛しています。だから、絶対に来てはいけない」

殿下という言葉を使うのは狡《ずる》いと分かっている。だけど、絶対に戻ってくるから、信じてくれ。

「……分かった。必ず無事に帰ってこい。いいな？」

俺は頷いてティアを抱きしめた。

「よし。向かおう！　一緒に来るメンバーの選出はダリウスに任せる」

ダリウスの他、エルビスとマテリオも同行すると言って引かない。そこで、もし戦闘になったら、二人は俺を連れて退避、戦うのはダリウスと、作戦を決めた。マナはティア付きに、ソレスは俺達と一緒だ。

「いざとなったら外に連れ出して戦闘する。お前らは、とにかく遠くに逃げろ。いいな？」

俺は、信じる……全員を信じて作戦を成功させる。

「マナ、ティアを頼んだよ」

「僕が必要ないことを祈りますが、お任せを。あの、ジュンヤ様。ソレスを、お願いします。いってらっしゃいませ」

「うん。絶対全員無事に戻るからな！」

チョスーチに向かうメンバーには追加で魔石を持たせる。半魔の少年が敵だった時に退避する場合に備えて、屋内に置いて浄化する魔石を懐《ふところ》に忍ばせた。天幕を準備し、俺が倒れたら回復してもらえる準備もした。もちろん結界と遮音付きだ。まぁ、とにかく色んな想定をした。

十分に打ち合わせをしてからチョスーチの建物の扉を開ける。最初にダリウスが入り、次にマテリオ、俺、エルビス……神兵や護衛が続く。無言で石像に近づくが、相変わらず微動だにしない。泉の浄化より先に彼の浄化をする予定だった。なぜなら、彼が敵だった時に、泉の浄化後で俺が弱っていたら足手纏《まと》いになるからだ。

跪《ひざまず》いて少年像の手に触れる。ひんやりとしていて本物の石像みたいだ。触れても反応はないが、瘴気《しょうき》が纏《まと》わりついている。なぜこんなところに、たった一人でいたんだ？

浄化の力を流すと触れた部分からキラキラと輝いて、だんだんと本来の色らしきものが見え始めた。ラジートみたいに濃い瘴気《しょうき》だったらどうしようと思っていたが、そこまでの蓄積はなさそうだ。とはいえ、瘴気《しょうき》の侵食はかなりキツい。人間なら致死量でも、魔族なら耐えられるのかもしれない。

本来の彼の肌は白くて――まるで真珠のような光沢がある。浄化が進むと、閉じていた目がゆっくりと開いた。俺の存在に驚いて、淡いピンク色の目を大きく見開く。驚いて逃げようとする手をしっかり握ると、彼は抵抗をやめて俺を見つめた。

浄化はもうすぐ終わる。髪にも瘴気《しょうき》が纏《まと》わりついていたが、それが全て消え去ると、今度は俺が驚く番だった。

本当に黒髪だ……!! 翼も黒!!

神子《みこ》の血縁とすぐ分かる魔族。事前に聞いて知っていても、やはり驚いてしまう。これは目立ちすぎる。だから隠されたんだ。

「あ、やば……い」

ふっと体から力が抜けて倒れかけたのを、ダリウスが受け止めてくれた。

「ありがと……」

少年は目をパチクリさせて俺を見ていて、敵意は感じられない。

「君、だいじょ……ぶ?」

「ジュンヤ、一度出るからな」

「うん……君も、おいで……」

ダリウスに抱かれて外へ向かうと、少年もちょこちょこと歩いて後をついてきた。

「ありゃあ、敵じゃなさそうだな」

「うん、良かった」

「力、いるか?」

「後で頼むよ」

一度外に出ると、騎士達は緊張した様子で少年を遠巻きにしていた。そりゃそうだ。改めて見ると、淡いピンクの目は瞳孔が猫のように縦になっている。肌の色も明らかに人間と違う白さで、光を反射して輝いて見える。そして何より、黒い髪に翼。

すごく美しいけど、あまりにも現実離れした容姿に畏怖《いふ》を抱くのは当然だ。だが、攻撃してこない限りは何もするなと散々言い含めてあるので、みんな耐えてくれている。

「君の名前を教えてくれないか？　俺はジュンヤ・ミナトだよ。ジュンヤって呼んでくれ」

「ジュンヤ……？　かあ様と僕と、同じ色してる。どうして？」

無邪気な話し方は子供そのものだ。二百年以上生きているのかもしれないが、見た目通り、内面も幼いみたいだ。

「君のお母さんと同じ国から来たからだと思うよ。もっとこっちにおいで。何もしないから」

ダリウスに下ろしてもらい、支えられて立つ。少年はこちらに近寄りかけたが、立ち止まって、背後で俺を支えるダリウスを見た。警戒しているみたいだ。

「大丈夫だよ。俺が動けないから助けてくれてる、優しい人だよ」

「――怖くない？　人間はすぐ殺し合うって、とう様が言ってた」

「何もしねーよ」

少年はダリウスをじっと見てから、タタタッと俺に駆け寄って腹の辺りに抱きついた。

「お兄さんは肌の色もかあ様と同じ……かあ様ぁ……グスッ……」

「お母さんがいなくて寂しいよな。なぁ、名前教えてくれるか？」

「シン・チョウ。かあ様の名前と同じなの」

「マスミさんと同じ？　シン・チョウ……？」

真澄《ますみ》……真がシンで、澄がチョウ？　音読みにして名前を付けたのか。

「かあ様がね、名前はずっと一緒にいられるよって言ったの」

「そうか。優しいお母さんだな。それに、とっても良い名前だ」

人間と魔族、同じ時間を生きられないから、名前だけでもというマスミさんの思いを感じた。俺の言葉に喜ぶシン・チョウの笑顔は、無邪気で可愛らしい。

「シン・チョウはなんでここに来たんだ？　あそこは鍵もかかってたのに、どこから入った？　お父さんはどこにいるんだ」

「シンでいいよっ！　空からだと人は気づかないから、飛んできて上から入るの。あのね、とう様は人間が嫌いだから内緒なんだ。でも僕はね、かあ様の匂いを感じに、時々ここに来るんだよ」

俺達には匂いなんて分からないが、シンには分かるんだろう。

「えっとね、あれがあると、かあ様の匂いが消えちゃうから嫌いなの。僕、かあ様から少しだけ力をもらってるの。だからね、時々あれを消しに来てたの。でも、動けなくなっちゃって、石化してとう様が助けてくれるの待ってたの」

「シンも浄化ができるってことか!?」

マスミさんの力や色を受け継いだ子はいなかったと聞いていたけど、どういうことだ？　驚く俺を見て、シンは両手で口を押さえた。

「人間には内緒なの。僕、もう帰らなくちゃ。とう様に叱られちゃう」

「待って！　もう少しだけ教えてくれないか？」

「……お願い聞いてくれたら、いいよ？」

もじもじしながら俺を見上げる。何を言われるのか不安もある。でも。

「いいよ、なんだい？」

「あのね、あの——抱っこ、して？」

抱っこなんて些細なことに思えるが、彼には勇気が必要な願いだったんだろう。多分、俺がマスミさんと同じ色だから……

「いいよ、おいで」

膝をついて手を広げると、シンは腕の中に飛び込んできた。

「かあ様の力と同じ……僕も人間に生まれたら良かったのに……」

返す言葉は思いつかなかった。俺も、先に死んでいく人間だから。

「僕、頑張ったけど、もうあれのほうが強くなっちゃった。あなたもかあ様と同じなら、あれをやっつけられる、よね？　同じ力を感じるもん……」

俺の胸に顔を埋めるシンは母親を求めていた。頭を撫で、ぎゅっと抱きしめる。

「シンは頑張ったよ、偉かったな。あれは必ずやっつけるよ。そうすれば、シンはまたここに来られるよな？」

「うん！」

「約束するから、お父さんのところに帰るんだ。きっと心配してるぞ」

「分かった。またね」

シンは翼を大きく広げたかと思うと、一瞬で天空高く浮かび上がって飛び去った。あの方向に魔の森があるんだろう。木々よりも高い場所に、まるでワープでもしたみたいに移動していた。

「参ったな。子供であのスピードかよ。魔族とは絶対揉《も》めないようにしねぇと」

「速くてびっくりしたな。でも、あの子はマスミさんの形見を守ろうとしてたんだな」

シンに浄化の能力がどれくらいあるのかは分からないが、彼が守ろうとしてくれたおかげでこの程度で済んでいる。

「――また会ったら、領を統治する一族として礼を言わなきゃならねーな」

「ふふ……ダリウス、成長したな」

「俺だって、色々考えてるさ」

「うん。そうだね。じゃあ、ちょっと休んで浄化に行こう」

「ジュンヤ、拠点に戻らないのか？　――回復も必要では？」

このまま浄化に行くのかと、マテリオが心配そうに声をかけてきた。拠点でなくともせめて天幕で回復してからにしろと言う。

「でも、シンのおかげで、ここの穢《けが》れは最初の泉くらいだと思わないか？」

「あの時死にかけたのを忘れたのかっ⁉」

珍しいマテリオの怒声に驚いた。

「マテリオ、怒るんじゃねぇよ。ジュンヤがそこまで言うんなら三人で回復するぞ。エルビス、マテリオも連れてこい」

「いや、私は……！」

俺を抱き上げて天幕に入るダリウスに続いて、エルビスがマテリオを引きずりながら入ってくる。えっと、誰か一人で大丈夫だと思うけど。三人でやらしいことするんですか？　それは妙に恥ずかしいんですけどぉ～～!!

問答無用で中央のラグに座らされ、三人にぐるりと囲まれた。

「あのさ、キスだけでもいいとも思うんだけど、マテリオも……？」

シンを浄化したら絶対補充しなくちゃ足りないから元々キスはする予定で、遮音付き天幕を張って浄化の魔石も配置してある。でも、エッチは馬車で戻りながらのつもりだったのに。

「マテリオがいたほうが体力も回復できるんだろ？」

「ジュンヤ様の負担を減らすには、いたほうがいいでしょう。ちゃんと、この間みたいに引き剥《は》がしますから!!」

エルビスは後半が本音みたいだ。

「私の意思は……」

「お前もジュンヤを守りてぇならやれや。ただし、お前は最後だ」

ダリウスに凄《すご》まれ口をつぐむマテリオ。うん。怖いよな！

「ほら、こっち来な？」

え、俺が行くんですね、キスされに。なんだろ……この恥ずかしい感じ。そろそろと近づくと、胡座《あぐら》をかいたダリウスに横向きに抱かれた。

「他の二人は外で待機じゃダメか？　恥ずかし……っ！　ふぅっ……んん！」

返事はなく、ダリウスにディープキスで舌を絡めて吸われる。ちょっと！　吸うんじゃなくて、くれるんだろっ？　でも……気持ちいい……あったかいのが来る……

「ふ……んん……」

もうちょっと……あの子の浄化に結構な力を消費してしまった……足りない、足りないよ。

太い首に手を回し、緩く口を開けて「欲しい」と合図すると、甘い唾液が流し込まれる。欲しかったものを歓喜しながら啜《すす》った。

甘い……好き……もっと……

舌が絡み合ういやらしい音。二人に見られているという羞恥心が余計に興奮を煽《あお》る。

「待って……見られてるぅ」

「大人しく食われてろ」

「んむっ……はぁ……シたくなるからぁ、だめ」

「力、いるだろ？」

「見られるのは……や、んんっ」

「ここではシねーから。ほら、力持っていけ」

もうだめ……頭おかしい……。熱い体にしがみつき、口を開けて舌を差し出す。

「よしよし、今はこれで我慢だぞ」

「んくっ……ん、もっと……」

「順番にな。エルビスが睨んでるから構ってやれ」

「エルビス……？」

手を広げて待つエルビスのほうに行こうとして、膝からカクンと力が抜けた。でも身を乗り出していたエルビスがしっかりキャッチして支えてくれる。

「抱っこがいい」

「はい、くっつきましょうね」

対面にされ、胡座《あぐら》の間にすっぽり収まった。

「エルビス……ん」

目を閉じて顔を上げると、背中を支えてキスしてくれる。餌《えさ》をもらう雛鳥の気分だ。でも、エルビスは親鳥じゃなくてエッチな関係で……ゾクゾクする。

「ふ、ぅう……ん……はぁ、もっと、ちょーだい？」

「いくらでも差し上げますよ。だから、どうか――無事に終わらせてください」

甘い唾液をたっぷりと味わいながら、エルビスが震えているのを感じた。浄化の後を心配しているんだな。大丈夫だと、思いを込めて抱きしめ返す。

「おれ、頑張るから……後のこと、頼んだよ？　だから、もっと」

もう一度、深くて優しくて甘いキスを味わう。いつだってエルビスの力は優しい。いっぱいもらいながらシたい。だけど今は……先に浄化をしなくちゃ。

「はぁ……ジュンヤ様、可愛い……蕩《とろ》けたお顔をして、もっとしたいんですね？　エッチなジュンヤ様も大好きですよ」

「もう少し……」

「不本意ですが、マテリオに託します」

エルビス、本音が漏れているよ。

「で、でもさ、恥ずかしいって……」

「私も渡したくありませんが、ジュンヤ様が動けるようになるためには……ね？　さぁ。マテリオ」

「マテリオ、今のジュンヤは力入んねーから、しっかり支えろよ」

ダリウスが俺を抱き上げる。マテリオにも胡座《あぐら》をかくよう指示し、俺の体を横向きに乗せた。

ええっと、あんたも気まずいよな？　そう思ってちらっと見上げると目が合い、マテリオが赤面した。うっそ！　マテリオの赤面とかレア！　余計に恥ずかしいって！　でもこのままだとまだ力が足りないし動けない。

だけど、マテリオは俺の背中を支えたまま微動だにしない。まるで地蔵のようだ……

「あの、嫌ならやめよう」

もう触らないって言ったもんな……

真面目な奴だし、決意は変わらないかも。でも、俺の体ははしたなく疼《うず》いている。二人にお願いしようと離れようとしたら、マテリオにぐっと抱きしめられ阻まれた。

「嫌じゃない……」

真っ赤な顔が近づいて、とっさに目を瞑《つぶ》ると唇が触れる。こうして膝に座っているだけではそれほどじゃなかったのに、直接触れるとそこから凄《すさ》まじい勢いで力が循環を始めた。

「はぁ……う……んっ、あぁ……」

離れていった唇を求めて手を伸ばし、その頭を捕まえる。

「ん、はっ、んん……あ……ん……」

きもちぃ……シたい……

キスしながらきつく抱き合い、マテリオが背中を愛撫する。もっと、直に触れて、あの熱い力が欲しい……ぐるぐると巡る力に抗《あらが》わず、このまま、抱かれてしまいたい――

「ほい、そこまでだ!!」

ダリウスの声がして引き離された。目を開けると、マテリオの腕を掴むダリウスと、俺の肩を抱いているエルビスがいた。

「な、に……？」

「このままだと最後までシそうだったから、邪魔させてもらったぜ」

ニヤッと笑うダリウス。確かにシたいと思ってた。危なかった！

「ジュンヤ様、お力のほうはいかがですが？　体も動きますか？」

立ち上がって体を動かすと、さっきまでの怠《だる》さはすっかり消えていた。キスだけで足りるか正直不安もあった。でも三人に力をもらったおかげで、言い方は悪いかもしれないけど、ブレンドされて一人の時よりパワーが上がった気がする。シンに使った力はこれで取り戻せた。

「うん。大丈夫。これならやれる！」

マスクの効果がなくなれば、メンバーの身に危険が迫る。ただでさえここのチョスーチは広くて大変だ。

気合を入れてさぁ行こうと思ったが、その後は彼らが収まるまで待つという恥ずかしい事案が発生した。なら、さっきシてあげたのに——って、おーい！　どエロいな俺っ！

気を取り直してチョスーチに戻り、まずは瘴気《しょうき》の源を探そう。シンが浄化してくれていたおかげで、瘴気《しょうき》の濃度がこれまでの泉同等になっていたのは助かる。

「シンがいなかったら、ここはもっと厳しかったよなぁ」

「ええ。彼は母恋しの想いだったのでしょうが、結果、人間も救ってくれたんですね」

「本当だな。あのチビに礼を言い損ねた。また会うのは難しいだろうが、兄上にも報告しなければ」

泉を調べながら、みんなシンに感謝していた。

「……あの辺か？」

マテリオが指差したほうを見ると、少し緑が濃い箇所がある。

「よし、船を出そう」

神兵さんがマジックバッグから船と装備を出してくれる。危険だから外で待機を勧めたが、絶対俺から離れないと固辞された。どんなに危険でも離れないなんて決意を聞かされ、折れるしかなかった。

「ジュンヤ様、さんそボンベはまだ大丈夫ですか？」

「水に入るまでいらないよ」

「不思議です。これさえあれば、いつまでも水に入っていられるのですね」

「うん。俺の世界では、水中に潜《もぐ》る娯楽もあるんだ」

「はぁ〜、聞けば聞くほど本当に不思議な道具です」

船に乗る前にアナトリーが改良してくれたベルト付きボンベを背負う。ダリウス、いやらしい目で見てんじゃねぇよ。他のメンバーの視線も怪しいが、スルー力が今、試されている！

「じゃあ、行こう」

船に乗るのはマテリオ、ダリウス、ソレスなどいつものメンバーだ。大きい船を出したので、比較的人数は乗れる。

「この辺だろうけど……深いのかなぁ？」

「潜《もぐ》った者はいないから分かんねぇな。無理だと思ったらすぐに戻ってこい」

「うん。無理はしない」

酸素マスクのフィット感を確認し、水に飛び込む。アナトリーはカスタムマニアで、より顔にフィットするようにしてくれた。変人だけど良い魔導士に会えたと思う。

水中を漂《ただよ》う濃緑《こみどり》の流れる元を探りながら潜《もぐ》っていく。潜水に慣れたら周りを見る余裕ができた。

周囲を照らす光が以前より強くなったのは、俺自身の力が増したせいだろう。

酸素ボンベのおかげでホースが絡む不安も消え、安心して探れる。俺を引き上げるためのロープは巻かれているが、一本減るだけでもかなり動きやすい。

さて、どこだ……？　瘴気《しょうき》が邪魔でよく見えない。

深さは三メートルくらいか。水面を見上げるが距離感が掴めない。くそっ、緑の霧みたいだ。

どこにいる？　俺を呼んでくれ。

呼びかけに答えてくれるのを期待して耳を澄ますと、かすかに声が聞こえた。声のほうを振り向くと、顔の前を一筋の濃い瘴気《しょうき》がふわりと横切る。それを辿りながら、視界を遮るモヤモヤを、掻き消さない程度に手で払った。

『……こ……みこ……！』

ああ、鬱陶《うっとう》しい！　気持ち悪い！

徐々に濃くなる瘴気《しょうき》に眩暈《めまい》がしたが、無事に、荊《いばら》に囚《とら》われたメイリル神像を見つけた。瘴気《しょうき》で気分が悪いけど、これを上へ持って帰らないと……

助けに来たよ。

『み、こ……？』

そうだよ。苦しかったな。

『終わり……帰れる？』

うん、帰ろう。

『帰りたい。帰りたい……痛い……』

声が啜《すす》り泣くと、瘴気《しょうき》が噴き出した。メイリル神像が嘆くほどに呪《しゅ》が強くなるらしい、最低な術だ。噴き出した瘴気《しょうき》で更に気分が悪くなるが、三人がくれた力が俺を支えてくれるのを感じる。

潜水用に付けていた重しを外し、思ったより大きい像を両手で慎重に持つ。荊《いばら》が刺さる痛みに耐え、水面を目指して水を蹴った。潜《もぐ》るのは割と簡単だけど、浮上するのは苦しい。消耗《しょうもう》したし、両手が塞《ふさ》がって水を掻けないのもあるんだろう。像を持つ前に合図すれば良かった。

今からロープを引こうにも、片手じゃ像を落としてしまいそうだし、葛藤している間にも遅々《ちち》として進まず苦しい。

誰か気がついてくれ……

ダリウス！　エルビス！　マテリオ！　助けて！　体が重いし、苦しい……

もう少しで水面に出そうな気がするが、疲れてしまった。ボンベを捨てたい。全部捨てたい。投げやりな気持ちになって力が尽きかけた時——ロープに引かれ、体が浮上し始めた。助かった……もう限界だった。でも、まだ気絶しちゃいけない、メイリル神像を浄化するまでは!!

水面に顔が出ると、ダリウスがベルトを掴んで船の上に引っ張り上げてくれた。

「は、はぁ……はぁ、やっぱり、キツイのは変わらないな」

「ジュンヤ、寄りかかっていいからな」

「ありがと……」

ダリウスなら俺が全体重をかけたってビクともしない。岸はすぐそこなのに、とても遠く感じる。

疲れて、今にも瞼《まぶた》が閉じてしまいそうだ。

「マテリオ、ここでやる……呪《しゅ》の位置教えて……」

「分かった。……ここだ」

浄化には慣れたが、反動は怖い。呪《しゅ》に触れると、今までにない強烈な抵抗を感じた。

なんだよ……！　絶対負けないからなっ!!

気合を込めて浄化を流すと、ようやくプレートが割れた。でも、ごめん。限界だ。

「みん……な。やくそく、したこと……たの、ん……」

最後まで言えないまま、俺の意識は暗闇に沈んだ。

ｓｉｄｅ　エルビス

こんな形で再びジュンヤ様に触れるなんて――

座席が寝台にもなるよう改良された馬車に、毛布で包《くる》んだ意識のないジュンヤ様を横たえた。瓶から交玉を取り出す。ダリウスは警備に回り、私とマテリオにジュンヤ様を託した。この状況で襲われたら、動けないジュンヤ様を守れるのはダリウスしかいないからだ。

「エルビス殿……良いのだろうか、こんな形で……」

「ジュンヤ様が仰っていただろう？　もしも気を失ったら抱けと。私達に罪悪感を与えないように、ご自分から仰られた。その思いを無下にしないでください」

「私で良いのかと聞いています」

「……正直、複雑です。ですが、ジュンヤ様を救うには必要だと判断し、ダリウスもあなたに任せたんです」

愛する人を意識のない状態で抱きたくないのは分かる。だが、命を救うためなのだ。

『もしも俺が完全に意識を失ったら……抱いてくれ』

それしかジュンヤ様を救う術《すべ》はない。最悪の選択だが、我々は了承した。ジュンヤ様の言葉を受け入れた我々は、相当酷《ひど》い顔をしていただろう。

『俺、みんなを信用してる。だから、俺の体を預ける』

そう言って笑ったジュンヤ様の信頼と愛に応えなくてはいけない。だというのに、マテリオは尻込みしている。

嫌なら私が一人でお助けするだけだ。ブリーチズを脱がせ、生まれたままの姿になったジュンヤ様の蕾に潤滑油を塗り、交玉を挿入する。その体は冷え切り、私の助けを求めている。

「お助けします、ジュンヤ様」

交玉が溶けるまでの間、私も服を脱いで冷えた体を温め、キスをして唾液を流し込んだ。触れた唇の冷たさに、涙が溢れそうだ。こんな状況で、抱けるだろうか。

ダリウスは私の性格を見越してマテリオを寄越したというのに、この男はまだ迷っている。警備が薄くはなるが、ダリウスと交代させるべきかもしれない。殿下のいる拠点への到着を待つには状態が悪すぎる。もしかしたら、呼吸が止まってしまうかも。

恐ろしい想像に口の中がカラカラになる。必死で唾液を溜めてお口に流し込むと、力を欲しているのかジュンヤ様の舌が私の舌を追う。ほんの少しの反応が嬉しい。

ジュンヤ様、どうか目を開けて……

あの魔族の少年を浄化し、更に泉を浄化した反動は大きかった。潜水時間も長く、船でジュンヤ様の帰りを待つ間、私は生きた心地がしなかった。

くそっ！　これだけでは目覚めに足りない！

「マテリオ。ジュンヤ様に口づけを。嫌なら今すぐダリウスと交代しろ！」

今までダリウス以外にこんな言い方をしたことはない。だが、愛していると言った癖に腰が引けている姿に腹が立つ。私達だって意識のないジュンヤ様を抱きたくなんかない！

「エルビス殿――すまなかった。覚悟したつもりだったが、こんな形で再び触れることに、躊躇《ためら》いがあった」

「言い訳は必要ない。ジュンヤ様のお命が一番大切だ！」

マテリオはようやく覚悟を決め、ジュンヤ様に口づけた。この際、私の感情など後回しだ。

二人でジュンヤ様を挟んで横になる。私は冷え切ったお体を背後から抱きしめ、前はマテリオの体で温めながら口づけを続けさせる。

指で蕾に触れると、交玉が溶けて潤滑油が溢れ始めていた。そっと指を挿し入れ、ゆっくりと解していく。傷つけないように、優しく、優しく……

久しぶりに触れるジュンヤ様のナカは温かい。体の芯まで冷えてはいないと希望が持てた。指を増やしながら蕾を拓くと、抱いた腰が揺れ始める。

「ん……ぅう……あぁ……はぁ……」

「ジュンヤ様？　気がつかれましたか？」

「まだです。消耗《しょうもう》が激しいので、私の口づけだけでは目覚めそうにありません。やはりエルビス殿が必要です」

「分かっている」

この状況下では役に立たないと思われた私の欲望は、ジュンヤ様の滑らかな肌に触れるうち、ナカに挿入《はい》りたいと野蛮にも勃《た》ち上がっていた。

「ジュンヤ様……挿《い》れますね？」

耳元に口づけながらゆっくりと挿入すると、柔らかな襞にきゅっと締めつけられる。意識がなくとも誘うように私の動きに合わせて腰を揺らし、迎えてくださっている……嬉しい……

「愛しています。早く目を開けて、私を見てください」

「はぁ……ん、ん、あっ」

抽送《ちゅうそう》を始めると、甘い声が漏れ始める。

「ジュンヤ、様、起きて……早く、笑って……」

「あぁっ……ん、あっ、はぁ、ん、んむっ」

マテリオがまるで私に対抗するようにジュンヤ様に口づけて唾液を飲ませている。素直になれないヘタレの癖に。私のジュンヤ様だ……！

いやらしい音が響き、ジュンヤ様の喘《あえ》ぎ声が少しずつ大きくなる。鼻にかかったような甘い吐息が、堪《たま》らなく好きだ。大好きなところをたくさん擦《こす》って、注いであげますね？

「あ、ん、ひぅ、あぁぁ……あ、あっ」

「ジュンヤ様、今、差し上げます。受け取って、ください」

可愛らしく震えながら精を放つジュンヤ様に合わせ、私も愛を放つ。

「はっ、はぁ……はぁ、ジュンヤ、様……？」

絶頂の余韻に震える体を抱きしめて顔を覗き込むと、薄っすらと瞼《まぶた》が開いた。その頬を撫でる。

「ジュンヤ様、しっかり！　目を開けてください」

「ジュンヤ？　気がついたのか？」

マテリオも不安そうにジュンヤ様の顔を撫でた。

「エル……ビ、ス……？　マ……テ……リ、オ？」

「気がつきましたか？」

「良かった……」

ジュンヤ様は、私達を見てふっと笑った。

「あり、がと……エルビス……呼んでくれて、ありがと……」

「ジュンヤ様っ!!」

ぎゅっと抱きしめ、髪に何度も口づける。

「マテリオも……力、来たよ……ありがと、な？」

「ジュンヤ……こんな風に、すまない。私はまた、こんな……」

マテリオはきっと、二度目が許されるのならちゃんとした形で抱きたかったのだろう。その気持ちはよく分かる。いつもの仏頂面は影を潜《ひそ》め、今にも泣き出しそうだ。この男にも、こんなところがあったのか。それを引き出したのはジュンヤ様だ。

「ううん。助けてくれて、ありがと……でも、足りないから……もっとしてほしい。二人共、そんな顔すんなって。俺、本心から抱かれたい。エルビスも、もう一回、シてくれる？」

肩越しに振り返り、小悪魔のように笑うジュンヤ様。

「次はマテリオですので、私はキスしていいですか？」

「ん……」

目を閉じてツンと唇を尖《とが》らせるその顔が、どれだけ扇情的か分かっているのだろうか。

「んっ！　んっ、ふぅ……ん……はぁ……おいしぃ」

「ああ、私も、ジュンヤ様の全てが美味しいです」

まだナカにいたかったが、仕方なく離れる。

「ジュンヤ、本当にいいのか？」

「いいよ……まだ、動けないけど、任せる、から……」

マテリオは私に遠慮したのか、ジュンヤ様の背後から繋がることを選んだ。これで私も口づけられる。

マテリオがジュンヤ様の片脚を抱えて繋がる瞬間は、とっさに目を伏せてしまった。殿下やダリウスとは違う何かをマテリオに感じているからか？

「ああう……あ、エル、ビス、こんな俺は、嫌い？」

不安そうな声。慌ててジュンヤ様と目を合わせると、悲しげな顔をしていた。

「やら、しい、俺……いや？」

「いいえ、ただの嫉妬です」

何があってもジュンヤ様と共にいると決めたのだから。

「私の心は永遠にあなたのもの。誰にも負けないくらい愛するだけです」

話している私達が気に入らないのか、マテリオがジュンヤ様を揺さぶり責め立てる。

「んっ、んうっ、あ、あ、キ、キス、して……」

舌を絡め愛し合う。その肌に手を這わせ、たっぷりと愛撫を施し全てで愛を伝えよう。

「ジュンヤ。私を忘れては、困る」

何をしたのか、不意にジュンヤ様の背中が反り返って痙攣《けいれん》した。

「あううっ、マテ、リオ！　あぁ、そ、こ、だめ」

「ここが感じるのだろう？　あの時みたいに何度でもイけばいい。私も……愛しているんだっ！」

だが、どうしたらいいか、分からない……！」

どさくさに紛れて熱烈な愛の告白をするライバルに、いつになく対抗心が湧き上がった。殿下やダリウスには抱かない感情だ――

「私のほうが愛していますよ？　ジュンヤ様のイイところも何もかも、全部知っているのは私だけですよね？」

「あっ！　エ、ルビス！　乳首、舐《な》めちゃ、だめぇ……ああ……あぁ」

私が舐《な》めて育てた薔薇《ばら》色の乳首はツンと立ち上がって喜んでいる。それなのに、恥ずかしがり屋のジュンヤ様は、なかなか本音を言ってくれない。

「嘘はダメですよ、気持ちいい、でしょう？」

わざと愛らしい尖《とが》りを避けて乳輪だけに触れると、焦れたように身を捩《よじ》らせる。マテリオに何度も突き上げられ、前後から同時に与えられる快楽に震えているジュンヤ様は扇情的だ。

「ううっ……や、もぅ……ち……て」

「よく聞こえませんよ？」

「乳首、舐《な》めて……イキそう、早くぅ」

「はい。舐《な》められながらイきたいんですね」

私の言葉でジュンヤ様はますます顔を赤らめた。だが、小さく頷いて……ああ、可愛らしい。

右乳首は舌で、左は指で挟み時折摘《つま》み上げながらじっくりと愛した。

「あっ、あっ、はぁ、あうぅ、も、だ、ダメ、あっ――」

「ジュンヤ、私の愛も、受け取ってくれ」

マテリオの精を注がれたのだろう。ガクガクと震えて達するジュンヤ様の蜜色の肌は、光を放ったように見えた。神々しくも淫《みだ》らで美しい、私の神子《みこ》……

「ん、もっと……あいして……」

二度の精を受け止めた媚薬《びやく》効果か、理性が飛んでしまったらしい。快楽に蕩《とろ》け、潤《うる》んだ黒い瞳で私達の名を呼ぶ。

「ふたりので……いっぱいに、なりたい……」

マテリオの力で活力を取り戻したらしいジュンヤ様は、両手を伸ばして蠱惑《こわく》的に誘う。この誘いに耐えられる者などこの世に存在しないだろう。

「ジュンヤ様、私はあなたの虜《とりこ》です。愛しています」

「なんて綺麗なんだ……私は、こんなにもお前を愛してしまった――もう離れられない」

「おれも……すきぃ……だから、もっと、可愛がって？」

腰を揺らし、マテリオと繋がったまま脚を広げてみせるジュンヤ様に、私達は理性をかなぐり捨てて襲いかかった。

次こそ二人きりで、あなたの全てを愛したい。私だけのジュンヤ様でいる時間を与えてほしい。先程まで冷え切っていた体はすっかり熱が戻り、淫《みだ》らに悶《もだ》えるジュンヤ様と結ばれながら、使命など関係なしに愛し合える日が、一日でも早く来ることを願っていた。

◇

揺れる馬車の中で目覚めた俺は、正面に裸のエルビスがくっついていて、その背後でマテリオが狭い床に布を敷いて寝ているのに気がついた。

そうだ……3Pしちゃったんだよ。でも、マテリオのおかげで体は動きそうだ。

「エルビス……マテリオ？」

名前を呼ぶと、エルビスの肩が揺れた。

「す、すみません！　私のほうが起こされるなんてっ！」

「今は恋人同士なんだからいいじゃん」

「そう……ですね。ふふふ。元気になられたようで、何よりです」

「うん。ありがとう。マテリオは寝起き悪いなぁ」

神官は寝起きがいいという勝手なイメージがあった。俺とエルビスの話し声で目は覚めたようだが、声をかけてもむにゃむにゃ言ってシャキッとしない。

「マテリオ殿は見逃してあげてください。普段はちゃんとしているはずですし」

「……どういう意味？」

「その……私が……ギブアップした後は、マテリオ殿が頑張りましたので」

「ギ、ギブアップ⁉　まじか、なんかごめん」

俺、そんなにシたのか？　自分が怖い‼

「じゃあ、マテリオをベッドに寝かせてやったほうがいいよな？　持ち上がるかな？」

「ジュンヤ様が気になさることではありませんよ」

「だい、じょう、ぶだ……起きる」

話していたせいか、本格的に起こしてしまったみたいだ。

「ごめん。調子悪かったら寝ててもいいよ。ベッドで寝るか？　床で寝るのも慣れている」

「いや……目は覚めた。力が循環したおかげで問題ない。床で寝るか？」

マテリオは伸びをして体を起こした。上半身裸なんだが、神官の癖に細マッチョだよな。騎士と比べたら負けるけど、この世界の人間は体の作りが根本から日本人と違んだろうなぁ。

ところでさ……白い肌と赤銅《しゃくどう》色の髪ってカッコ良くない？

なんて、ちょっとドキドキしていたんだが、ド派手に腹の虫が鳴った。なんだよ、ときめいている時くらい空気読んでくれよ。

——ん？　ときめき？

とっさに浮かんだ言葉に自分でも驚いた。なぜそう考えたのか整理しようとしたが、急激に空腹を意識して気が散ってしまい、疑問が霧散する。

「運動してお腹が減りましたよね。すぐ準備します。ふぁぁ……っと、失礼」

「ふふっ、素のエルビスが見られて嬉しいよ」

エルビスのあくびなんて貴重だし可愛い。俺の前でリラックスできている証拠だもんな。

「あのさ、まだティアのところに向かう途中？　そんなに遠かったかなぁ」

「もう合流して、今はユーフォーンへ向かっています。浄化したのは……昨日ですよ」

「えーーっ！」

途中から理性がぶっ飛んで覚えてない……

「休憩と食事はしているぞ。お前にも食べさせていたから心配するな。ただ、まぁその……」

珍しく言葉を濁《にご》すマテリオ。

「俺、なんか、した……？」

「――問題ない。気にするな」

真っ赤になってそっぽを向いてしまう。俺は何をしたんだっ⁉

エルビスは俺をマテリオがいた敷き布に移動させ、ベッドにしていた座席を元に戻している。その間にマテリオが飲み物と食事を用意してくれた。

「携帯食だが少し食べたほうがいい」

「二人に無理させたならごめんな。あと、記憶が曖昧《あいまい》だけど、嫌なことさせたよな。助けてくれてありがとう」

「嫌だなんて、とんでもないです。どちらかと言うと、甘えてくれて可愛かったです」

「私も嫌じゃなかったし、なんら問題はない。もう食べよう、とにかく食事だっ！」

二人が焦りながら誤魔化す。話せないほどエロかったのでしょうか。まぁ、俺も腹が減っているからこれ以上はやめとくか。

パンにジャムを塗ってかぶりつくと、フルーツの甘酸っぱさに食欲が増す。

「このジャムも美味しいな」

「お口に合って良かったです。パンもハンスが焼いてくれました」

「いつも支えてくれて、本当にハンスさんには頭が上がらないよ。今度お礼しようかな」

「それが使用人の仕事ですよ？」

確かに仕事ではあるけどさ。俺もサラリーマン時代は裏方だったから、労《ねぎら》いはとても嬉しかったのを覚えている。

「見えないところで支えてくれる人達がいるから、俺は浄化に専念できるんだ。騎士達にも何かプレゼントでもしようかなぁ。ユーフォーンで買い物したい」

「はい。それはいいですね。ジュンヤ様のお心が籠《こも》ったものなら、なんでも喜ぶと思います」

「う～ん。あ、そうだっ!! エルビス、二人で出かけたいって言ってたよな？ デートしながら一緒に選んでくれるか？」

「デート!? はい、デートですね。嬉しいです」

ニコニコと笑うエルビスの横で、黙々と食事をしているマテリオ。エルビスを誘うタイミングを間違えたかも。

「マテリオ。あのさ、ユーフォーンに戻ったら、少し話をしよう。俺達ちゃんと話し合ってない気がするから」

「私は、ただお前を守るだけだ。……迷惑をかけずにな」

「う～ん。迷惑じゃないし、むしろ俺が迷惑かけてるだろ。ちょっと腹を割って話そう」

「……分かった」

体の関係が先だったせいか、マテリオは妙に気を遣いすぎる。マテリオからしたら、俺に対しても同じように感じているのかもしれないけど。

「途中の村は行きで浄化を済ませたから、ユーフォーンにはすぐ帰れそうだな」

「はい。村には寄りませんので、明日の昼頃には着くでしょう」

カーテンを開けると、日が傾きかけていた。日暮れ前にキャンプの準備だ。

「今夜は、バルバロイ領で最後のキャンプですね」

「そうだな。ところで、ティアとダリウスの様子は？　敵は来ていない？」

「ダリウスは警備に専念し、敵は現れませんでした。私も外に出られ……いえ、出なかったので、殿下の様子は分かりません」

頬を染めるエルビス。出られなかったのは、俺が二人を放さなかったからだろうな。エロい俺、何してくれてんだよっ！

「エルビス殿。外に出る時、ジュンヤの香りが外に漏れると護衛が動揺するかもしれない。少しずつ窓を開けて濃度を薄めるべきです。ウォーベルト殿がはぐれた我々を迎えに来てくれた時は、慣れた彼だから耐えられたのだと思います。みんなが彼のように平気とは限りません」

「そうですね。少し開けましょう」

ほんの少し窓を開けると、新鮮な風が入ってきて心地いい。

「外、見ててもいいよな」

「もちろん」

風に当たりながら外を見ると、活力の足りない果樹園や畑が広がっている。この風景も、チョスーチの浄化された水が行き渡れば豊かな大地に変わるだろう。

「ついにここまで来たな。呪《しゅ》もあと一つか。北の浄化が済めば、全部終わるんだ……」

「問題は、北部だけ穢《けが》れの大元が不明なことだ。サージュラ殿の言葉を信じるなら、山中の泉だろうか。そうなると山の民の社が怪しい」

「マテリオ。社の近くは監視が厳しいと聞きましたが、本当ですか」

「ええ。しかも、山の民はカルタス人に不信感を持つ者もいると聞きます。すんなり入村できるかどうか……」

街中に溶け込んでいる山の民もいれば、差別的な目に遭って山に籠《こも》り、カルタス人を嫌っている人もいるそうだ。

「なるほど……。まぁ、今は浄化を祝いましょう。ジュンヤ様も、やっとゆっくりできるんですから」

「王都も気がかりだけどなぁ」

「神殿もできる限りの対策は取っているはずだ。民は王都から避難させるかもしれないが」

その時、ラドクルトが窓に寄ってきた。

「ジュンヤ様、おはようございます。間もなく到着です。その、もう少し窓を開けて香りを飛ばしたほうがいいと思います、はい」

エルビスが本当に大丈夫かと確認する。

「慣れていないメンバーは風上に移動させたので安心してください」

返事を聞いたエルビスが素早く窓を開けた。

あの、俺は危険物ですか⁉

「ならば、反対も開けよう」

マテリオ……！

二人の間で一人、いたたまれない気持ちだった。しばらくして馬車が停まり、ノックで合図されて外に出る。

「あ〜！　外は気持ち良いなぁ」

大きく伸びをしてストレッチしていると、走ってきたティアに抱きしめられた。

「ジュンヤ、会いたかった‼」

顔色が悪く、酷《ひど》く憔悴《しょうすい》している様子だった。

「心配させてごめん、もう大丈夫。魔族の子についての報告は聞いた？」

「ああ、聞いた。だが今はジュンヤを感じていたい」

「ん……大丈夫だよ、俺は大丈夫」

チョスーチから戻って合流した時は俺は意識もなく馬車に籠《こも》りきりだったろうから二日会えなかったし、ティアは魔族の子に直接会っていないから、本当に害がないかどうか判断しにくかっただろう。

「俺、頑張ったよ。だから褒めてくれ」

甘えると喜ぶから、わざと我儘《わがまま》に振る舞う。

「ジュンヤ、ありがとう。ジュンヤを誇りに思う。私の宝だ」

「宝は言いすぎじゃないか？」

「いや、それでも足りないくらいだ。至高の宝石で、誰よりも気高く愛しい唯一の恋人だ」

「褒めすぎ。でもありがとう、嬉しい。頑張った甲斐があった！」

　俺の王子様は、語り出すと恥ずかしくなるくらい俺を褒めてくれる。

「ゴホンッ！　殿下……よろしいですか？　お食事の前に、少し会議をいたしましょう。ジュンヤ様も目覚めましたし、ユーフォーンへ帰還の前に知りたいこともあるでしょう」

　ケーリーさん、いつもすみません！

　巡行メンバー全員で円陣になりミーティングを始める。全員で情報を共有すれば齟齬《そご》も生まれないし、信頼にも繋がる。ティアがこの形式を指示した時、下位の騎士達には衝撃だったらしい。何も知らず分からずとも、黙って上の命令に従うのが彼らにとっては当然だったからだ。

「魔族の子供に害はなさそうだが、万が一人間に見つかったら大変な問題になるのではと危惧している。理由は、人間が魔族に抱いている不安だ」

　確かに、その場に立ち会った騎士の顔にさえ不安がよぎっていた。

「王都の神殿、ヒルダーヌとザンドには知らせるが、それ以上は情報を統制する。魔族を恐ろしいと思っている間は、無茶な侵攻はしないだろう。だが、素直な子供だったと知れば、捕らえて利用しようと考える者が出るかもしれない」

　確かに、優しく懐柔《かいじゅう》して、捕まえた後に……なんて悪党もいるだろう。彼を利用して、魔族の国に侵入を試みる奴も出てくるかも。

「賛成。悪人はどこにでもいるもんな。あの子が穏やかなのはハーフなのもあるかもしれないけど」

聞いていたダリウスも頷いた。

「これまで魔の森の奥深くに踏み入って帰ってきた奴はいねぇから、無茶する奴はなかなかいないとは思う。だが、叔父上に監視の強化を要請した。呪《しゅ》が祓《はら》われた水を狙う者への対処も兼ねている」

既に手を回してくれたようで、頼りになる。感心していると、ダリウスがドヤ顔で俺を見た。

「これでも、領主一族の人間だからな」

「皆も、魔族の話をする際は周囲に警戒せよ」

全員が「御意」と答え頭を下げた。

「それからジュンヤ。ユーフォーンにまたしばらく逗留《とうりゅう》するが、無理のない範囲で診療所や教会の慰問《いもん》を頼みたい。騎士を労《ねぎら》う場も設けるので、何か料理を作ってくれないか？」

「任せて。何がいいかリクエストしてくれ。ラドクルト、意見をまとめてくれるか？」

「はい、お任せください」

みんな目がキラキラしているな。うん、期待に応えて料理するぜ！　新作も試そうかな？

「それから、クードラ以降の精神的疲弊《ひへい》で、皆も疲労が蓄積しているだろう。騎士には交代で休暇を取らせる。ここまでつらいこともあったが、ユーフォーンは安全な街だ。敵もほぼ捕縛《ほばく》できたし、領内の騎士も味方についた。これまでの苦労を労《ねぎら》いたい。よくやってくれた。ユーフォーンまであと一日、頑張ってくれ」

ティアの言葉に、騎士達が一斉に片膝をついて頭を下げた。

「もう良い。立て。そなた達の献身はこの国の宝。誇りに思うぞ」

ティアの言葉に感激して泣いているのか、肩を震わせる騎士が何人もいた。この巡行は浄化だけじゃなく、敵との戦いもあった。怪我をした人もたくさんいたし、つらい場面も見た。あと少しで、息抜きさせてあげられる。

「さぁ、野宿も今夜で一旦は終わりだ。お前ら！　今夜の分の薪《まき》を拾ってこい！　それ以外は配置につけ！」

ダリウスが号令をかけると一斉に動き出した。うーん、機動力がすごい。

「ジュンヤ、もう大丈夫なのか？」

「ん？　まぁ、大丈夫」

お尻の違和感以外な……

「ふーん？　やっぱりあいつがいると違うのか。でも、負けねーからな。それに、ジュンヤの事後の気怠《けだる》さは色気があって最高だが、それはあいつは味わえねぇんだもんな？」

「この、エロエロ男!!」

ダリウスの腹を叩いたが、俺の手のほうが痛いです！　悔しい……

「ハハッ！　少しぐらい妬《や》いたっていいだろ？」

「バカだなぁ……分かりにくいんだよ」

俺のおでこにキスして、ダリウスはまた警備に戻った。

「そういえば、俺達先に食事しちゃった。ティア、ごめんな」

「気にするな。空腹を我慢する必要はない。……戻ったら私がジュンヤを食べてもいいか？」

「うっ⁉　不意打ち！　まぁ、いい……けどさ」

「楽しみにしている」

ティアもダリウスもエロしか頭にないのか？　まぁ、心配させたから甘やかしてやるか。俺も少し気分を変えたいし。ヒルダーヌ様の件はあるけど、俺にだって甘えたい時がある。

でも、まずはエルビスとデートをしよう。二人きりは難しいかもしれないが、やっとお願いを聞いてあげられる。何を見ようか。ケローガを発った後に聞いた、湖デートでもいいかもしれない。

チラッとエルビスを見ると、キョトンとした顔で見つめ返してきた。

「ふふふ……楽しみだな？」

「なんですか？」

「早く街に戻りたいなぁって思ってさ」

束の間の平和を感じたい。デートのことを考えると、抱えた面倒事への不安が薄らいだ。人を好きになるって、こんなに強くなれるんだな。今夜の星空は、いつもより綺麗に見えた。

翌日。車列がユーフォーンの城門を抜けると、通りに多くの人が集まっていると知らされた。伝令から、チョスーチの浄化を知った民が通りに出て俺達を待っていると聞いた。ティアに、カーテンを開けて手を振ってほしいと言われている。

カジュアルな服装だったので、知らせを受けて慌てて着替える羽目になり、みんなを待たせてしまった。悪いなと思って本当に大慌てだったんだが、貴族の警護ではお着替え待ちはよくある事案らしい。一人で焦ってバカみたいだった。

「先触れをしていたので、ヒルダーヌ様が浄化の成功を民にも知らせたんでしょう」

「ケローガと順番が逆だったからびっくりしたよ」

ケローガでは最初からマヤト大司教やカルマド伯達の歓待を受けた。追われていて密かに街へ入ったせいだが、ヒルダーヌ様と対面した後も特に何もなかったので、イベントは起きないのかと思っていた。

「それだけ悩みの種だったのでしょうね」

民をがっかりさせないよう、浄化が確実になされるまで待っていたのかな。

「中央広場でヒルダーヌ様が出迎えるそうです」

領主代行が出迎える。以前よりは、その重みを理解しているつもりだ。パレードは苦手だけど避けて通れないことも分かっている。

「さぁ、通りに出ますよ」

エルビスに促され、窓際に移動する。でも、時々反対側にも移動して手を振らなくちゃいけない。

大きい馬車は広くて快適だが、こういう時は困るな。

通りに入る直前、外で大きな歓声が湧き上がった。列の前にいるティアが、馬車から手を振っているんだろう。続く俺の馬車も通りに入り、たくさんの人が通り沿いに立っているのが見える。人の多さに少し怯《ひる》んだが、染みついた営業スマイルというのは自然と出てしまうようだ。

微笑んで手を振ると、みんな手を振り返してきたり、懸命にハンカチを振ってアピールしたりしている。一番嬉しいのは、みんなの満面の笑みだった。

「クードラにいた時は、こんな風に歓迎される日が来るとは思わなかったな……」

「本当に、よく耐えられました。ジュンヤ様を心から誇りに思います」

エルビスと話をしながらも、手を振ることはやめない。

「これならデートで街に出る時も、護衛はいらないんじゃないか？」

「それはダメですよ。どんな時も必要です」

「ダメかぁ。なら、二人きりになれるのは室内だけか。エルビス、いっぱい我儘《わがまま》言っていいよ！」

「え⁉　我儘《わがまま》……ですか」

「うん。エルビスも、たまには甘えてくれよ。俺の国にはさ、お互い様って言葉があるんだ。俺の好きな言葉。お互いを思いやる心が一番大事だと思うんだ」

「お互い様……」

エルビスが呟いて会話が途切れた時、馬車が止まった。

「ジュンヤ様。広場にてヒルダーヌ様が出迎えられております」

「分かった」

馬車を降り、ティアと並んで歩く。広場の中央にヒルダーヌ様とチェリフ様、ザンド団長が立っている。誘導された位置まで進むと、ヒルダーヌ様が片膝をついて礼をした。続いてザンド団長、ユーフォーンの騎士達も続き、その後ろには貴族の姿も見える。跪《ひざまず》く領主代行に倣《なら》って、民衆も次々に膝をつき、見える範囲の人々が全て跪《ひざまず》くという驚くべき光景に俺は唖然としてしまった。

しかし、堂々としているように指導されていたので、平然としているフリをする。

「エリアス殿下、神子《みこ》ジュンヤ様。この度、チョスーチの浄化という大業を成されたこと、領主代行として多大なる感謝を申し上げます」

「神子《みこ》は危険を顧《かえり》みず偉業を成し遂げてくれた」

ティアがそう言って俺に向き直り——なんと、跪《ひざまず》いた。

「ティ……殿下!! それはダメです!」

「いいや。神子《みこ》ジュンヤは誹謗《ひぼう》中傷に耐え、命がけの浄化を成し遂げ、民を救ってくれた。最大の敬意を払いたい。我が国の王族を代表して、そなたの慈悲に感謝を送る。ありがとう」

「ティア……」

手を取り甲にキスをしてくれた。公《おおやけ》の場で跪《ひざまず》くなんて。ティアの手を取り、そっと引っ張って立たせる。

「……この世界に来た後、ティアが守ってくれたから。それが全部の始まりだよ。この世界を嫌いにならなかったのは、みんなのおかげだ。俺こそありがとう。残るはあと一つ——これからも一緒に来てください。お願いします」

「もちろんだ。共にカルタス王国の平安に力を尽くそう」

ああ、キラキラ王子様を久しぶりに発動している。このところつらい場面が多くて、しかめっ面ばかりだった。でも、浄化が進むにつれ大地が回復していくのを確信し、今は希望に満ち溢れ輝いている。

「皆も立つが良い」

王子の一言で一斉に立ち上がる。このオーラはさすがだ。カッコいい。

「チョスーチが浄化され、少しずつ土地の穢《けが》れも祓《はら》われるだろう。神子《みこ》と私達はしばらくの間ユーフォーンに滞在するので、温かく迎えてほしい」

ワッと歓声が上がり、拍手と感謝の言葉があちこちから聞こえた。

「殿下、神子《みこ》様。さぁ、屋敷でゆるりとなさってください。参りましょう」

チェリフ様の言葉で、再び馬車に乗り移動する。

人々の波に手を振りながら、ふとアズィトの町を思い出した。爆破で被害が出た町。そしてクードラ。どちらも通過点として駆け抜けてしまったが、あそこにも救いの手が必要だ。

思いを馳《は》せていると、馬車は見覚えのある門を抜け、バルバロイ家の敷地内に入った。もう手を振らなくていいと思うと、つい大きなため息が出た。ずっと手を振るのは想像以上に疲れる。

「はぁ……平等に両側に手を振るのって、気を遣って意外と疲れるな」

「お疲れ様でした。お風呂の後でマッサージして差し上げますね」

「ありがとう。風呂かぁ～。贅沢《ぜいたく》だって分かってるけど入りたい！」

「頑張ったんですから、ご自分にご褒美《ほうび》をあげてください」

領主館に到着すると、リンドさん達使用人がずらりと並んで待っていた。

「おかえりなさいませ。ジュンヤ様のご帰還をお待ちしておりました。ヒルダーヌ様より、疲れを癒《いや》せるよう尽力せよと仰せつかっております。どうぞなんなりとお申しつけください」

思わずヒルダーヌ様を見る。

「この地を癒《いや》してくださったお礼です。御身も癒《いや》して英気を養《やしな》ってください」

ちょっとだけ裏があるのではと疑ってしまったが、本心のようなので素直に礼を言う。確かにみんなのおかげで体調は回復したが、旅の疲れは溜まっている。風呂と広いベッドが恋しい。

前回と同じ部屋に案内されたはずだが、なんだか前より華やかな装飾になっていた。

「ジュンヤ様、早いですがお風呂の準備をしましょう。ずっと清拭《せいしき》だけでしたからね」

「ありがとう。ちょっとだけ贅沢《ぜいたく》させてもらうよ」

久しぶりの湯船を楽しみ、久しぶりにゆったりと夜を過ごした。


翌日からは奉仕活動を開始し、商業関係の視察もしたいと張り切っている。比較的庶民に近い服装にしてもらい、街へ出てみた。

「活気がある。穢《けが》れがないっていいよな」

「とはいえ、治療院と教会は同じ状況だけどな」

今はダリウスの案内で、治療院と教会を巡っている。領都であるユーフォーンには、医療の乏しい村から治療に来た患者が大勢いるんだ。

「ケローガと同じように祭りをやるんだろ？　今回は何を作ろうかな」

城壁内に水の穢《けが》れはないが、壁外で働く人が外で穢《けが》れた水を飲むこともあるので、全員に穢《けが》れがゼロとは言えない。

「スープ以外で、この先もみんなが楽しめる食べ物のレシピを置いていこうと思うんだ」

「いいのか？　商人的には損じゃねぇか」

「損して得取れって言葉があるんだよ。あ、ソーセージがあるならホットドッグはどうだろう。食べ歩けるし」

話しながら歩いていると、青年の集団から送られる熱い視線に気がついた。

「ダリウス様……っ!!　おかえりなさいませ～！」

「わぁ、ダリウス様に会えるなんて運が良いなぁ」

「ダリウス様～！」

一生懸命手を振る彼らに、ダリウスが片手を挙げて応えている。当然だけど人気者だな。

治療院に着き、早速治癒と浄化をする。マテリオが浄化の魔石で重度の人を先に癒《いや》し、それから俺が仕上げに治癒したら負担が小さいのではと提案され、それを試すことにしていた。

という訳で、マテリオが重度の人に処置をしている間、俺は軽度な人達に飴《あめ》を配る。ほとんどの患者さんはユーフォーンの外から来た人で、農民の症状が特に酷《ひど》かった。多分、作業中に井戸水を飲んだんだな。農業は国の礎《いしずえ》だから、早く彼らに元気になってもらわないと。

「ダリウス様。神子《みこ》様とご結婚されたら、領にご帰還され後を継がれるのですか？」

突然、年配の神官さんがダリウスに尋ねた。結婚というワードにギクリとしたが、ダリウスの顔を見るのは躊躇《ためら》われた。

「私は殿下の配下として王都に詰めている。今後もそうなるだろう」

ダリウスは結婚話をスルーして無難に答える。俺は聞き耳を立てながら、配給を続けた。

「騎士達は、ダリウス様が戻られる日を熱望しておりますよ」

神官さん、粘るな。ダリウスが怒り出さないか心配だ。

「稽古《けいこ》はつけてやるつもりだ」

「お戻りにはならないのですか」

「この地には兄上がいる」

「左様ですか……」

諦めたようで、神官さんはまた患者達のもとへ戻ったみたいだ。騎士達はダリウスの帰還を待ち侘《わ》びているんだな。それは、ダリウスに領主になってほしいから？　聞いてみたいが、繊細な内容なので口が堅い人がいい。今声をかけてきた神官はダメだ。

考えていたら、ふとある人物が頭に浮かんだ。今は鍛錬《たんれん》に連れ出されて護衛から離れているが、ダリウスにもユーフォーンにも詳しく、順序立てて話してくれそうな、口が堅い男。

明日、ティアとダリウスはザンド団長の屋敷に招待されて留守の予定だからチャンスだ。口添えはエルビスに頼もう。

活路を見出し、やる気が上がる。その後は精力的に治療院の浄化を終え、領主館へ戻った。エルビスに頼んでその男――ラドクルトを呼び出す。

「ジュンヤ様、悪いお顔をなさっていますよ？」

エルビスにそう指摘された。お茶を飲みながら笑っていたらしい。でも明日はチャンスだ。厄介《やっかい》事《ごと》を頼まれる彼には悪いけど、どうしても知りたいんだ。

部屋にやってきたラドクルトは、呼び出しのおかげで休憩できると喜んでいたが、俺の頼みを聞いて、これはこれで大変だと嘆いた。それと、休暇なのに一人でいるのは怪しまれるのではと指摘され、確かにそうだとヴァインにも頼むことになった。

目を付けて悪いな。でも適役すぎる自分がツイてなかったと諦めてくれ。

期待しているよ、ラドクルト。


朝が来て、今日は待ちに待ったエルビスとのデートだ。ティアとダリウスには文句を言われたが、エルビスだけお願いを叶えていないと言ったら大人しくなった。二人は後ろ髪を引かれるように何度もこちらを振り向きつつ、ザンド団長の屋敷へ出かけていった。

実を言うと、ダリウスは浄化後あれやこれやと叔父上に引っ張り回されているようで、ゆっくり二人の時間は作れていない。相手がザンド団長でなければダリウスも断るんだろうが、あの人には逆らえないみたいだ。今回のデートについて文句を言ってきたのは、単に俺を口実に逃げたいんだと思う……

それはともかく、デートだ。エルビスにも手持ちの私服はあるが、せっかくなので俺が見立てて新しい服を買う。資金は俺の私財だ。なかなか使う機会がないから、王都で私物を売ったお金が余りまくっている。

紹介された仕立屋は既製服も販売していて、カジュアルだけど質の良いものを扱っていた。華美にならず、でもエルビスの格好良さを引き立てたい。いつも侍従服で過ごすせいかあまり派手にしたがらないが、素敵な恋人は見せびらかしたいと思うのが普通だろ？

久しぶりに販売員モードのスイッチが入り、スカイブルーのシルクのシャツに濃いベージュのゆとりのあるボトムスをどうにかこうにか押しつけた。

実は、シャツは俺のジレに似たカラーなので選んだ。合わせて購入したベルトは革製で、ブルーの糸で唐草《からくさ》模様の刺繍《ししゅう》を施してあり洒落《しゃれ》ている。

つまり、リンクコーデ……俺ったら恥ずかしい！　でもやってみたかった！　自分がこんな痛い奴だったとは～!!

「エルビス、褐色《かっしょく》の肌にブルーが映えるね。俺の服に合わせてみたんだ。どうかな？」

「嬉しいです。でも、ジュンヤ様とお揃い風なんて、いいんでしょうか」

「コーディネートを合わせたりするのは特別な証というか、繋がってる感じがするよね」

「繋がっている……」

エメラルドの瞳が嬉しそうにキラキラと光ったので俺も嬉しくなった。恥ずかしいのなんか気にしないっ!!

「よし！　準備できたし、街を見物に行くぞ」

エルビスの手を握って店を出る。悪いけど、荷物はルファ達に預けた。護衛は俺達のイチャイチャモードをスルーできる近衛で構成されている。

「私達のことは石ころだと思ってください」

石ころは荷物持ちしないと思うけど。いやぁ、近衛って、本当に特別な訓練を受けているんだね。何はともあれ、一見軽装だが武装して、一定の距離を取って付いていてくれている。俺の見えないところに何人いるかは知らないが、気にしていたらデートできない。

「俺、街のこと知らないからお勧めを教えてくれるか？」

「ジュンヤ様が好きそうなところ……商店を巡ってみますか？　庶民の道具も多いのですが、マーケットの通りがありますから」

「行くっ!!」

いつもエルビスは後ろで控えているけど、今日は堂々と手を繋いで並んで歩く。時々、すれ違う人達が手を振ってくるのに応えた。奉仕をしないで街を歩くのは本当に久しぶりだ。ケローガの祭り以来じゃないか？

「ジュンヤ様、この店はプレゼントを探すのに良いかもしれません」

エルビスの勧めで訪れたのは、いわゆる雑貨屋さんだ。エルビスが言うには、自分で買うには高級品だが、贈られた側が恐縮しないギリギリの価格帯だという。確かに高すぎるプレゼントは気が引ける。せっかくだから、手元には残るけど邪魔にならないものがいいな。

「人数分の在庫があるものを探そう」

エルビス達へのプレゼントは別で探すが、騎士達にも特別なものを贈りたい。

「あ、聞くのを忘れてた。ユーフォーンには何日滞在予定だっけ」

「お知らせしていませんでしたか？　浄化の状況を確認してから発つので、二週間ほど滞在するとのことです。祭りの準備もありますからね」

「長すぎないか？」

「もう先日の浄化をお忘れですか？　完全に意識をなくすのは、初めての浄化以来なのでしょう？」

「二人のおかげでもう元気だよ」

「もう、この件に関しては引かないと決めました。お命を守るためなら、たとえジュンヤ様に怒られても意見します！　しっかりお体を休ませてください」

滅多にない厳しい視線だ。せっかくのデートなのに、俺のせいで台なしなんてつまらないな。

「分かった。早く平和になってほしい気持ちが強くてさ。ごめんな」

「いいえ。ついキツイ言い方になってしまいました。さぁ、デートを楽しみましょう」

二人で店内を見て回る。候補はハンカチや巾着袋に刺繍《ししゅう》をしてくれるサービスだ。イニシャルなどを刺繍《ししゅう》してくれて、文字数、デザインによってオプション料金が変わる。

うん、名入れサービスはどこにでもあるんだな。貴族が家門を入れてばら撒《ま》くアイテムとしても使うし、庶民は特別な相手にメッセージを入れたりして、愛や感謝を伝えるんだとか。色や生地も選べるので、あまり資金のない庶民でも自分の懐《ふところ》に合わせて作れる。

「全員の名前を入れてもらうのは大変だな」

「ジュンヤ様のイニシャルを紋章風にしたらどうでしょう。お名前が入っていると喜ぶと思います！」

「そういうもの？」

「末代までの家宝になりますよ‼」

「え〜？　言いすぎだよ！　ハハハッ！」

でも、アイデアはいいので店主に相談だ。問題は数が多いこと。店主はデザイナーらしき店員を呼び、この世界の文字でイニシャルのＪＭをアレンジしたデザインを描いてくれた。

おお、すごい……

「神子《みこ》様のご注文とあらば最優先で仕上げます‼　それに当方の針子の仕事は速くて確かです！　どうぞ当店にお任せください」

デザインも気に入ったし、数が多いのでサービスしてくれるという。しばしの相談の末、お守りサイズの巾着袋にイニシャルを入れることに決めた。これに、浄化の魔石を入れて渡すつもりだ。

支払いは済ませたので、仕上がったら屋敷に納品に来てくれる。ちなみに、休暇を返上させてしまうラドクルトには、石を選んでデザインできるネックレスに、浄化の魔石と宝石を組み合わせたものを作ってもらう。一番俺の身近にいて危険も多いから、役に立つといいな。

「楽しみだなぁ。みんな喜んでくれるかな」

「もちろん喜びますとも！」

店を後にし、再びエルビスと手を繋いで屋台を見て回る。目についたのは串焼き肉だ。塩とハーブで味付けてあり、最後にレモンに似た酸味のある果汁をかけて出来上がり。屋外の小さな飲食スペースに隣同士で座った。

「牛肉か、美味しいな」

俺には少し硬いけど味は良い。ユーフォーンの人々には、あまり柔らかい肉では物足りないんだろうか？　霜降《しもふ》りとは言わないが、もう少し柔らかい牛肉が食べたいな。確か、すりおろした玉ねぎで柔らかくなるはず。帰ったら試しにやってみよう！

「エルビス。今日は誰も話しかけてこなくていいな。二人きりな感じがする」

「ええ、静かですね。私服でジュンヤ様と手を繋いで歩くなんて、夢のようです」

「俺も嬉しいし楽しい！　護衛は頼もしいけど、いつも誰かに囲まれて少し気詰まりだったし。今だってどこかにいて、街の人が俺に声をかけないように対処してくれてるんだろう。ありがたいし申し訳ないけど、エルビスと仕事抜きでいられて嬉しいんだ……」

笑いかけると、笑顔を返してくれる。その笑顔は侍従モードと違って甘々で、俺だけに向けられていた。

「ノーマ達が言ってた湖に行きたいな」

「いいですが、さすがに移動は馬車にしましょう。私も二人きりでいたいですが、それなりに距離があるので、念のためです」

「仕方ないなぁ」

「そうそう、ハンスがお弁当を作ってくれましたよ。湖で食べましょう」

「お、さすが！　楽しみだなぁ」

馬車に乗って移動する。

「……浄化が終わったら、いっぱいデートしような」

「楽しみです。王都もあまり見られなかったですよね？　案内はお任せください」

そう言って、胸を張りおどけてみせる。素のエルビスをたくさん見られて、楽しくて仕方ない。

和気あいあいと雑談しているうちに湖に到着した。城壁内の下流にある畑や家畜に与える水源になっているというその湖は、領主館から繋がる水路を利用しているそうだ。壁で囲まれ閉ざされた街を緑で彩り、癒《いや》しを与えてくれる場になっていた。木陰に大きなブランケットを敷き、様々なものが詰まったバスケットを置いて、水辺に向かう。

「浅いところでは水浴びもできるんですよ」

「へえっ！　水浴びはしないけど、足だけならいいかな」

「それくらいなら平気でしょう」

ふと振り返れば、周囲には俺達しかいない。人払いさせてしまったのかな。悪いけど……滅多にない機会だから許してくれ!!　俺は靴を脱いでブリーチズの裾を捲《めく》った。

「エルビスも来てよ！」

「もちろんです」

ふくらはぎまで水に浸かると、ひんやりと心地いい。

「は～、気持ち良い。ずっと靴を履いてるから脱ぐとスッキリするな。水も綺麗だ」

「ええ。ユーフォーンは幸運な街です。そのおかげで近隣の民が大いに救われたんですからね。それにしても、ここはとても懐かしいです……」

「あ、エルビスはここで子供時代を過ごしだんだっけ」

「はい。この湖も殿下のお供でよく来ました。もちろんダリウスも」

過去を思い出したのか、遠くを見るような目をしている。

「殿下は、私に水をかけてずぶ濡れにしたり、かくれんぼをしたはいいが見つからず、護衛一同で大騒ぎしたり。大体の原因はダリウスでしたが、品行方正だった殿下があのバカのせいで妙なことを覚えてしまって……まったく」

「あははははっ！　昔からやんちゃだったんだなぁ」

振り回されたのは大変だろうが、なんだか微笑ましくて笑ってしまう。

「大変だったんですよ？」

「分かってる分かってる！　それで、お仕置きとして凍らせてたんだろ？」

「それはですね、二人が脱走したり、変なことをやらかした時だけです。……わっ！　つめたっ!?　ジュンヤ様っ！」

悪戯《いたずら》で水をかけると、エルビスはびっくりした様子で目を見開いた。

「あっはっはっ!!　水も滴《したた》るいい男、ってね。あっ、ぷぁっ！　やったな！」

エルビスにやり返されて顔に水がかかる。俺もまたやり返して……二人でびしょ濡れになるまで遊んでしまった。

「うっかりやりすぎてしまいました。服を乾かしましょう」

下穿《したば》きまでずぶ濡れだ。周囲には今も誰もいないので、全部脱いで絞り、エルビスが木に引っかけて干してくれた。

さすがに全裸で濡れたままでは寒い。バスケットを除けてブランケットにエルビスが座り、その足の脚に入って背中を預け、二人で布に包《くる》まる。サイズが大きいので、二人でも余裕だ。

「本当に二人きりだと実感しますね」

「俺もデートって感じがする。けど、水はやりすぎた。ごめん」

「本当です！　ずぶ濡れですよ。くくくっ……」

「でもさ──だから、こうやってくっつけるな？」

「そんなことを言って。こうしてしまいますよ？」

「あっ……」

後ろから乳首をキュッと摘《つま》まれる。

「エルビスがこんなにエッチなの、珍しい……」

「こんな私は嫌ですか？」

「あっ……んっ、嫌じゃない……もっと、触って。あのさ、ちゃんと自我がある状態で、シたいんだ」

浄化の後、俺は気を失っていた。それでも抱いてくれと頼んでいたから、きっと、苦しい思いで俺を抱いたんだろう。こんなに長く一緒にいるんだ。エルビスの気持ちは分かるよ……

「こ、ここで、致すんですか?」

「そういえば、交玉がないか。代わりになりそうなものは……」

「ちょ、ちょっと待ってくださいね。確か、あれがあったはず」

エルビスが腕を伸ばしてバスケットを探る。

「ありました。これでジュンヤ様を傷つけずに済みます」

バター代わりにパンにつけるオイルを、ハンスさんが入れていてくれたようだ。体勢を戻したエルビスの中心にあるものが兆《きざ》し始め、俺の尻に当たっている。

これが……欲しい……

「触れてもいいですか?」

「ダメ」

「えっ」

シュンとしているのが、振り返らずとも分かる。んーと、誤解しているな?

「俺がスる。目隠し、よろしく」

「ええっ!?」

俺は頭まですっぽり布の中に潜《もぐ》り込み、興奮を示すそれを撫でてキスした。すると、一気に硬く太くなる。

「ジュンヤ様、私に気を遣わなくていいんですよ?」

「したいんだ」

布の隙間からエルビスの顔を見上げる。

「シてもいい？」

「……シてほしいです」

「いつものお礼、な？」

姿が見えないだけの護衛達に、遠くから見られているのかもしれない。だけど、今すぐエルビスを喜ばせたい。今の俺にあるのはその気持ちだけだった。

エルビスは赤面しながらも期待に満ちた顔で見つめている。その視線を意識しながら、もう一度先端にキスして、パクリと口に含んだ。舌を這わせ、唇で扱《しご》くように頭を上下に動かす。

じわりと甘い先走りが口の中に広がった。俺だけのピーチ味、久しぶりだ。最近はしてもらうばかりだったんだよな。フェラする顔がエルビスに見えるよう意識しつつ、音が鳴るよう咥《くわ》えて上下を繰り返す。

「ジュンヤ、さ、ま……」

気持ち良さそうに俺の名を呼んでくれるのが嬉しい。だから、わざと音を立ててしゃぶった。顔を傾けて横向きに竿を咥《くわ》え、根元まで舐《な》めながら見上げると、エルビスは爛々《らんらん》とした目で俺を見下ろしていた。視線を感じながら、舌を伸ばしてねっとりと舐《な》め上げる。

「ふっ……うぅ。いつ、そんな技を、覚えたんですか？」

「えるびひゅが、してくれひゃよ」

咥《くわ》えたまま返事をすると、微妙な動きが刺激になるのかピクンと震えた。そして先端からトロリと雫《しずく》が溢れる。夢中で舐《な》め取り、もう一度愛しい人を咥《くわ》えて奉仕を始める。

「んんっ……んぐっ……ぷはぁ……おっきい」

「はぅ……そ、そんなにされては、すぐ、イってしまいます」

「ん……飲みたぃ……」

「……なら、一緒に、しましょう」

エルビスはブランケットを広げ横になった。体は乾いたので寒くはない。でも、この間に続いてまたこんなにオープンな場所で全裸なんて……どこかには絶対に人がいることが分かっているだけ、ダリウスの時より恥ずかしい。

「その可愛いお尻をこちらに向けて、乗ってくれますか？」

「えっ、う、うん」

人生初シックスナインです！　しかも俺が乗るなんて。ちょっと恥ずかしいけど、エルビスの顔にお尻を向けて跨《また》がる。これ、全部丸見えだ……

「待って！　これ、俺がめちゃくちゃ恥ずか、あっ！」

あらぬところに舌が触れ、ピチャピチャと音を立てて舐《な》められた。焦って上から退こうとしたが、エルビスの腕が俺の腰をがっちりホールドして離してくれない。

「そんなとこ汚い!!」

「ジュンヤ様に汚いところなんかありません。それに、水遊びのおかげで綺麗になったのでは？」

「でもっ、でもぉ〜！　やだぁ」

再び舌が恥ずかしい場所に触れて思わず声が出てしまう。

「大きな声を出すと護衛に聞こえてしまいますよ？　私は聞かせたくありません」

「うっ！　でも、声出ちゃう……」

「どうすれば押さえられるか……分かりますよね？」

声を出さない方法は一つ。目の前で力強く勃《た》ち上がる昂《たかぶ》りに舌を這わせ、ゆっくりと奥まで呑み込んだ。

「ふっ……うっ……ジュンヤ様、無理は、しないで」

無理じゃないし。そう教えるために、唇と舌を使って上下に愛撫する。

エルビスはお返しとばかりに俺の後孔を容赦なく舐《な》めながら、陰茎も手で包んで扱《しご》いた。

「ん、んん、はぁ、両方、だ、め、あぁ」

俺の抗議を無視して、襞の一つ一つを探るようにねっとりと責められる。負けるものかと、竿に念入りに舌を這わせてやった。

「ふうっ……うっ……はぁはぁ」

「んぐっ……ん、あぅ、ふぅ……」

もう、どちらの吐息か分からない。互いの欲望に激しく貪《むさぼ》りついていた。いつの間にかナカに唾液の滑りを借りたエルビスの指が入り込み、グリグリと前立腺を責め立てられる。そんなことされたらすぐイっちゃうよ！

「んんーっ！　んっ！　あっ、あうっ！　ダメ、イっちゃう！」

「私の指を咥《くわ》え込んでイく、可愛いらしい蕾を見せてください」

そう言った癖に、エルビスは指を引き抜いた。なんで抜くんだよぉ。

「あ、やぁ……」

イキそうな手前で抜かれて、もどかしさにもじもじと腰を揺らしてしまう。

「ふふ、ここがパクパクして欲しがってます。可愛い……」

窄《すぼ》まりにキスされたが、それじゃ足りなくて。

「エルビスぅ、お願い……」

「どうしてほしいですか?」

「エルビスの指、挿《い》れてグリグリして。お願い、イかせて……」

「はい、お望みのままに」

エルビスがオイルを指に塗り、やっと再び挿入《はい》ってくる。

「あんっ、あ、は、あぁっ、ん、エルビス、そこ、イく、イっちゃう」

待ち望んだ場所を責め立てられて、あっけなく達してしまった。自分ばかりじゃなくエルビスにも気持ち良くなってほしいのに、拙《つたな》い口技でエルビスをイカせるのは難しい。舌も手も使って、必死で自分がされたことを思い出してやってみるしかない。

「はむっ……ん、ん」

猛々《たけだけ》しい陰茎は口の中でビクビクと震えている。

「くっ、うぅ！　ジュンヤ様っ、もぅ、イキます」

口の中いっぱいに熱くて甘い雫《しずく》が勢い良く注がれた。噎《む》せそうになったけど、一滴も零したくない――

「んん……はぁ……」

「ジュンヤ様……飲んでしまったんですか？」

「ん、飲んだよ……エルビスが大好きだから」

あったかい力が体内を巡る。優しい優しい、力。ふわふわする体を必死に動かして、エルビスの横に転がった。ブランケットに包《くる》まって、二人だけの世界を味わう。

「私も大好きです。ふふ。水浴びをしたのに、また入らないといけないですね？」

「そうだね……服、乾きそうかな？」

「乾かなかったら代わりを用意させましょう。私は侍従服がありますから、ジュンヤ様の分ですね」

「ん。でも、まだくっついていたい……」

エルビスの胸にくっつくと、ドクドクとまだ速い鼓動が聞こえた。甘える俺の頭を優しく撫でてくれて、幸せな気分になる。二人の腹を濡らすぬめりは、いやらしいことをしていた証だ。

「エルビス、あと一つだ。あと一つ浄化が終わったら……自由にどこかに行けるかな。旅行とか、この国を色々見てみたい。そして、俺の力が役に立つ仕事を見つけるんだ。その時は、手伝ってほしい」

「もちろん、いつも一緒ですよ。さぁ……体を流しましょう」

「こ、このまま？」

「ああ、確かに、ジュンヤ様の肌をどこかにいる騎士に見せたくないですね。布を濡らしてきます。包《くる》まったまま待っていてください」

「エルビスは？」

「私は大丈夫です」

エルビスは服が半乾きなのを確認すると、何やら合図してルファを呼び寄せ、侍従服を持ってこさせた。さっと着替えたエルビスが湖で手拭いを濡らし、戻ってくる。そのまま俺の体を拭こうとするのを止めた。

「これくらい、自分でやるよ」

「ジュンヤ様のお世話は私の役得です。楽しみを取らないでくださいね？」

茶目っ気たっぷりにウインクされる。甘えて体を任せると、いそいそと全身を拭い始めたエルビスは本当に楽しそうだった。

「とても良い思い出ができました」

「そうだな。俺もすごく楽しかった」

「えーっと、ジュンヤ様のお召し替えはお持ちしていないので、このままブランケットに包《くる》んで馬車までお連れします」

「でも、馬車はどこにいるんだ？」

「実はブローチに連絡用の道具を仕込んであるんです。もう知らせていますよ」

エルビスは宣言通り俺を包《くる》んで軽々と抱き上げた。

「最後までシてないから今日は歩けるよ」

「デートなのでこうさせてください。ジュンヤ様の服装が変わっていると気づいた時のダリウスの反応が楽しみです……ふふ……ふふふ」

ちょっと黒いエルビス出ました！　ダリウスとチョスーチでエッチして、コルセットを外したのを根に持ってるな？

「エルビスは、結構ヤキモチ焼きなのかな？」

「ええ。それはもう、妬《や》いてますよ」

爽やかなのに黒い笑みにドキッとした。

馬車に乗る時、護衛達は俺の姿に驚いていたが、エルビスが水浴びで濡れたと言い訳してくれた。嘘がバレているとしても、みんな見て見ぬ振りしてくれるだろう。

その後、着替えの購入も兼ねてノルヴァン商会の支社を訪ねた。王都に戻ったと思っていたノルヴァンさんだが、まだ滞在していて無駄な説明はしないで済んだ。滞在延長の理由は、儲《もう》かる匂いがしたからだそうです。ノルヴァンさんの率直さは、いっそのこと清々しい。

「ジュンヤ様にはこちらをお勧めします。さぁさぁ、このテッサの黒染めは、非常に細い絹糸を撚《よ》ってあり、肌触りは最高です！」

張り切った様子のノルヴァンさんがすごい勢いであれこれ出してくる。めちゃくちゃ売る気だな……！

「それにしてもジュンヤ様は良い香水をお使いで。どちらの品か教えていただけますか？　知らないものがあるのは悔しいんです」

「香水はつけてないんですよ」

「これはジュンヤ様のみが放つ特別な香りです」

エルビスが付け加えると、ノルヴァンさんは大仰な仕草で驚いた。

「この素晴らしい香りが自然のものですと⁉　そういえば、初めて王都でお会いした時は仄《ほの》かな香りでしたが、最近はより濃密で芳醇《ほうじゅん》な香りですね」

えーと。それは多分あれのせいですね。さっきエルビスとエッチしたし、はい。

「この香り、香水に仕立てさせていただけませんか？　神子《みこ》様の香りを模した香水！　これは売れる!!」

恍惚《こうこつ》とするノルヴァンさん。ええ、あなたには恩がありますから、できるだけお願いは聞いてあげたいですけど……

「売れますかねぇ」

「売れます！　あ、もしかしてお嫌ですか？」

「いえ、大変お世話になったのでお役に立ちたいと思ってますが、損をさせたらいけないと思って」

「私は売れると確信しています。調香師を連れて参ります！」

猛然と裏へ走っていったノルヴァンさんは、一人の若者を連れて戻ってきた。

「この男は新進気鋭の調香師です。嗅覚の良さは抜群で、再現度も高いのです」

「神子《みこ》様、拝謁《はいえつ》が叶い光栄でございます。それに、この芳《かぐわ》しい香り……初めての香りに出会いました」

「神子《みこ》様だけが放つ香りだ。再現できそうか？」

ノルヴァンさんが青年に詰め寄る。

「近い香りは作れそうですが、経験したことのない香りが混ざっている……むむぅ」

「完全再現できなくても、ジュンヤ様の香りは唯一であると周知すればいい。尊崇《そんすう》すべき神子《みこ》様を身近に感じられる香りとアピールして売り出すんだ！」

ノリノリのノルヴァンさんは、完全に商人スイッチが入っているようだ。

「私は普段、一度嗅《か》いだ香りは忘れないのですが、この香りは神子《みこ》様がおられなくなった後で再現できるか自信がありません」

「えっと、ハンカチに香りが付いてますかね？　もし良かったら置いていきますが」

先日ショックを受けてから自分で持つようになったハンカチを、胸ポケットから出した。

「おお、これがあればなんとかできるかもしれません!!　お借りしてもよろしいですか？」

くんくん嗅《か》ぎまくる彼の姿は、まるで調香師版のアナトリーだ。あげるから返さなくていいよ……。また違う変態に出会ってしまった。

「それは差し上げますよ」

「下賜《かし》していただけるのですか？　これは我がノルヴァン商会の宝とします!!」

「大袈裟ですよ」

「とんでもございません。貴重なものですよ！　香りを閉じ込めておく方法を探さねばっ!!」

ノルヴァンさんの血圧が心配になるくらい興奮しているので、早めに切り上げよう。香り作りが失敗しても俺の責任じゃないよな。

「ノルヴァン殿。お世話になりましたが、そろそろお暇いたします」

エルビスもこれはダメだと思ったのか、帰る準備を始める。

「はいはい！　あ、絵姿と香水の販売を許可してくださいますね？　それに神子《みこ》様の関連商品をいくつか……！　絵姿はケローガの絵師に描かせる予定です。ジュンヤ様の紋章があると良いのですが」

紋章なら、先程雑貨屋で頼んだばかりのデザインがいいかもしれない。問い合わせてくれと伝えた。

「他にも何かお役に立てそうなことがあれば言ってください。俺もまた頼むかもしれませんし。あの後——ユーフォーンまで届けていただいてからお礼を言う時間がありませんでしたが、あなたのおかげで本当に助かりました。ありがとうございます」

そう言って頭を下げると、ノルヴァンさんに大慌てで止められる。

「ジュンヤ様の献身に比べたら些細なことです。どうぞ、私を存分にお使いください」

早速発注しようと燃えるノルヴァンさんの店を後にし、俺達は領主館への帰路についた。

「デート、終わっちゃうなぁ」

「寂しいです……」

しょんぼりするエルビスの手を握る。

「またデートしよう！」

「そうですね。はい、また、きっと」

そんな楽しい一日を送った俺達が帰ると、ティアとダリウスが待ち構えていた。

「ジュンヤ。なぜ朝と服が違うのだ？」

「エルビス、ナニしやがった？」

「いや、水浴びして濡れてさ。乾かなかったんだよな～」

焦るほど怪しいよな。分かってはいるが、後ろめたい気持ちのせいかしどろもどろになってしまう。

「ふ～ん？　ほ～お？」

「エルビス、それは真実か？」

「本当です。童心に返って湖で遊んだら濡れてしまったんです」

必死で言い訳するが、二人の目は冷たい。

「その香りの理由は後でゆっくり聞かせてもらうぞ？　私の部屋で、な」

「エルビス、意趣返しとはやってくれるなぁ？　覚えてろよ？」

香りでバレる問題、どうにかなんないのか～！　いや、待てよ……

「ちょっと待った!!　二人も、これまでに結構やらかしてるよな。エルビスだって、ちょっとくらい甘やかしてもいいだろう？　むしろエルビスは我慢していて偉い‼」

「「うっ……」」

言葉に詰まる二人。……勝ったな！　そうそう、どっちも心当たりありすぎるはずだ。

「だから、これでみんな平等になったよな」

「なら、次は私を甘やかしてくれ……」

ティアが完全に素の調子で抱きついてきた。おいおい、周囲に護衛がいるのに、そんな甘えた態度見せて大丈夫か？

「ティア、ここじゃダメだって」

こそっと耳打ちする。

「部屋に来てくれるか？」

「今日は、疲れたから……別の日にな？」

「仕方ない……」

さすがに遊び疲れたのでエッチは回避です！

でも、二人とも何か考えている様子。いやいや、今の俺に必要なのは鈍感力。気にしないと決め、ゆったりのんびり、一人で広々したベッドを堪能した。

昨日から、騎士達には順番に休暇が与えられている。だから俺の周りもいつもとは面子《めんつ》が少し違うんだが……ハズレを引かせてしまったラドクルトとヴァインには申し訳ないな。そんなことを思いつつ朝の支度をしていると、ノーマがいつも以上にニコニコしていた。

「なになに？　良いことあった？」

「そんな顔をしていますか？」

「してるよ～！　ニッコニコだよ」

「そうですか……ふふっ。私の話ではないのですが、素敵な報告ができるかもしれません。まだ、どうなるか分からないんですが……」

「へぇ。楽しみだな」

何が起きているのか分からないが楽しみだ。さて、今日の行き先は調理場です！

「おはよう、ハンスさん！　みんなもよろしく」

緊張しきりの料理人には悪いが、今度の祭りで久しぶりに本気で料理をするので、試作品を作りに来たのだ。ラドクルトに用を頼んでしまったのと、ウォーベルトも休暇なので、ルファ達に騎士のみんなのリクエストを聞いてもらっている。

まぁ、一番人気のピザは作るのだが、他に何か新しく開発できないかと考えていた。そのために材料の確認に来たんだ。

「食事系だけじゃなく、甘いものもいいよなぁ。甘味は貴重品らしいけど、食材の甘味を活かせないかな。フルーツとか。なぁ、ハンスさん。ジャムパンみたいなのは流行《はや》らないか？」

「ジャムパン？　塗るんですか？」

「いいや、中に入れるんだ。具は他にも入れられるぞ。惣菜パンって言って、肉系を入れれば腹持ちがいいから、昼飯にもなる」

「中に……。手も汚れないし、外作業の日はいいですね。肉系は騎士様も喜びそうです」

「個人的にはカレーパンが食べたいな。やば……思い出したらめちゃくちゃ食べたくなってきた。やろうぜ、ハンスさん!!」

「でも、カレーは汁気が多いですよ」

「そこは水分を調整するんだ。ペーストを作る。今日は試作して、出来が良ければ食事会の時に出そう。寝かせておけばもっと美味くなる」

水魔法で氷を作り、冷蔵保存してもらおう。ハンスさんは面白がって色んなレシピに挑んでくれるからありがたい。中に具を包むパンを覚えれば、アレンジは無限になると喜んでいる。

「こんなに大変な旅になるとは思わなかったから……付き合わせて悪かったよ」

「俺も旅を楽しんでますよ。それに、採れたての名産を使えるなんて、料理人冥利《みょうり》に尽きます」

「良かった。それなら、俺の知識をとことん伝授するぜ！」

気を遣ってくれたのかもしれないが、それなりに楽しめているなら嬉しい。屋敷の料理人にもカレーのレシピを伝え、カレーペーストを作る。まぁ、俺のカレーは本場じゃなくて日本のカレーなんだけどな。

「ところで、なんで寝かせるんです？」

「スパイス同士が馴染むんだよ。味がまとまるんだ」

「へぇ〜」

ふわふわパンのレシピはもう屋敷の料理人に教えたらしい。硬いパンは主食で、ふわふわパンはおやつの時に作る予定だそうだ。

「ああ、カレーの香りが食欲をそそりますね……」

鼻をくんくんさせるエルビスが可愛い。

「お腹が減ってしまいました」

ぐるるっと誰かの腹の虫が鳴いて、自然と笑いが起こる。カレーマジックだよな～。

「じゃ、カレーパンに使う分は取り分けておいて、お昼はみんなでカレーを食べようか？　たくさん作ったからいいよ」

満場一致で賛成し、お昼は調理場メンバーと護衛でカレーランチだ。

キールの実を炊いてもらい、辛さを調整できるようにガラムマサラを用意した。辛いものは好みが分かれるので度合は個人で調整してもらう。離宮で暇を持て余していた時に作り上げたガラムマサラが、役立つ日が来た！　あんなにカレーに向き合ったのは初めてだった。

「随分と良い匂いがするな」

「殿下!?　こ、こんなところにっ!!　お前達、早く礼をしなさい！」

ティアが突然現れ、領主館の料理長のブルズさんが真っ青になって硬直する料理人達に促す。みんな大慌てで頭を下げた。

「突然来て驚かせたな。あまりにも良い香りがして釣られて来たのだ。皆の者、面《おもて》を上げよ」

「これはカレーだよ。そういえば、ティアにはカレーを食べさせてなかったな。あんまり香りの強いものは王宮に届けなかったから……」

「こんな美味そうなものを皆は食べていたのか。私ももらっていいか？」

「部屋に届けさせようか？」

「ここで一緒にと言いたいところだが、私がいては落ち着かないだろう。届けてくれるのを待っている」

確かに……みんな顔を上げているけれど、おどおどと視線を彷徨《さまよ》わせている。

「了解！　あ、ダリウスは？」

「騎士棟にいる。だから私とヒルダーヌに頼む」

ケーリーさんの部下に預ければ、部屋まで届けてくれるそうだ。

「ティアは、まだ仕事終わらない？」

「ああ。浄化を祝う祭りをここでも開催する。貴族からの謁見《えっけん》希望も多く忙しい。祭りでは、また演説を頼むぞ」

「うっ……了解です」

「早く二人になりたいが、ケーリーが睨んでいるからもう行く」

「後でゆっくり話そう」

「ああ」

ぎゅっとしてキスのコンボを決め、衆人環視の羞恥プレイに固まる俺を残し、王子様は去っていった。

「全く……いつもこれなんだから」

周囲は微笑ましいという表情で見ていて、俺は赤面しながらカレーにスプーンを差し込んだ。

カレー初体験の面々には甘口で慣らし、チャレンジしたい人は各自で辛味を足してもらう。この国で受け入れられそうな辛さレベルのリサーチになるな。

「このルーをもっと水分の少ないペースト状にして、パンに入れるんだ。そうすれば持ち歩いて食べられるし、お土産にもできると思う。俺の世界ではパンを揚げて作るんだけど、油は高級品だから、揚げないで焼こうかなって。手も汚れにくいし、庶民も買いやすいと思う。卵の黄身をミルクで薄めて塩を入れ、生地の表面に塗ると照りが出て、見た目も良くなる」

油は少量なら庶民も使うが、揚げ物にするにはコストがかさんで高級品になってしまう。第一、揚げ物に慣れていないだろうから、万が一油の処理を誤れば環境汚染の原因にもなる。

「いいですね！　屋台で売ったら、カレーパン目当ての旅行客も増えるでしょう。スパイスも入荷しやすいですし、街や領の名物にできますね!!」

料理長のブルズさんが目を輝かせて話を続ける。

「俺の実家がある町は病人が多くて、必死で仕送りを続けてきました。でもチョスーチが浄化されたから、みんな元気になりますよね。きっと、美味いものもたくさん食べられるようになる……」

故郷は汚染が酷《ひど》い地域だったらしい。勉強熱心なのは仕送りのためか。

「ジュンヤ様が癒《いや》した土地は、みんな元の姿を取り戻しています。きっとあなたの故郷も穢《けが》れが祓《はら》われますよ」

エルビスの言葉に、彼は嬉しそうに笑った。

「ずっと見ていらしたエルビス様が仰るんなら間違いないですよね！　しばらくしたら里帰りしてみようかなぁ」

「ブルズさんの故郷はどこですか」

「テッサです。染物の町ですが、俺は染物より料理のほうが好きだったんですよね」

聞いてみれば、この調理場でユーフォーン生まれは少数、地方から働きに来ている人のほうが多かった。地元の穢《けが》れもあって、大都市に仕事を求めてきたそうだ。

「俺達の家族は帰ってくるなって言うんですよ。きっと、穢《けが》れが酷《ひど》いから、俺のために言ってるんです。それは分かってても……帰れないのは寂しいですよね」

「そうだ！　里帰りする人に魔石を託すのはどうだろう？　今はまだ浄化が届いていなくても、それで穢《けが》れは祓《はら》えるはずだ!!」

いいアイデアだと思ったが、エルビスは首を横に振る。

「浄化の魔石は誰にでも渡していいものではありません。貴重なものですから、強盗などに狙われれば持ち主に危険が及ぶ可能性もあります」

「ううっ……そういう可能性もあるか」

「しかし、神官や騎士に託すのであれば、良いアイデアだと思います」

項垂《うなだ》れた俺をエルビスが必死にフォローしてくれた。

「ありがとう。どうも危機意識が足りないんだな」

「こちらに来るまでは悪意に触れる機会が少なかったのでしょう？　善意はジュンヤ様の美徳です。ジュンヤ様のご提案をいかに実現させるかは、我々の手腕です」

ランチは穏やかに過ぎ、リラックスした時間だった。領主館に逗留《とうりゅう》する間は、俺を守ってくれたメンバーと恋人達を甘やかしてやろうと思う。マテリオとも話さないとな。今日はさっさと神殿に向かったようで、会えてないし……避けられているのか？

与えられた部屋に戻った俺は、なんだか妙に寂しく感じながら、ラドクルトがやってくるのを待っていた。ユーフォーンでのダリウスとヒルダーヌ様の立ち位置が知れると良いんだが……

ティアとダリウスはザンド団長にまた呼ばれたらしい。王子のティアも、恩のあるザンド団長には弱いらしく、彼の屋敷に出かけていった。

「ジュンヤ様、ラドクルトとヴァインが来ました」

「分かった。二人にお茶を出してくれる？」

並んで入ってきた二人に着席を促す。ヴァインは普段絶対に座らないソファに座ってもじもじと落ち着かず、ハムスターみたいで可愛い。ヴァインも巻き込んでしまったので、二人にボーナス休暇をあげたほうがいいかもな。

エルビスが遮音と結界を施して座るのを確認して、改めてラドクルトに向き直った。

「何か新しい情報はあるか」

「はい。騎士達はヒルダーヌ様を認めてはいるのですが、一方で武力も求めていて、微妙な感じです。この領の倣《なら》いでいけば、後継はダリウス団長ですからね。それと、外見も……ヒルダーヌ様の色が多少引っかかっているようです」

ラドクルトの報告によると、やはり一族の色を重視する領民は多いそうだ。ダリウスの父、ファルボド様は典型的なバルバロイ家の色彩を持っていて、まさに『ダリウスが歳を取った姿』らしい。もしもの話だが、ファルボド様とザンド団長の色が——瞳の色さえ逆であれば、ザンド団長が家督を継いだ可能性もあったという話には驚いた。屋敷のどこかに歴代当主の肖像画があって、全員がバルバロイ家と一目で分かるそうだ。それだけ、この地では身体的特徴が重視されている……

ラドクルトは俺の頼みを受けて、なるべく多くの騎士の話を聞いて回ってくれたそうだ。まずはヒルダーヌ様に対する彼らの考えについて。

剣技については一般騎士よりは上で、そこそこのものだと認識されている。だが、領主となると、『そこそこ』では納得できない。近年、国境付近の小競り合いはあるものの、戦争の類《たぐい》はなくなった。それでも、力に対する拘《こだわ》りが強い。

とはいえ、彼らもヒルダーヌ様の内政能力は認めていて、城壁外の畑や果樹園の収穫減少に対応し、敷地内の収穫物で人々の腹を満たしてくれているのを知っている。

それでも、ファルボド様の見事な剣技を知る者は、ダリウス待望論を持ち続けているという。

「庭園のあれか……」

あの作物を近隣の領民にも分け与えて飢餓に陥《おちい》らないようにしているなんて、思いもしなかった。

「街での評判はどうだ」

ラドクルトが力強く頷く。街を案内する体《てい》でヴァインも同行したらしい。続いての報告は、領民の考えを調査した結果だ。

騎士の考えは想像の範囲内だったが、領民はヒルダーヌ様の代理統治が始まってから、生活補助が大きくなったと感じているようだった。病の民を助けつつ、商売の活性化に気を配っている、と。

それから、先程の話にもあった庭園の収穫は配給として各地に送られ、長期保存法を提示して民を助けている。病人の多い地域は、一時的に減税もしているという。

……公《おおやけ》にされていないが、領自体の備蓄食料や貯蓄はギリギリかもしれないというのも、ラドクルトの調査結果にあった。しかし、農民に死者が増えれば食糧不足が加速する。人命を優先した苦肉の策なのだろう。

これらの理由で、領民は命の恩人たるヒルダーヌ様を尊敬し、次期領主としての支持は厚いようだ。

「それと、ヒルダーヌ様の婚約者のメフリー様は重い病で、神官の治癒が効いていないようです。正直、ヒルダーヌ様の立場や年齢を考えれば、婚約者の変更や、メフリー様を保留して複数婚されてもおかしくありません。それでも彼に固執する理由は分かりません」

ここで最も重要な報告は、メフリー様に神官の治癒が効かないということだ。

「……ジュンヤ様。私は、メフリー様は特別な毒を盛られていると考えています」

ラドクルトがそう言って報告を締め括《くく》る。俺も同感だ。貴族なら体調が悪くなってすぐに対処したはず。それなのに長らく治らない理由は、一つ。

「瘴気《しょうき》か、呪《しゅ》だな」

ラドクルトが頷く。ただ、呪《しゅ》が原因なら、街全体に危険が及んでいるはずだ。

「メフリー様に会いたいな。……接触する方法はないか？」

「お話に口を挟み申し訳ありません。殿下から、明後日、貴族を招待した夜会を開くと伺っております。メフリー様の父親、カンノッテ子爵もいらっしゃるはずです。そこで上手く聞き出しましょう」

エルビスの提案だ。ティアがユーフォーンにいるうちにと謁見《えっけん》を望む貴族が多いので、パーティでまとめて済まそうという算段か。

「それで行こう。ラドクルトも参加してくれないか？　護衛として俺の近くでフォローしてくれると助かる。あ、でも休暇中か！　明日は自由になりたいよな。ごめん、休んでくれ」

既にせっかくの休暇を潰させてしまったんだ。最終日くらい、思う存分遊んでもらわないと。

「そうですね……。いえ、ヴァイン殿をパートナーにしてくだされば、パーティも楽しいでしょうね」

「えっ！　私っ？」

あれ、ラドクルトのヴァインを見る目が、なんだか前より優しい……？

「ダメかな、ヴァイン殿。今回、あなたがいてくれたから調査でも怪しまれなかった。パーティでもパートナーがいれば他の人間に誘われても断れるし、あなたもたまには、もてなされる側になってもいいんじゃないかな？」

「パーティなんて、侍従としてしか参加したことがないので、ご遠慮します……」

「私が教えてあげるよ。オシャレもしよう。大丈夫、これでも貴族家の次男坊だから、私に任せてくれないか？」

……ノーマがニコニコしていた理由はこれかな？　二人にも春が来たんだろうか。

オロオロしているヴァインだが、ラドクルトに言いくるめられて参加する話に落ち着いていた。

ラドクルトの口車、素晴らしいですね。

「ジュンヤ様、ヴァイン殿の衣装は私が用意しますのでご心配なく。お小遣いもいただいていますし、給金も使い道がなく溜め込むばかり。これも私の休暇の楽しみ方です。ヴァイン殿、明日も付き合ってくれないか？」

おやおや……ラドクルトはヴァインにプレゼントをしたいんだな。

「ふぁ……は、はいっ」

「そう？　じゃあ任せる。綺麗にしてやってくれ」

そう言った俺に、ラドクルトは自信満々の笑顔を見せた。ヴァインはというと、顔を真っ赤にしていて初々しい。この国ではもう成人の十五歳だし、問題ないよな。ヴァインは頑張り屋さんだから、甘やかしてくれる年上のラドクルトは相性が良いかも。

いやぁ……面白くなってきた!!

ラドクルトとヴァインが帰り、今度はソーラズさんと話す予定になっている。しかし、ヒルダーヌ様の呼び出し以外で彼が来たら目立つらしいので、部屋には呼ばない。

アナトリーから手鏡型の魔道具を託されていた。いわゆるビデオ通話ができる機器だった。小さいが、ちゃんと顔が映るらしい。だが、魔石の消費量がとんでもなく、数が作れない。その貴重な一つが俺に届けられていた。

「ソーラズさん、聞こえますか？」

魔道具に組み込まれた青い魔石に触れてから声をかけると、鏡の部分にソーラズさんが映った。

「おお……本当に映ってる。アナトリーはすごいですね」

『ええ。素晴らしい才能ですが、もう少し量産できるものも開発してほしいですねぇ』

苦笑するソーラズさんだが、すぐに顔つきが変わる。

『ところで、ジュンヤ様のご依頼の件です』

最初に、子供時代のダリウスとヒルダーヌ様を取り巻く情勢を見落としていたと謝罪があった。

ヒルダーヌ様は清廉《せいれん》潔白な方なので、それを都合悪く思う貴族もいて、ダリウスの豪快さというか、鷹揚《おうよう》さを求める人も多かったそうだ。

『ファルボド様がヒルダーヌ様を後継と宣言してからは、表立った批判は減りました。しかし、お二人の関係が変わった時期を探ったところ、幼少の頃にバルバロイ家の使用人が死亡していることが分かりました。その頃を境に、ヒルダーヌ様の様子が変わったようです』

「使用人の死？」

エルビスを見ると、思い出そうとしているのか顎《あご》に手を当てている。

「確か……庭師が病で急死しましたが、それでしょうか？　ヒルダーヌ様はその庭師を大変気に入っていて、いつも花々について質問して慕っていました」

『その男ですね。心臓が突然止まる病と判断されていましたが、調書と証言を洗い直しました』

一拍置いて、ソーラズさんが口を再び開いた。

『恐らく、その庭師は毒殺されています。当時同僚だった庭師が彼の死後、里帰りと称して休暇を願い出ています。しかし、行方《ゆくえ》不明となり戻りませんでした』

俺もエルビスも絶句してしまった。ソーラズさんは、淡々と報告を続ける。

『――消えた庭師の故郷にいた家族は、強盗に殺害されていました。しかし、ただの強盗が皆殺しにはしないでしょう。庭師は家族を人質にされ犯行に及んだが、口封じされた可能性が高いです。強盗の男も殺されている可能性が高いですが、彼らの足取りは調査中です』

「っ!!　そんな……」

言葉が続かない。

『なぜそんなことになったのか。エルビス殿は心当たりがおありですか？』

エルビスは首を横に振る。ただ、その時期は兄弟のどちらがバルバロイ家の後継者として明示されるのか、話題になっていたらしい。

「それでヒルダーヌ様も神経質になったのだと思っていましたが、違ったのですね」

『ダリウス様もこうなる、という見せしめだったと思います』

二人が仲良くしていたら弟を殺すと言われたってことか？

「誰がそんなことを……」

『そちらは遮音は十分に効いておりますか？』

「はい。結界もかけております」

エルビスが即答する。

『宰相のトーラント卿は第三妃派です。実は、心臓病に見せかけるその毒草は、北部でしか採れません。これからトーラント家が統《す》べる北に向かわれるのです。どうぞお気をつけください』

要するに、第三妃とトーラント家の勢力を広げるためには、バルバロイ家が邪魔だということ。

無意識に、ゴクリと喉《のど》が鳴った。冷たい汗が背中を流れる。

「その毒は、治癒で治せますか」

『直後に対応できれば。時間をかけて毒が回り、気がついた時には手遅れになっている、恐ろしいものです。ただ、少々苦味があるため、何かに少量混ぜるなどしなければ気づかれます』

ヒ素は徐々に人を蝕《むしば》むと聞いたことがある。気がつけばいつの間にか――そういう類《たぐい》の毒か。

ソーラズさんによると、第三妃一派は、その頃からティアやバルバロイ家の排除を目論《もくろ》んでいた。

有力貴族の後継者の血を断ち、トーラント家に連なる人間で側近を固め、第二王子を国王にする計画では、とも。

「……毒の致死量は？」

『量を調整し、夕食に混ぜれば寝ている間に死なせることも可能です。酒など苦味のある飲み物に入れ即死させることも、もっと少量で、何日もかけて弱らせることもできます』

――なんて恐ろしい毒なんだ。

ヒルダーヌ様はダリウスの命を危ぶみ、自分と距離を置くように仕向けた。子供を作らない宣言までは予想していなかったんだろう。でも、その宣言のおかげでダリウスは毒殺を免《まぬか》れた……？となると、敵にとって邪魔なのはヒルダーヌ様だ。本人を殺せばすぐ疑われる。だが、結婚して後継者ができるのも困る。

どこかでナトル司教の謀略を知り、それに乗じる形でメフリー様に毒か瘴気《しょうき》を使った？それとも単にナトル司教が穢《けが》した水を利用しただけなのか。ヒルダーヌ様に関わる人間の死因が二人続けて毒じゃおかしいもんな。同僚の庭師みたいに、脅されている人がいるかもしれない。

『調査を続行しております。もう少しお待ちを』

「よろしく……お願いします」

「ジュンヤ様、顔色が悪いです。恐ろしい話を聞いてショックを受けられたのでしょう。少しお休みになっては？　ソーラズ殿には後で報告書をもらいましょう」

「いや。今、全部聞く。文章に残せないから通信にしたんだ。大丈夫。少し……いや、かなりショックだったけど」

二人がもう一度手を取り合うために、真実を知らなくては。

「第二王子は計画を知っているのかな？」

『それはなさそうです。いつも無邪気に兄上の自慢をなさっています。いずれは殿下を支えるのだと、張り切って各地の視察に行っているのですが、それがまた第三妃チェスター様の苛立ちを煽《あお》っているのでしょう』

当人の第二王子には何も言わず、勝手に策略を巡らせているなんて大迷惑じゃないか。

『素直な性格でいらっしゃるので、知れば態度から露見すると考えて内密にしているのかもしれません。謀反《むほん》が発覚すれば第二王子――オレイアド殿下のお命も危うくなるというのに、歪《ゆが》んだ愛情ですね』

「はぁ……」

どうしようもなく苦しくて、大きなため息が出てしまった。

「ティア……殿下が彼を守ろうとしている理由がよく分かったよ。可愛い弟なんだろうな」

どうすれば最小限の犠牲で済むだろうか。これはティアにも報告したほうがいい案件だ。ダリウスには――まだ保留しよう。ダリウスに打ち明ける前に、ヒルダーヌ様ともう一度サシで話したい。

「ありがとう。聞けて良かった。俺の優先順位はいつもいるメンバーが一番だったけど、二人が守ろうとする国も領地も守ってやりたい。だから、引き続き手を貸してください」

『もちろんでございます。私も故郷を愛しております。できる限りの助力をいたします。事態が動いたのは、神子《みこ》様降臨のおかげ。再び兄弟お二人が並び立つ日が来るよう、全力を尽くします』

ソーラズさんは生粋《きっすい》のユーフォーン育ちで忠誠心も厚い。だからこそ、気にかけていても踏み込めない部分もあったろう。俺がきっかけになるのなら、少しでも役に立ちたいと思う。

それにしても、幼いヒルダーヌ様は誰にも相談できずに一人で苦しんだのかな。弟を守る方法が遠ざけることしか思いつかなかったのなら……悲しいすれ違いだ。

通信を終わらせ、ソファにぐったりと倒れ込んだ。

「なんで誰も調べなかったんだろう……」

「後継者の指名時期とかぶったせいでしょう。あえてその時期を狙ったのかもしれませんね」

諍《いさか》いがあってもおかしくないタイミングだったせいで、周囲にはただの喧嘩に見えたんだ。

「お茶にいたしましょう。少し落ち着きませんと」

「ありがとう」

ハーブティーの優しい香りが、尖《とが》った心を少し和らげてくれる。

「ティアには話すけど、ダリウスには証拠を見つけてから話そうと思う。ヒルダーヌ様と話したいし、調査も進めたい。失敗して更に拗《こじ》れるのは避けたいんだ」

「同感です。あのバカのことですから、犯人探しに躍起《やっき》になるでしょう。証人も必要ですね」

「その人、生きていてくれているかな。そもそも、証言してくれるだろうか」

「関わりたくないと思うか、家族の仇《かたき》を討ちたいと思うか。こればかりは本人次第ですね。生きているこ とを願いましょう」

「ヒルダーヌ様と話した時に抱いた違和感はこれだったのかもな。あの人は感情のままに動くような軽率な人じゃない。変だと思ったんだ」

「私も兄弟の揉《も》め事と侮《あなど》ってしまいました。もっと早く気がついていたら……」

気づいていたら、どうなっていただろう？　それでも、まだ子供だったダリウスを殺すのは簡単だったんじゃないか？

「突然元通りなんて難しいかもしれないけど、二人の苦しみを少しでも軽くしてやりたい」

今はザンド団長と一緒にいるダリウス。ヒルダーヌ様がいるこの地で、どんな思いでいるのか。

「今夜は、まだ心の整理がつかない。一人で突っ走らずに、明日ティアに相談するよ。一緒にいてくれ」

「はい」

ヒルダーヌ様が一人で抱えているだろう苦しみも、みんなで分け合って解決しよう。

――必ず現状を変えてみせる。少なくともダリウスの憂《うれ》いをなくしてやりたい。俺がこの地へ来たのは、きっと浄化だけが理由じゃないと感じている。

窓から外を眺めると、雨が降り始めていた。恵みの雨が大地を潤《うるお》すように、乾いた心に雨を降らせて、その心も潤《うるお》してやりたい。

俺の望みは、大事な人の心からの笑顔だけだから……

次の日、夜会や根回しで忙しいティアに時間を作ってもらい、エルビスと一緒に部屋を訪ねた。

「ジュンヤがどうしてもと言うからには、重大な問題なのだな？」

その場にはケーリーさんも同席するよう頼んでいた。遮音を発動して戻ったケーリーさんにも着席を促す。

そこで俺は、昨夜手に入れた情報をティアに示した。既に把握しているかもと思ったが、メフリー様に関してはそこまで詳しく知らないらしかった。

「そうか、メフリーの件は調査しよう。定期的に毒を盛られているとしたら、内部に実行犯がいるな。その者を見つけねば」

「俺、理由を作ってメフリー様を訪ねようと思うんだ。メフリー様を癒《いや》せたら、犯人が焦って動くかも。だから手伝ってくれ。それと、ヒルダーヌ様ともう一回話したい」

裏にいる人間もおびき出す作戦だ。ダリウスには当面秘密にする考えは意見が一致した。

「暴走して犯人を斬りかねないからな」

いくらなんでもそれはないだろうと言ったが、長年鬱屈《うっくつ》した思いがあるからと返された。

「じゃあ、今夜は色んな人に俺を紹介してくれ。無知なフリして探ってみる」

「ふむ。ついでに、巡行に同行している全員を客として招待しているので、何か気がついたら報告させよう。彼らなら信頼できる」

あくまでもプライベートで参加してもらう会だが、不審な点は随時報告してもらえると助かる。

「ダリウスはどうしてる？　俺がティアだけ呼んで、怒ってないかなぁ？」

「拗《す》ねているだろうから、後で甘やかしてやれ。私は今夜も含め、非常に忙しい。……甘やかしてくれるのを期待しているんだが？」

色気たっぷりに微笑み、しっかりアピールも忘れない。

「これだからティアには敵わないなぁ。後で、な？」

さて、これから夜会に向けて準備だ。エルビス達に風呂に入れられ磨《みが》かれる。マッサージが終わると着せ替え人形にされ、そこまでしなくてもと悲鳴を上げた。

「「今夜一番美しいのはジュンヤ様でなくてはいけません」」

侍従三人の本気モードに降参し、俺は無になって装飾品で飾りつけられた。今日の衣装はケローガの仕立屋パラパさんに頼んでいたロング丈の上着で、今朝転送で届いたばかりだ。刺繍《ししゅう》に時間がかかるということで他とは別で送ってもらったんだが、ビーズ刺繍《ししゅう》が豪華だ。絶対服に負けるんですけど。

ビビりながらの着付けが終わった頃、扉がノックされた。

「ジュンヤ、準備はできたか？」

扉を開けて入ってきたダリウスは、ネイビーの身頃に白いパイピング、豪華な刺繍《ししゅう》が施された衣装だった。近衛隊服とはまた違う印象で、つい見惚れてしまう。

「なんだよ？　惚れ直したか？」

「うん……かっこいい」

「珍しく素直じゃねぇか」

引き寄せ抱きしめられる。俺も、色々な想いを込めて抱き返した。ダリウスの悩みは俺がきっと解決してやるからな。

「積極的で嬉しいが、もうすぐ夜会が始まる。行かねぇと。腹に一物ある連中が多いから気を抜くなよ。擦《す》り寄ってくる奴に、探りを入れてくる奴やら、貴族はめんどくさいからな」

「大丈夫。俺だってそう簡単に操られないさ」

「お前のそういう強気なところが好きだぜ」

「なっ!?　急に何を言ってんだ？」

「いや、本気だって」

そうか。そんなに俺が好きか。なら、俺はそれに応えないとな。

「俺も好きだから、一緒に頑張ろうな？」

「おう！」

恥ずかしいけど、絶対にこいつを不安になんかさせないぞ。……言葉って大事だよな。たくさん言葉をもらったから、俺も返すよ。

「よし、行くぞっ！　二人共、まだ貴族の相手は慣れてないから、フォローよろしく」

頷くダリウスとエルビスと一緒に大広間へ向かう。既に大勢が集まり、ヒルダーヌ様やティアに群がっているのが見えた。

「おお、神子《みこ》様だ」

あちこちから声がして、気を引き締める。裏で画策している人間が紛れ込んでいるかもしれない。そう思うと、笑顔を作りながらも血の気が引く思いだった。でも、この夜会で手がかりを掴んでやると決めている。今日はなるべく多くの人と話すんだ。

「ジュンヤ、待っていたぞ」

「ティ……『殿下』のほうがいいのか？」

こそっと耳打ちすると、ティアがニヤリと笑う。

「ジュンヤだけに許した名で呼んでくれ」

「分かった」

「さて、少し忙しくなるぞ？」

その言葉を合図に、次々に貴族が挨拶に訪れた。ただ、ちゃんとルールがあるらしい。身分の高い順から流れ作業のように名乗りと挨拶が続く。ヒルダーヌ様も紹介してくれるが、さすがに人数が多くて覚えきれない。ただ、不信感を覚えた相手は今のところいない。

「殿下、ジュンヤ様。彼はジェームズ・カンノッテ殿、カンノッテ子爵のご子息です。本日はエリアス殿下と神子《みこ》に拝謁《はいえつ》が叶い、至上の喜びでございます。ジェームズ・カンノッテでございます。本日は、父ハロルドの代行として馳《は》せ参じました」

「はじめまして、ジュンヤ・ミナトです」

ジェームズ様と挨拶後、社交辞令の会話が続く。気になったのは、パーティには家族かパートナー同伴が常識らしいのに、パートナーもいないし、当主も来ていないことだ。聞けば、カンノッテ子爵まで体調不良だという。

「父上までご病気か。それは心配であろう。神子《みこ》が力になれるか？」

「いえ、神子《みこ》様のお手を煩《わずら》わせるほどではございません」

「そなたも少し、顔色が悪いように見受けられるが」

「いいえっ！　私などご心配には及びません」

ようやく出会えたカンノッテ家の人だが、明らかに顔色が悪い。

「ティア、話に割り込んでごめん。ちょっと確認してもいいかな？」

許可が出たのでジェームズ様に向き直った。

「ジェームズ様。手を出してくれませんか？」

「えっ？　はい……」

差し出された手を握る。

「神子《みこ》様！　触れていただくなど恐れ多いです！」

「じっとしていてください」

ゆっくりと彼の中を探ると、これまでうんざりするほど覚えのある力が蠢《うごめ》いていた。自宅に呪《しゅ》を仕込まれたのか、穢《けが》れた水を飲まされたのか。そこまでは訪問しないと分からないな。瘴気《しょうき》を引き出し、浄化する。

「あぁ……そんな……」

ジェームズ様が目を閉じた。体内を蝕《むしば》んでいた瘴気《しょうき》がだんだんと消え去っていく。

「なんと温かい力だ――」

閉じた目尻から、涙が一筋流れた。

「もう大丈夫ですよ。良かったら、ご家族の治癒にも伺います」

「ですが……」

「神子《みこ》は慈悲深く寛大だ。甘えるが良い」

「救いを求める全ての方に、力をお貸しします」

――ちょっと慈悲深い聖職者の雰囲気を出してみた。お宅訪問させてくれないだろうか。

「あぁ……どうか、病に臥《ふ》せる我が弟もお救いください。ヒルダーヌ様に婚約解消を願い出ましたが、未だに気にかけていただき、申し訳なく思っていたのです」

「私は迷惑だと思っていない。だが、一日も早く元気になってほしいとは思っている」

ヒルダーヌ様にはメフリー様に拘《こだわ》る理由があるんだ。それならここで一つ、恩を売っておきたいな。

「予定を調整して伺いますから、都合の良い日をいくつか知らせてください」

「神子《みこ》様のご都合に合わせます。弟は常に屋敷におりますし、いつでも大丈夫です」

カンノッテ邸はユーフォーンの街の、多くの貴族が住まいを構える区画にあるそうだ。善は急げと、訪問は二日後の午後に決まった。念のため、ジェームズ様を浄化したことはしばらく伏せてもらう。

ジェームズ様が場を後にしても挨拶合戦が続いたが、どうにか乗り切った。ダリウスと合流しようと捜していると、不意に数人に囲まれる。

「神子《みこ》様、私と踊っていただけませんか？」

ダンスの経験はないので丁重にお断りするが、では一緒に呑もうと誘われ、輪から抜け出せない。

エルビスがガードしてくれているのでなんとか耐えているが……

「ジュンヤに触れるのは、俺達が許した者だけだ」

「ひっ！　ダ、ダリウス様っ！　失礼をお許しください」

ぬっと現れたダリウスを見て、男達はそそくさと去っていった。

「ダリウス、威嚇《いかく》しすぎ」

俺が言うと、むっとして顔を歪《ゆが》める。

「たとえただのダンスでも、ジュンヤに触れられるのは不愉快だ」

「俺も嫌だけど、つまらないことでダリウスの評価が下がるのは嫌だ」

「ご歓談中失礼いたします。是非お話をしたいのですがよろしいですか」

また違うグループが来た。まぁ、なるべく大勢と話したいので好都合ではあるのだが、みんな押しが強い。

「神子《みこ》様、お尋ねしたいのですが、昨日、城内の湖に足を運ばれたというのは本当ですか？」

「っ！　え、は、はい。散策しましたが、何か？」

人払いされていたし、外でエッチなコトしたのは身内しか知らないはずだ。ドキドキしながら隣を見ると、エルビスも焦っているみたいだった。

「やはり！　今朝になって湖周辺の花が一斉に開花したそうです！」

「えっ？　一斉に、ですか？」

「はい。その他にも、湖からは生活用水を引いているのですが、家畜に飲ませれば毛艶が良くなり、水浴びをした周囲の者は肌艶が良くなったと。それを知って子作りに励む夫婦も多かった……などなど、景気のいい話が続々と届いております」

若い貴族は言いながら頬を赤らめた。最後のは報告しなくていいですよ。

「子作り中のカップルは湖に行けば確実に妊娠できる、あるいは安産になるのではと大騒ぎで。今日あたり殺到しているかもしれませんね。私も若かったら――」

こっちはおじさんだ。そういうのはいらない。本当にいらない。

「……そうですか。私が触れると治癒や浄化の効果が付与されるようなので、湖で水浴びしたからかもしれませんね。なんにせよ、ずっと効果がある訳ではないと思いますよ」

「おお、それなら早く行かねば!!」

行くんか、おっさん！　若くねーんじゃないの？

そんな俺のツッコミはどこへやら、集まった貴族達は大盛り上がりだった。

「失礼いたします。皆様、楽しそうですね。私もご一緒してもよろしいですか？」

「ああ、トルン男爵とご子息か。まぁ、君はこの機会でもなければ、神子《みこ》様やダリウス様にお声掛けなどできぬものなぁ」

そう言ってクスクスと笑う彼ら。その言い方は相手を貶《おとし》める嫌な空気を孕《はら》んでいて不快だった。

俺はいじめをする奴が大嫌いだ。言いたいことがあるならはっきり言いやがれ。

ともあれ、今は情報収集中だ。フォローに回るか。

「私はどなたと話しても楽しいですよ。トルン男爵、はじめまして」

「神子《みこ》様……ありがとうございます。こちらは息子のナイジェルです」

「お初にお目にかかります。第一子のナイジェルと申します」

膝を軽く折って礼をしたトルン男爵は、卑屈な笑みを浮かべていて、いつもこんな扱いをされているんだとすぐに分かった。身分の差はそんなに越えられない壁なんだろうか。トルン男爵は青っぽい髪に白髪が混じり、皺《しわ》も多い。苦労しているのかもしれない。

「当家の使用人が噂を聞きつけ湖に行ったのですが、興奮した様子で報告してきました。私も我慢できずに見に行きましたが、周辺の花々が見事に咲き誇り、いつもより色鮮やかに見えました。まさに神子《みこ》様の御業《みわざ》ですね。感激いたしました」

「おお、男爵は早速見に行かれたのか」

さっきまで男爵を見下していた一人が興味津々で話しかける。

「はい。使用人の話だけでは我慢できませんでした。皆様もご覧になってください」

「神子《みこ》様の慈愛が花を咲かせたのだろうな。私も明日行ってみるとするか」

多分、慈愛じゃないと思うんですけど。まぁいいです。

トルン男爵が湖の話をした途端、一気に話題の中心人物になった。しかし、俺の背後で仁王立ちしているダリウスのことも、彼らは気になって仕方ないようだ。

「ダリウス様もすっかりご立派になられて。夜会への参加は久しぶりですね」

「私はナイジェルと申します。お目にかかれて光栄です」

ナイジェルさんはうっとりとした目でダリウスを見つめていた。さりげなく近寄ろうとするのを見て、違和感を覚える。

「ああ。お初にお目にかかる」

クールに流すダリウス。もしかして……これ、息子をダリウスに引き合わせるために連れてきたのか？　周囲の人間もよく見たら息子同伴だ。態度はここまであからさまではないが……

「ダリウス様は、本当にお父上によく似ておられる」

トルン男爵とナイジェルさんをきっかけに、周りを囲んでいた貴族達は口々にダリウスを褒め称え、ご機嫌取りに必死だ。ダリウスは適当に頷き、息子達のアピールも受け流す。そうこうするうちに酒が入って酔いが回ってきたのか、徐々に貴族達の軽口が増えてきた。

結婚も近いとか、候補者が列を作っているとか、妻は何人いても良い、なんてセリフも飛び出す。

「神子《みこ》様が殿下とご結婚されれば、この国の国母となられますなぁ」

「そうなれば安泰だ。ダリウス様もご帰還されて、ご当主に……いや、これは気が早いかな？」

「忠僕の我らに、是非とも加護をお与えください」

「お好みの者も、いくらでも手配いたしますよ、ガッハッハ！」

この物言いは、俺とダリウスの結婚はないと彼らが考えているからだ。ダリウスは複数妻を持つ側で、一人だけを愛するなんて思ってない。それに、当主の話も失礼だ。ヒルダーヌ様を認めていない派閥だろうか。

自分達を優遇しろというアピールまで……図々しさにうんざりする。

「私の伴侶はジュンヤ一人と決めています」

静かな言葉だったが、強い決意を感じたのか、貴族達は沈黙した。

「私は殿下と共に王都に留まり、ジュンヤだけを愛すると決めています。後継者は兄です」

——これはきゅんとするだろ。こんな男前な宣言をされたらさ。

でも、答えに不満そうな顔もちらほら見える。ダリウスの「後継者は兄」発言は、思ったよりも大きな衝撃となって一部の貴族を失望させたようだ。さて、酔った勢いでもう少し聞かせていただきますよ。そのために俺は呑んでいないんだから。

「私は幸せ者ですね」

営業スマイル全開でニッコリ微笑む。

「しかしですよ、ダリウス様っ！　バルバロイ領の本来のあり方としては、ダリウス様こそ次期領主に相応《ふさわ》しいのです」

「ヒルダーヌ様は大変賢明なお方ですが、近年は民に寄りすぎている様子……」

「何を言う。だからこそ領は安泰なのではないか。我らとは違う視点での統治、私は感服していますよ？」

ヒルダーヌ様に文句を言う貴族もいれば、認めている貴族もいるんだと少し安心した。

「民にはお優しいが、我らには……」

言葉を濁《にご》した人は、真っ当な統治では不都合なんですかねぇ。彼らの口論が激しくなる。

「ふん、後ろ暗いところがなければ貴殿もヒルダーヌ様のやり方に賛同するはずだ」

「な、なんだとっ！　失礼な！」

喧嘩寸前だ。止めに入ろうとするダリウスとエルビスを制止する。ここは大いに揉《も》めてもらおうじゃないか。もちろん、ヒルダーヌ様の耳に入って不快にならない程度にな。

「私は日々堅実に職務を全うしています。ああ……トルン殿は管理地もこぢんまりしていて気軽で羨ましい」

「確かに。我らの管理地は広いので手がかかりますからな」

どっと笑い声が上がる。俺は、小声で二人に声をかけた。

『あれ、なんであんな風に言われてるの？』

『男爵は貴族の最下位だからな。領地も小さい』

『しかし、こうもあからさまなのは何か別の要因もあるかと』

俺達が内緒話しているのにも気がつかないほど口論は白熱している。さすがに注目を集め始めたのでダリウスに騒ぎを収めてもらう。

「そなた達、見苦しい真似はよそでやれ。これ以上神子《みこ》に無様な姿を見せたいか？」

我に返った様子の彼らは謝罪し去っていった。その中で一人だけ声をかけて残ってもらう。少しまともな発言をしていた人だ。

「祝いの宴で、神子《みこ》様に見苦しい姿をお見せして申し訳ありません」

伯爵だというその人は、すっかり酔いの醒《さ》めた顔で謝罪した。

「今日は無礼講ですから見なかったことにします。ですが、なぜ皆さんトルン男爵をあれほど貶《おとし》める言い方をするんですか？　他の男爵位の方とは穏やかに歓談していたように見えたので、疑問に思いまして」

「トルン男爵は一代男爵なのですが、その……」

彼が口ごもり、ちらりとダリウスを窺《うかが》う。

「率直に話して構わない。神子《みこ》の望みだ」

「はい。実は、ダリウス様のご婚約が全て解消された時、その後釜を狙う者が多数おりました」

彼によると、後釜狙いの筆頭がトルン男爵で、息子をなんとかダリウスに引き合わせようと必死だったらしい。久しぶりにダリウス本人も参加する今日の夜会は爵位が低い者にとってはチャンスなので、今夜こそと思ったのだろうというのが、この人の見解だ。

「トルン男爵は領地では農民からの評判も悪く、我らはあまり彼と懇意にしたいと思っておりません。そんな訳で孤立しているのです。貴族以外との付き合いもあるようで、めげる様子はありませんが」

「なるほど。聞かせてくれてありがとうございます」

恐縮しながら去っていく背中を見送る。片方の意見だけじゃ不公平だから、もう少し調べたほうがいいかもな。

「俺に擦《す》り寄る奴は多かったが、トルン男爵の子息には初めて会った。まぁ、貴族は普段は自分より高い爵位の者には声をかけられないし、俺も夜会に出ていなかったから、機会がなくて当然か」

「トルン男爵は、バルバロイと縁を繋いで地位向上を図っているのかもしれませんね」

エルビスの言葉に頷く。そりゃあ、チャンスがあるなら選ばれたいよな。

「ジュンヤ、この話は後にしよう。次だ」

更に情報収集するために移動し、気になる相手と話をした。

しばらくして、メンバーに状況を確認しようと思った時、見慣れた顔を見つける。

「あ、マテリオ達だ」

いつもと少し違う神官服姿のマテリオ、マナ、ソレスの三人と神兵さんだ。聞けば、儀礼用の格の高い装束だという。

「みんな、こんばんは。楽しんでる？」

「こんな華やかな場は勝手が違う……落ち着かない」

マテリオは困惑顔で眉が八の字を描いている。面白い。

「美味しいのいっぱい食べてます！」

「マナは食べすぎ、呑みすぎだ」

マナとソレスはいつも通りだな。

「こんなに立派な服も着せていただき、ありがとうございます」

「普段関わりのない貴族の方に声をかけられ、緊張してしまいます」

神兵さん達は恐縮しきりといった具合だ。マナだけは心から楽しんでるみたいだな。逞《たくま》しいのはいいことだ。

「さっきから旅の話を求められて困っている。話せない内容が多いのでめんどくさい」

「マテリオ、本音がダダ漏れだよ？　貴族の相手に疲れたんだな？」

背中をポンポンと叩いて労《ねぎら》う。

「もう少し我慢してくれ。で、何か収穫はあった？」

「今のところは何もない。我々は権力と関係ない位置にいるからかもしれない」

「なるほど。じゃ、あとは少しあんたも楽しめ」

「帰りたい……」

「いやいやいや！　マテリオ神官！　もっと色々食べましょう！」

マテリオはマナのパワーに振り回され苦笑している。

「そういえば、酒は呑んで良いんだ？」

「祈祷《きとう》前後は禁止されているが、禁酒ではない」

「そっか。それなら気分転換に少し呑んでみたら？」

貴族相手に消耗《しょうもう》しているみたいだな。助けてやりたいが、俺は次に行かなくては。

「悪い。俺はまだ話を聞いて回るから、また後でな」

近衛や騎士達に収穫を確認したり、たくさんの貴族と会話したり、俺もぐったりだ。だが首尾は上々。他にも何人か、バルバロイ家に取り入りたくて仕方なさそうな人達が見つかった。みんな、メフリー様を排除して自分の子をどちらかの妻に……そんな野望を持っている。

俺がダリウス達の恋人だというのはティアがはっきり宣言した。それでもダリウス狙いの相手が減らないのは、正式な婚約のお披露目をしていないから。

「ぼんやりとして、何かあったのか？」

声をかけてきたのは茶髪の貴族だ。……誰かに似ている。それにしても馴れ馴れしい。

「ジュンヤ殿はお疲れかな？」

名前を呼ばれて相手の正体に気がつき、思わず大声を出しそうになったが、なんとか抑える。

「……サージュラさんですか」

「いかにも」

いかにも、じゃねーよ。茶系のカツラで変装してるとはいえ、目立つんだって。

「何をなさってるんですかね……？」

「夜会と聞いたので遊びに来た。離れで引き籠《こも》っていてもつまらぬのだよ」

「でも、あなたも正体がバレたら困るでしょう？」

「あんたにフラフラされると困る。さっさと離れに戻ってくれ」

ダリウスも呆れている。背後のモイラさんは無表情で付き従っていて、従者の鑑《かがみ》だな。でも注意してくれ。

「バレていないさ。それに、力になれるかもしれないよ？」

「どういう意味です？」

サージュラさんが楽しそうに笑うが、こっちは全然楽しくありません。

「この夜会中、ヒルダーヌ殿の離れに滞在していると言ったら、妙な者達が接触してきてね」

「余計なことを言うなよ。護衛を付けるからすぐ戻れ」

「おや、つれないね」

サージュラさんは片眉を上げ、するりとダリウスの右腕に細い両腕を絡めた。

「やめろ、気色悪い」

「見てごらん？　君達兄弟の動向は注目の的だ。特に、神子《みこ》様の恋人である君を手に入れたい者達の、熱い視線を感じるだろう」

確かに見られているが、こんな目立つ行動をすれば当然じゃないか？

「ねぇ、君があちら側なら、領主の子息の隣に立つために何をする？　ジュンヤ殿、あなたへの嫉妬の眼差しも感じるだろう？　私を大いに利用するが良いさ。代わりに、拘束を緩めてくれ」

サージュラさんも敵の思惑に気づき、メフリー様の病の原因を疑っている。自由行動と引き換えに、敵の撹乱《かくらん》に一枚噛もうという魂胆だろう。恩を着せて要求を増やすかもしれない。

「あなたに借りを作ると面倒そうなので、お断りします」

「残念だ。だが、私も自分の利益のために動かせてもらうよ？」

「お前は大人しくしてろ」

ダリウスが睨みつけるが、サージュラさんは相変わらずだ。

「いえいえ、ダリウス殿。捕虜の顔を確認したが、一人足りない。まだ残党がいるぞ？　バルバロイ家のダリウス殿、愛する者や領を守りたいだろう？」

「――それは間違いないのか？」

「ああ、間違いない。おそらく残るは一人。ダメ元で突撃してくるか、諦めて逃亡するか。とはいえ、逃げても依頼人から命を狙われるのは必至。さて、たった一人でどう出るかな？」

会話は笑みを絶やさず、一見にこやかに行われている。ダリウスも冷静だ。はたから見たら、物騒な話をしているなんて思わないだろう。

「私はね、本当にジュンヤ殿に期待しているんだ。だから、十分用心して守ってくれよ？」

「言われるまでもない」

「この話をしたかったんだ。パーティも楽しそうだったしねぇ。私は満足したよ」

「だったらさっさと離れに戻ってくれ」

「はいはい。食事とワインはいただいていいかい？」

「届けてやる」

ダリウスの追い払う仕草にこたえた様子もなく、サージュラさんは満足そうに笑いひらひらと手を振りながら帰っていった。

「無茶する人だなぁ」

「ジュンヤ様……無茶な人でなければ、単身で他国に来ません」

「ああ……そうだね」

口を挟まず我慢していたエルビスも呆れていた。どっと疲れたな。

それからティアと合流したものの、誰が聞いているか分からない場所で話すのは憚《はばか》られた。

「今夜は疲れただろう。情報をまとめて、話は明日にしよう」

そう提案され、夜会の後は解散し自由行動ということになった。ティアとヒルダーヌ様の挨拶で夜会が終わる。

「ダリウス、少し話したい」

チョスーチに出かけて以来ゆっくり話せていなかったから、一緒にいたい。単純にそう思ったんだ。

「あのさ、今日は俺の部屋に泊まってくれない？」

頼むと優しく抱きしめてくれた。

「俺も一緒にいたかった。ゆっくり話したい」

部屋に戻り、二人きりだ。

「風呂に入ろうぜ。心配するな、いやらしいことはしねぇよ」

「うん」

変な話、いやらしいことをされたっていいと思っている。この男は、俺を守るためなら他人に託すし、欲を殺して全力で守ろうとしてくれるから。

一緒に湯船に入る。この部屋の風呂は広いけど一人用なので、二人で入ると少し窮屈《きゅうくつ》だ。

「はぁ～、やっぱりお風呂気持ちいい……」

「なんだよ、エロい声だな」

「そんなつもりじゃ……！」

慌てて否定すると爆笑されて、からかわれたと気がつく。……まったく。

「なぁ。東のチョスーチの時、ありがとう。無理言ったのに、我慢して見守ってくれた」

「信じていたからな」

とくんと鼓動が速くなる。短い言葉の中に、色々な思いが込められているように感じた。

「ありがとう……」

なんだか感激して上手く言葉が出てこなくて、それしか言えない。

「よし、ダリウス！　お礼に背中流してやる」

「勃《た》ったら世話してくれんのか？」

「黙れエログマ〜！」

お約束のおふざけを楽しみながら、でっかい背中を泡立てた絹布《けんぷ》で擦《こす》る。

「首と背中の筋肉、すごいな。これ、剣を振ってるから？」

「ああ、鍛錬《たんれん》は欠かさないからな」

ダリウスが腕を上げてぐっと力を入れると、隆々とした僧帽筋や広背筋が美しい。そっと撫でて、肩に頭を乗せる。

「あんたは十分強いけど、俺にも頼ってほしいんだ。自由に見えて、本当は雁字搦《かんじがら》めな人生だって知ったから」

領主の次男で、近衛騎士団団長で、貴族の務めを果たさなくちゃいけない。

「頼ってるさ。昨夜叔父上にも言われたが、俺は変わった。ただひたすら剣を振るうだけでは得られないもんをお前にもらった。——ありがとうな」

「ダリウス……。……よし、続きだ！」

照れ隠しにゴシゴシ洗った。

「いてて っ、優しくしろよ！」

ダリウスが急にこっちを振り向いて脇に手を入れてくる。軽々と持ち上げられ、横向きで膝に乗せられた。仕返しとばかりに石鹸《せっけん》をつけた手で体を洗われる。

「うひゃっ！　くすぐったい！　脇腹よせ〜！　くそっ、それなら！」

反撃にくすぐり返し、大笑いしながら洗い合う。エッチな空気はなく、ただひたすらイチャイチャするのは楽しかった。

「のぼせる〜！　もう出よう」

寝巻きを着て果実水を飲み、ベッドに潜《もぐ》り込む。ダリウスは半裸で仰向けに転がった。

「チョスーチでエルビスとマテリオに任せた時、正直言うと俺がお前を抱きたかったんだぜ？　だが警護があるからな。……今度、ご褒美《ほうび》くれるよな？」

「分かってるって」

「まったく。またあんな無茶しやがって。浄化ではお前に力を貸せない。頼りっぱなしでもどかしい。どんなに鍛《きた》えても、瘴気《しょうき》の前では無力だと感じる」

切なげなダリウスに抱きつく。

「それは違うよ。俺は一人で浄化してるんじゃない。動けなくなっても絶対に助けてくれると、無条件に信じられる相手がいる。それってすごいことだと思わないか？」

ダリウスもこちらを向いて抱き返してきた。

「俺はお前の力になってるか？」

「急になんだよ？　いつだって力になってるよ。俺の後ろにはめちゃくちゃ強い近衛騎士団長がいるって、安心してる」

「そうか……」

大きな手がゆっくりと頭を撫でる。その心地よさに、急に眠気に襲われた。瞼《まぶた》が勝手に閉じようとする。話があるのに……勝手にダリウス達のことを調査したと知ったら、怒るだろうな。

「夜会なんか気ぃ遣って疲れただろう？　寝ていいぞ」

「でも、もう少し……話し、たい……」

頬を大きな温かい手のひらがするりと優しく撫でる。その温もりに擦《す》り寄る。

「おれ……いわな……きゃ……」

力強くてあったかい腕に包まれて、いつの間にか眠りについていた。


——バーーン!!

テーブルを叩く大きな音。

「何勝手な真似してんだ！　俺がそんなことしてくれと頼んだか!?」

二日後。ティア、ダリウス、エルビス、マテリオなど、夜会で探りを入れてくれたメンバーが広間に集合していた。そこに響く、ダリウスの怒号。遮音をかけていなきゃ、何事かと騎士が飛んできただろう。

「ダリウスよ。そなたに黙って調査したのは悪いと思うが、先走る可能性を危惧したのだ。怒りは堪《こら》えて聞いてほしい。それに、ジュンヤがそなたを思ってしたことだ」

「俺の中では解決しているんだ。掘り起こされちゃ迷惑なんだよ!!」

「いいや、解決していない。そなたの知らぬところで兄が苦しんでいたとしたら？　そのままにしていいのか？」

「っ……」

ティアが強い口調で窘《たしな》めると、ダリウスは無言でぐっと拳を握りしめた。みんなも不安そうだが、黙って見守っている。

「ダリウス、勝手に動いてごめん」

返事はない。そうだよな。傷ついたよな……

ティアが淡々とそれぞれの報告を聞いて情報をまとめる。護衛と神官、どちらも耳をそばだて、ちょっとした噂も拾い集めてくれたようだ。

まとめていくと状況が見えてきた。ただ、兄弟の仲を裂こうとした人物の特定は難しい。昨夜ダリウスに擦《す》り寄ってきたのは一人や二人じゃなかったし、複数で結託しているかどうかは不明だ。ティアによると、ヒルダーヌ様に擦《す》り寄る子息連れの貴族も多かったそうだ。なんとか見初《みそ》められたい一心からだろう。複数婚を選択すれば、結婚は何人とでもできるんだから。

「なんで俺の知らねぇことを、お前らが知ってるんだよ……」

「悪いと思ったけど、俺はどうしても納得いかなくて。それで」

「兄上が俺のせいで脅されていたと……お前らはそう思っているのか？」

ダリウスに睨まれ思わず息を呑むが、どうしても伝えなきゃ。

「調べた結果、そういう結論に達した。ヒルダーヌ様はダリウスを嫌ってない。むしろ守ろうとした。でも子供だったし、誰にも相談できなくて、間違ったやり方になったんだと思うよ」

「話してくれれば……話してくれなかったのは、俺を信用してなかったからだ!!」

「弟に、お前は殺されるかもなんて直接言える？　それか、相談できるのはお父さんのファルボド様だろうけど、王都にいて連絡方法は手紙だよね？　敵に手紙をすり替えられる可能性もあった。チェリフ様もいるけど、話したら母上にも危害を加えると脅されていたら？」

大事な人の身が危険に晒《さら》されていたら……俺だって言えない。それはケローガで経験済みだ。

ヒルダーヌ様を脅す第一段階として、慕っていた庭師が殺された可能性が高いと告げると、ダリウスは驚いた顔で無言になった。

「他人に話したら殺すと脅されたとして、まだ子供だったヒルダーヌ様に何ができる？　……なぁ。俺、お兄さんと二人で話した時、ダリウスへの想いを感じたんだよ」

「俺への、想い？」

「少なくとも嫌ってないと思う。だから二人を仲直りさせたかったんだ。ダリウスに嫌な思いさせたのは謝る。でも、後悔していない。誤解を解いて、和解してほしいから」

ダリウスは自由だと語った時の目が忘れられない。ヒルダーヌ様が次期領主なら、一生この土地に縛《しば》られる。自分自身より領地を優先して生きていくんだ。

「なんでそこまで俺達の問題に首を突っ込むんだ？」

「なんでって」

まぁ……白状するしかないな。

「ダリウスの家族なら、俺の家族になるかもしれないだろ？」

「っ!!」

言い終えると同時に、いきなり抱きしめられた。嫌じゃないが、力が強すぎて苦しい！

「ダ、ダリ、苦、し」

「あ、悪りぃ!!」

「ゲホッ、ゲホッ！　て、手加減してよ、ははっ」

解放され照れ隠しで笑うと、ダリウスは真剣な顔で俺を見下ろしていた。

「家族になってくれるんだな？」

「えっと、なってもいいかなぁ？　と、思ってます……」

いやぁぁ～!!　なんでみんなが見ているところで言う羽目になったんだ！　ティアもめちゃくちゃ見てる！

「そうか……」

ダリウスがへにゃっと笑う。その顔は今まで見た中で一番蕩《とろ》けて、間抜けで、可愛い顔だった。

「ジュンヤ、言いたいことは山程あるが、進めよう」

ティアの声が低い。そしてもう分かる。めちゃくちゃヤキモチ焼いているってことが!!

「ティアともちゃんと話すから、怒らないでくれ」

「怒ってはいない」

「殿下、そのお話は後程にいたしましょう。今はカンノッテ家の件を進めるのが優先です」

エルビスもなんだか声が低いね？　あのさ、二人に対しても同じ思いだよ？

「では、今はメフリーを優先して動こう」

ティアの言葉に頷く。あなたの理性に感服します。後が怖いけどな！

「俺がメフリー様を癒《いや》したら都合の悪くなる奴がいるはずだ。そうなったら絶対になんらかの行動を起こす。カンノッテ家を保護しつつ、疑わしい人間を見張らなくちゃいけない。人手は足りるか？」

「口の堅い者が必要だな。パッカーリアはカンノッテ家の調査に借りている。さて……」

少数精鋭でないと敵にバレるかもしれない。精鋭といえば、あの人がいると思い出した。

「ティア、いるよ？　俺に力を貸してくれそうな奴」

「誰だ？」

「グラント。というか、クードラのメンバー」

「あいつらを使う気か？　あんな目に遭わされたってのによ」

ダリウスの顔が不快そうに歪《ゆが》んでいる。まぁそうなんだけど。

「良い機会じゃないか。謝罪してくれたけど、正直言葉だけじゃ足りないくらいの貸しだし、目一杯働いてもらおう。彼らも完全に貸し借りなしになって、スッキリするさ」

「お前に借りを作った者の末路を見せしめにするのか？」

「おいこら、マテリオ！　失礼だぞ。そんなんじゃないし」

あっちも借りを返したいと思うんだよな。

「彼らには、俺が直々に依頼する」

そう言うと、マテリオがドン引きした顔で見つめてきた。

「脅すのか？」

「違うって！」

クードラに来た騎士を騎士棟に集めてもらい、急遽《きゅうきょ》訪問した。

「皆さんとこうしてお会いするのは久しぶりですね」

俺はにこやかに笑っているつもりだが、騎士達はなぜか強張った顔をしている。そうだよな、ちゃんと対面するのは、押さえつけて治癒した時以来だからな。でも、グラントを代表に謝罪は受け入れているし、なんでそんな青い顔してるんだ？　何かやり返しに来たと思っているんだろうか、俺はそんなに鬼じゃないぞ。

「ジュンヤ様、こんなむさ苦しいところへわざわざお運びいただき恐悦至極でございます」

グラントが礼をし、他の騎士も続く。それを見ていたザンド団長がくつくつと笑っている。

「神子《みこ》様。こいつらが必要とあらば存分に使ってくれ。俺が全面的に支援する」

「ザンド団長、ありがとうございます。お願いがあって来たんですが、俺は戦術については詳しくありません。そこはティアやダリウス達にお任せなので、あまり具体的な話はできないんですが」

「だが、また囮《おとり》になるんだろ？」

また？　いえ、あれはあなたが餌《えさ》にしたんですよね？　俺はそんなつもりじゃありませんでしたけど？　まぁ、黙っていよう。

「そうですが、敵が俺を襲うかメフリー様を狙うか、分かりません。どちらにせよ、安全の確保をお願いします。それと、皆さん。皆さんの生活を支えているのは税金で、今はそれをヒルダーヌ様が管理なさっています」

説教する気はないが、あの人は批判されても負けずに政務に携わっている。だから。

「全ての民を守る……それがどんなに大変なことか分かっていると思います。どうかヒルダーヌ様を助けてあげてください。あなた方の忠誠が、今こそ必要なんです」

「ふっ……私の言いたいことを先に言われたな」

お株を奪ってしまって謝るが、ティアは楽しげに笑っている。

「いや、いいんだ。この国を共に支える伴侶として頼もしい限りだ」

あ、逃げ場をなくす気だな？　いや、なんにせよ助けるつもりだけど!!

「ふむ。この先も安泰だな。お前ら、作戦会議だ。神子《みこ》様に迷惑かけた分、全力で働け！」

ザンド団長が活を入れると、勇ましい雄叫びが上がり、地面が揺れたような気がした。

数人ずつに分かれ、警備や監視の打ち合わせを始める。そうなれば俺みたいな素人にはもう何もできない。プロに任せ、俺は神官達とカンノッテ家にあるだろう何かについて考え始めた。

「うーん、呪《しゅ》なら四年もあればかなり酷《ひど》い状態になるよな？　となると、水か」

呪《しゅ》の影響はカンノッテ家だけでは済まないはず。でも、体調不良は家族だけみたいだった。

「そうだな。瘴気《しょうき》のありかが分かっていれば、調達してカンノッテ家を穢《けが》すのは簡単だ。だが、チョスーチが浄化された今後は、入手が難しくなるだろう」

「あ、そうか……穢《けが》れた土地全部に浄化が行き届けば、今後、近場での入手は難しくなる」

下流域もすぐ浄化されるはずだ。となると、まだ浄化の届いていない地に行く必要があり、北部か、新しく瘴気《しょうき》が発生したという王都に調達に行くことになるだろう。となると、往復するのも日数がかかりなかなか大変だ。その何者かは、自身が瘴気《しょうき》に晒《さら》される危険を知った上でやっているんだろうか。俺達が去った後も、手を出せないようにする必要もあるよな。浄化の魔石をユーフォーンに設置し、何をしても無駄だというパフォーマンスをしたらどうだろう。

「とりあえず、領内で水源から一番遠い街はテッサだ。調査させよう」

ティアがケーリーさんに指示する。それから、もう一つの問題……サージュラさんだ。

敵からしたら、彼は裏切り者扱いかもしれない。となるとサージュラさんは逆上した敵に襲われるかも。もしも国内で怪我をしたら、カルタス王国の責任にされる可能性もある。……無断で来ていたとしても、相手は王族。強引にこちらに非を認めさせ、自国に有利になるよう交渉してくるだろうな。

大人しくしているという言葉を誰一人信じていなくて、ちょっとだけ笑ってしまった。

「ただ、残り一人の敵が狙うとしたら、サージュラさんより俺だと思うけど……」

「ジュンヤ様、最悪、本館にサージュラ殿を監禁すれば安心です」

エルビス、爽やかに監禁なんて言っちゃダメだぞ。

「うん。離れから出ないよう目を配ってもらうとして、本邸の協力者が必要だな。ヒルダーヌ様が知れば余計なお世話って言われるのは目に見えている」

「執事のリンド殿に頼みましょう。バルバロイ家に長く仕え、二人の仲違いに心を痛めている忠実な使用人です。きっと力になってくれるはずです」

エルビスから彼に頼んでもらおう。

話が終わり、午後からは夜会でジェームズ様と約束した通り、カンノッテ家に向かう。

「マテリオ、サポート頼む」

「任せておけ」

頼もしい返事をもらい、俺は顔を上げた。残る一人の残党と、その背後にいるはずの貴族か。

ティアとダリウス、大事な二人の笑顔のために、いざ作戦開始だ！


いざ行かん、カンノッテ家へ。

マテリオとソレスと一緒にカンノッテ家に向かっている。今回、恋人の三人はついてきていない。侍従のエルビスはともかくとして、あの二人がいると必要以上の騒ぎになってしまうから外したのだ。

ティアは単純にこの国の王子だし、ダリウスは俺の護衛だが、当主の子息で、メフリー様の元婚約者。領民の間で勝手な憶測が飛び交い、コントロールできなくなる可能性が高い。それにエルビスも、ヒルダーヌ様の屋敷でサージュラさん対策に回っている。つまり、同行している庇護《ひごしゃ》者はマテリオだけ。まぁ、他の護衛はいるし、魔石もあるから大丈夫だろう。

「ジュンヤ様。調査によると、カンノッテ家の周辺では健康被害等の問題は起きていません」

ソレスが報告してくれた。マナは奉仕するという名目で神殿に残り聞き込みをしている。本当は俺も神殿に挨拶をしに行くべきだが、今はそれどころじゃない。

「それなら水路への仕込みはないいな。家の中か……」

「使用人にはさほど影響が出ていないらしいと聞きましたが、本当でしょうか」

「そうなんだ。う～ん、マテリオはどう思う？」

「水を穢《けが》すとしたら調理場だな。主人と使用人の生活スペースは明確に分けられている。それから給仕。配膳時に目標物にのみ混ぜる手もある」

「証拠になる水があるはずだよな」

前もって三人で可能性を想定し、スムーズに調べられるように打ち合わせている。

「とりあえず挨拶しながら握手しまくるか。光れば当たりだよな？」

「ふむ……信頼を得るため、最初に当主を癒《いや》すのだろう？　続いてメフリー様。その後なら、使用人にも慈悲を与えると言って全員に会い、手に触れて回れるかもしれないな」

「でも、使用人の誰にも瘴気《しょうき》の影響がなかったら？」

外部侵入説もまだ外せない。

「後ろ暗いところのある者がいたら態度に表れるかもしれませんね。相当図太い神経の持ち主でなければ。ジュンヤ様を目の前にして冷静ではいられないと思います」

あとはとにかくカンノッテ家内部の様子を見てから、だな。全員と接触するには、ソレスが言うように「慈悲を与える」という文句が一番だろう。

「使用人を癒《いや》す際は、特に神子《みこ》の威光を押し出すように接してみろ。犯人の罪悪感を煽《あお》れ」

……黒いなマテリオ。だが、実行あるのみだ。

「到着しました」

馬車が止まり、近衛が外から扉を開けてくれる。

「ジュンヤ様、屋敷内で供をするのはラドクルトとウォーベルトです。ご安心ください」

ラドクルトが屋敷のドアノッカーを叩く。さあ、後には引けないぞ。

「神子《みこ》様、よくお越しくださいました」

「えっ⁉　ジェームズ様？」

迎えてくれたジェームズ様は、先日と打って変わって生き生きとした顔をしている。

「ジェームズ様！　随分とお元気になられましたね」

「はい。神子《みこ》様のお情けでこの通りでございます」

本来なら客は執事が出迎えるものだが、自ら迎えたいと思うくらい調子が良くなったんだな。出だしは好調だ。

「父を先に浄化してくださるとのお話でしたが、もし良ければ弟を先にお願いできますか？　父にもそう頼まれております」

「もちろんですよ」

「ジェームズ坊ちゃん！　お客様が到着してすぐにご用をお願いするなど失礼です!!　おもてなしをご用意しておりましたのに」

「執事さんですか？　お気になさらず。病人を癒《いや》すのが先決です」

笑顔で返すと年配の執事は固まってしまった。この人も顔色が良くないな。

「おやおや、神子《みこ》様の神々しい美しさに魅入られてしまいましたね。ですが、確かに不躾《ぶしつけ》でした。

どうしても弟のことが気がかりで気が急いてしまい、大変失礼をいたしました」

「いえいえ。善は急げと言います。案内してください」

石化から復活した執事さんに先導され階段を上ると、嫌な臭いが漂《ただよ》ってきた。

——これは間違いなく瘴気《しょうき》。世話をする人まで体調を崩すレベルだ。

「止まってください。お二人共、終わるまでこれを持っていてください」

俺は常備している袋から、浄化の魔石を取り出した。

「こ、これは⁉」

「浄化の魔石です。ジェームズ様も、せっかく癒《いや》したのにまた病にかかってはいけませんからね。これがあればお二人共守れます」

「なんという輝き……恐れ多いですがお借りします」

これで安心だ。歩みを再開し、嫌な臭いが特に濃い一室に案内された。

「メフリー、起きているかい？　神子《みこ》様が訪問してくださった。きっと元気になれる」

部屋の窓際、ベッドに近づくと、そこには骨と皮だけと言えるほどにやつれ果てた男性が横たわっていた。薄水色の髪はくすみパサつき、艶も失い肌も唇も乾燥して荒れている。呼びかけに薄っすら覗いた淡いグリーンの瞳は、生気が感じられない。

「あ、に、うえ……」

「メフリー様。はじめまして。私はジュンヤ・ミナトと申します。今日はあなたのお力になりたくて来ました」

「黒い……？　みこ、さま？」

「はい。そう呼ばれています。お手に触れてもよろしいですか？」

かすかに頷いたのを確認し、右手に触れる。こんなに痩《や》せ細った状態から、助けられるだろうか。

意識を集中すると、メフリー様の体内に巣食う瘴気《しょうき》を感じる。体の奥深くまで食い込んだそれを、俺の中にゆっくり移動させていく。瘴気《しょうき》を引き出しながら、治癒と浄化を流し込む。いきなりたくさんやると、弱ったメフリー様の体が驚いてしまうかもしれない……

強い瘴気《しょうき》というより、蓄積して重症化しているようだ。これは呪《しゅ》じゃない。穢《けが》れた水を飲んでいた人達と同じ症状だ。でも地理的に、チョスーチから遠い街で出るような症状ではない。つまり、わざわざ穢《けが》れた水をカンノッテ家に運んでいた奴がいる。

許せない……この人を必ず助けてみせる！

感情に流されないよう、ゆっくりとメフリー様の瘴気《しょうき》を自分の中に取り込んで浄化した。徐々にあの嫌な臭いが消えていく。だが――突然吐き気が込み上げてきた。

「つはぁ……はぁはぁ、うぇっ……ごめ、少し、やす、む」

眩暈《めまい》と吐き気に襲われ跪《ひざまず》く。

「ジュンヤッ!!」

素早く支えてくれたマテリオの腕に縋《すが》りついた。

「ごめん……気持ちわる……吐きたい……」

「神官様、こちらへっ!!」

マテリオに抱かれ、執事さんの案内で手洗い場へ誘導される。洗面台に着いた途端に、耐えきれずに吐いてしまった。ついてきたジェームズ様にまで見苦しいところを見られて情けない。

「大丈夫か？」

へたり込む俺を支え、背中をさすってくれるマテリオまでつらそうだ。

「ん、吐いたら少しスッキリした……」

「力の消耗《しょうもう》は大丈夫か？　無理をするな」

「消耗《しょうもう》がつらいっていうより、瘴気《しょうき》のタチが悪い。何年もかかって蓄積してるから、一回では終わらないな。なぁ、ちょっと、口をゆすぎたい……」

「神子《みこ》様、こちらを」

執事さんのくれたグラスに口をつけようとして、思うところがあってまず水に指を入れてみた。予想通り、水が一瞬キラリと光る。マテリオと視線を合わせた。

「執事殿、この水は誰が？」

「調理場の水道から汲《く》み置いたものですが……な、何か失礼を!?」

「いえ、あなたのせいではありません。ジュンヤ、浄化してから使おう」

グラスの水を魔石で浄化してから口をゆすぎ、やっと気分がマシになった。

「神子《みこ》様、執事が失礼を？　それに先程の光は？」

ジェームズ様と執事さんは目を白黒させている。

「今の光は、病の元凶が水に混ざっている証で、光ったのは浄化されたからです。……メフリー様にはまだ浄化が必要ですが、今日は体調が優れないので、後日でもいいですか？」

軽い症状の人なら続けても良かったが、メフリー様は手強い。ジェームズ様が了承してくれたので助かった。

「神子様《みこ》、お加減は？」

「大丈夫です。少し反動が来ただけです。ですが、大元を断たなければ、浄化をしてもまた同じことの繰り返しです。……ジェームズ様。失礼ですが、人払いをお願いします」

執事達に離れてもらい、ジェームズ様、マテリオ、俺だけになった。

「率直に申し上げます。ご家族に毒――正確には瘴気《しょうき》が混ざった水を仕込まれているんです」

「そ、そんな！　……いえ、言われてみれば弟は神官の治癒を受けても回復の兆《きざ》しがありません。しかし、そうなると――」

「はい。内部犯ですね」

「ですが、皆、古くから仕える家族同然の者達です！」

この状態で内部犯を疑わないのはおかしい。それだけ忠実な使用人達ということか。それとも、実は外部犯？　いや、それにしては瘴気《しょうき》の蓄積が多すぎる。

マテリオを見上げると、考えは同じようだ。やはり、この家の全員と接触しなければ。

「……ジュンヤ、無理はいけない。出直そう」

「大丈夫。力の消耗《しょうもう》はそんなにないよ。ただ、さっきは猛烈に気分が悪くなってさ。やれるよ」

手を借りて立ち上がると、ジェームズ様は青い顔をしている。

「誰かに脅迫された実行犯がいるかもしれません。その陰にいる者を見つけなければいけないんです。どうか、使用人全員と会わせてください」

「分かりました……」

「では、まずお父上の治癒をしましょう。そして、今の件について相談しましょう」

今日メフリー様にできるのはここまでだ。次で完全に浄化する。そして、同じようにカンノッテ子爵の治癒をした。瘴気《しょうき》は確かにあったものの、メフリー様ほどではなかった。やはり彼がターゲットで間違いない。

カンノッテ子爵の治癒をしながら、調査のために治癒を理由に使用人達を集める許可を得た。治癒を終えて、緊張した面持ちの使用人がずらりと並ぶ大広間に案内される。

「今日は神子《みこ》ジュンヤ様が当家を慰問《いもん》してくださった。使用人も労《ねぎら》いたいというお言葉をいただき、皆にも集まってもらったのだ」

「ご病気のメフリー様を支える皆さんも癒《いや》したいのです」

神官ズに訓練された慈愛の微笑みを湛《たた》え、ティアからスパルタ教育を受けた、優雅で洗練された動きで、各人の目を見ながら次々に使用人達の手を握る。

俺の持論だが、後ろ暗いところのある人間は、それが絶対に目に表れると思っている。どんなに善人に見えても、目を合わせて違和感を覚えた時は、信用できない。

「さぁ、手を貸してください」

微笑みを絶やさず、一人一人手を握っていく。影響が少ないと聞いていたが、しっかり瘴気《しょうき》に侵されている。メフリー様の世話や、瘴気《しょうき》を持つ水の近くにいるせいかもしれない。特に調理場のメンバーがその傾向にある。中年の料理人の手を取った時、これまでより強い瘴気《しょうき》を感じた。目を覗き込むと、気まずそうに逸らす。

――当たりかな？

「体調の悪いところはありませんか？」

「はっ？　えっ⁉　い、いえっ‼　何も！　ございません」

顔を強張らせるおじさん。無意識だろうが俺が掴んでいた手を引き抜き、汗を拭うように額や首筋を撫でる。基本、正直者なんだろうな……

「デイブ！　何か隠し事でもあるのか？」

おっと、ジェームズ様が暴走しそうだ。

「ジェームズ様。この方はきちんとした治癒が必要です。別室で治癒をしましょう」

「あ、ああ、そう、ですね……」

暴走、ダメ、絶対！

この人が関連している可能性があっても、周囲には知られないほうがいい。脅された被害者の可能性もあるし、噂が流布したら彼は街にいられなくなるかもしれない。罪を償《つぐな》う必要はあるが、追放のようなことはしたくない。

「では、こちらの部屋に」

執事さんが別室を用意してくれたので、おじさん――デイブさんにはそちらで待ってもらう。引き続き使用人達の手を握ると、みんな軽い瘴気《しょうき》を抱えてはいたが、触れるだけでさくさく浄化されていった。何人か、真っ赤になってぼんやりした顔で手を離してくれない人もいたが、まぁ許容範囲だ。

さぁ、おじさんに事情を聞こう。別室に移動すると、デイブさんが青い顔で震えながら椅子に座っている。

「お待たせしました。他の方は皆さん軽症でした。では、浄化をしましょうか」

彼については確認しただけで、あの場ではちゃんと治癒しなかった。治癒の力は神聖なものだと位置付けられているので、治癒を受ける側には貴重な機会として知らしめようと言われていたんだ。

確かに、俺の身を削っているんだから、簡単にできると思われちゃ困るよな。

「し、しかし、俺、いや私みたいな庶民が神子《みこ》様に治癒をしていただくなんて！」

「この力は民のためにあるんですよ」

この言葉は本気だ。本物の悪人ならともかく、このおじさんは見る限り普通の人じゃないか。

「さぁ、手を」

恐る恐る差し出された手を握る。何度もしてきたが、全員が同じ症状な訳じゃない。人それぞれ違うんだ。だから、いつだって本気でやる。メフリー様に比べたらずっと簡単だったが、仰々しい仕草で浄化を終えた。

「ううう……み、こ様……!!　うぅ……っ」

デイブさんの瘴気《しょうき》は完全に浄化した。泣いているのは感激からか、それとも罪悪感か。

「どうしました？」

俺は立っていたのだが、見下ろすデイブさんの大きな体がブルブル震えて小さく見えた。その肩にそっと手を置くと、号泣し始める。そして、椅子から下りて両膝をつき、床に頭を擦《こす》り付けた。

「ジェームズ様、お許しください！　私は許されないことをしてしまいました‼　し、しかしながらっ！　ううっ……息子がっ！　息子の命が……」

「デイブ、そなたが我らを裏切ったのか⁉」

殴りかかりそうなジェームズ様の前にラドクルトがすっと立ち、デイブさんの盾になる。

「ジェームズ様、お待ちを。何やら事情がある様子。お怒りはごもっともですが、まずは話を聞いてからにしましょう」

「ラドクルト様……あなたは、伯爵家の出自でしたね」

実家の爵位で言うとラドクルトのほうが上だ。だから爵位を持たないウォーベルトではなくラドクルトが、ジェームズ様の前に立ったのか。

「今、爵位は関係ありません。殿下や神子《みこ》と共に平和のために働くただの騎士です。ジェームズ様も平和を求めておられるのなら、今は冷静になられてください」

「ああ……つい、カッとなってしまい、すみませんでした」

落ち着いたジェームズ様とデイブさんを椅子に座らせる。

「デイブさん、どうか教えてください。誰かに水を渡されましたね？　何があったんです？」

「……最初は、酒場でした。仕事終わりに呑んでいたら、見知らぬ男が相席になりました。それ自体はよくあることなので気にしなかったんですが、数日後に偶然また会って、一緒に酒を呑みました。そうしたら、王都で文官になったうちの次男の話になりました」

「息子さんは王都にいるんですか」

デイブさんの息子は五年前、試験に合格して王都の文官になった。男はそれを知っていることを示唆しながら、メフリー様の飲食物に入れろと言って小瓶を渡してきた。従わなければ、息子に危害を加えると脅された……

「実行すれば宰相付きに出世させてやると言うのです。最初は無視していました。ですが、ある日息子から手紙が届いて、一つ上の階級に出世したと、嬉しそうに知らせてきました」

怯えた目で俺を見る。デイブさんは、それを報酬の先払いと考えたんだろう。

「そして、今度は家にまで来ました！　住所を教えていないのにです！　酒場で仲良くなったと言って、妻は何も知らずにもてなすし、俺はどうしたらいいか分からず……妻の命も握られていると思いました」

男から渡される瓶は香水瓶くらいのサイズだという。デイブさんは試しに渡された瓶の水を一滴取って舐《な》めてみたそうだが、何も起きなかった。だからタチの悪い悪戯《いたずら》かと思って、メフリー様の飲み物に混ぜた。やはり何も起こらない。その後も入れる前に自分で舐《な》めて確認し、使い続けたそうだ。

少しずつメフリー様が体調を崩し、ついに倒れた時も、それが原因だなんて思わなかったらしい。自分も体調の優れない日が続いたが、疲労と心労によるものだと思っていた。ただ、なんとなく嫌な感じがしたので次からは嫌だと断ると、また脅された。

「息子は、異例の速さで出世し続け、宰相付きになる寸前です。それを失脚させると……それどころか、命も保証できないと言われて。俺はバカでした！」

出世したのが男の力か本人の実力なのかは定かじゃないが、デイブさんは自分の行動がきっかけだと考えていた。

「ラド、息子さんに心当たりあるか？」

「ええ。貴族や豪商の子以外で出世すれば、目立ちますから。至って真面目な青年ですよ。ですが、確かに少々出世の勢いが良すぎるようには思います」

「そうか。本人の実力もそれなりにあるってことかな」

ティアに保護してくれるよう頼もう。

「問題は、その男だな」

改めてデイブさんに向き直る。

「男はどれくらいの間隔で会いに来ますか？」

「二ヶ月に一度くらいです。さ、最後に会ったのは二週間ほど前……でしょうか」

「それならしばらく来ないか……」

しかし、接触してくるのがそのスパンなだけで、監視のためか街に住んでいるらしい。

「神子《みこ》様、よろしいですか？」

ジェームズ様が我慢できないといった風に声をかけてきた。顔が真っ赤だ。

「いつ何に入れていた！　飲み水か⁉」

「は、はい。水差しの水に混ぜました……」

「お前……！」

なるほど、水差しならメフリー様以外の人が使うことはない。少量でも定期的に摂取すれば、確実に体は蝕《むしば》まれる。この人に瘴気《しょうき》が蓄積したのは、自身も毎回口にしていたから。

「お怒りはごもっともですが、家族を盾にされたんです。それに、この件にはたとえ貴族でも対処が難しい相手が絡んでいます。今は我慢してください。一緒に対処しましょう」

「ジュンヤ、ひとまず当主に報告しよう。その料理人にも、もっと話を聞きたい」

マテリオに言われ、回復した当主も交えて話をすることになった。デイブさんは更に縮こまっている。

当然カンノッテ子爵も激怒したが、事情を話してどうにか抑えてもらった。まぁ……四年間も裏切られていたんだから、怒りは当然だ。

「つまり、そいつらはヒルダーヌ様とうちのメフリーの結婚を阻みたいのですね？　いや、敵の親族や手先が、メフリーの位置に成り代わろうとしている……」

「はい。メフリー様が健康になったら、敵は直接狙ってくるかもしれません。十分に警戒してください」

でも、今はメフリー様を動かせない。俺は前から考えていたことがあった。

「私がメフリー様を癒《いや》し、無事に結婚できるようになったと大々的に発表します。何度病にかかったとしても、私の力が彼を守護すると見せつけます」

「ジュンヤ、待て」

「ジュンヤ様！　お待ちください！」

黙って聞いていたマテリオとラドクルトが厳しい声で制してきた。

「お前が囮《おとり》になる気か？」

「一番目立つ的《まと》だと思わないか？　メフリー様には厳重に警護を配置して守りを固める。瘴気《しょうき》の入手が難しくなった今、敵は俺かメフリー様を狙うだろう」

俺なら、選手時代には程遠いけど、トレーニングで脚力も戻ってきている。

「勝手に決めてはいけません。殿下や団長に相談してください」

「なぁラド。本気でこれ以上の選択肢が他にあると思ってるか？」

「それは――」

まぁ、ないよな。ザンド団長なら即答で許可するだろうし。ディックの時とは違って今回は自ら囮《おとり》になる訳だが、自分の提案だし、協力者もたくさんいる。敵は一人……いても少数だ。

そいつを生け捕りにすれば、王都にいる第三妃は焦ってボロを出すかもしれない。

「神子《みこ》様を危険に晒《さら》すなど許されません」

ジェームズ様の気持ちは分かる。でも……

「もちろんあなた方のためでもあるけれど、俺自身の意志で戦うんです。それに、ヒルダーヌ様がメフリー様に拘《こだわ》るのには理由があるはず。あの人は長い間一人で苦しんでいた。カンノッテ家の皆さんも、俺と一緒に戦ってください！」

俺の決意は変わらない。全員で作戦を成し遂げるんだ。

「――神子《みこ》様の勇気に心酔いたしました。我が一族の総力をもってご協力いたします」

カンノッテ子爵は頷いて、決意を固めてくれた。

「ジュンヤ……止められないのだな」

マテリオは複雑そうな顔をしている。俺は、ごめんなと笑いかけた。

「でも、当然ながら死ぬ気はないぞ。これから戦う敵は残党の一人だけかもしれないが、最後はその裏にいる奴に一撃喰《く》らわしてやるんだ。手伝ってくれ」

「……分かった。共に戦おう」

拳を前に突き出すが、マテリオは不思議そうな顔でそれを見ている。ああ、知らないよな。

「気合を入れる時、拳をぶつけるんだ。ラドも出して」

二人が突き出した拳に俺の拳を当てると、ジェームズ様も拳を差し出した。

「ジェームズ・カンノッテ、領と神子《みこ》様のために戦います！」

みんなで気合を入れ、作戦会議だ。ヒルダーヌ様にはカンノッテ家訪問を知らせていないので、帰ったら俺から報告。それから、カンノッテ家は今日のことは使用人にも口止めをする。

メフリー様は、次の浄化まで少しでも体力を回復、温存するよう努めてもらう。デイブさんは事情聴取するので、騎士が預かりバルバロイ家で一時保護する。カンノッテ子爵は彼の処遇に不満そうではあったが、了承してくれた。

そうして、今日のところはカンノッテ家を後にする。メフリー様の浄化はまだ半分程度だが、状態はかなり良くなるはずだ。そしてヒルダーヌ様。あの人の憂《うれ》いが晴れることで、やっとバルバロイ領の浄化は完了するんだと思う。

前へ、ただ前を向いて。馬車の窓から街の風景を眺めながら、作戦を巡らす。

「ジュンヤ……」

向かいに座るマテリオが呟くように俺を呼んだ。

「ん？」

「お前は、綺麗だな」

「えっ……？」

思わずぽかんと口が開いてしまった。

「魂が、綺麗だ」

俺を見つめるマテリオは、今まで見たことがない笑みを湛《たた》えていて、目が離せない。心臓の音が煩《うるさ》い。マテリオにまで聞こえてしまいそうだ。顔に熱が集まっていく……

「何……言ってんだよ」

「本気だぞ？」

ルビーの瞳に吸い込まれるように、体が前のめりに傾く――

「お二人共！　私がいるのを忘れないでくださいね！　ここで交歓《こうかん》は困ります！」

あっぶねーーっ!!　ソレスがいなかったらキスしてたかもぉぉ～～!!

「い、嫌だなぁ。そんなことする訳ないだろ？」

「いいえ！　イイ雰囲気でした。私のいないところでしてください！」

「そんなつもりではなかったぞ？」

「ほら、マテリオもこう言ってるし」

「そうは見えませんでした……」

疑いの目で見てくるソレス。うん、いや、本当に危なかった。声かけられなかったら抱きついていたかも。なんか吸い込まれそうだった。あれはときめき……いや、違うって！

「えーっと。か、帰ってみんなに相談しなきゃな！」

「ジュンヤ様、囮《おとり》作戦は殿下達がお怒りになりますよ。覚悟されたほうがいいですね」

「だが、我々が絶対に守る」

マテリオの真剣な眼差しに、またどきっとした。

「う、うん。俺も、気合入れるから！」

なんだよ。やたら男前発言するせいか、マテリオがめちゃくちゃいい男に見える。

「ジュンヤ様、どうせなら民への奉仕も大々的に行いましょうか。神殿にも協力を仰ぎます。神子《みこ》ジュンヤ様の慈悲深き御手が大勢を癒《いや》すとなれば、敵は気にならないはずがありません。護衛はもちろん厳重にして、ですが。どうですか？」

派手なパフォーマンスで敵を釣る。それはいい手に思えた。だが、俺の過保護な恋人達が許可するか？　それだけが気がかりだ。

目の前で三人の恋人達が仁王立ちで俺を見下ろしている。近衛とグラント達の顔は引きつり、侍従や神官は目を逸らす。まっすぐに見守ってくれているのはザンド団長とマテリオだけだ。

そんな凍りついた空気を変えたのはザンド団長だった。

「おいおい。そんなおっかない顔で睨んだら、神子《みこ》様がビビっちまうだろぉ？」

助かります、その軽さ。そして、それが計算だってもう分かりました。あなたはそうやって周囲を調整してきたんですよね。

「だがな、ザンド。ジュンヤの身を危険に晒《さら》すのだぞ」

「だから俺達も全力でお手伝いしますって。どうも神子《みこ》様は一人で突っ走る無茶な男らしいですが、こうしてちゃんと相談してきたんじゃないですか。事後承諾とはいえ、守ってやるのが漢《おとこ》ってもんですよ？　惚れ直して殿下にメロメロになっちまうかもな。ダリウスより心の広い殿下のほうが素敵～ってな具合に」

「……ふむ？」

「おい、絶対そんなこと言わせねぇからなっ！」

顎《あご》に手を当てるティアをよそに、ダリウスがザンド団長に食ってかかる。

「坊主もだ。神子《みこ》様がお前の強さに惚れ惚れして、恋人の中で一番素敵！　今すぐ抱いてぇ～ってベッドに飛び込んでくるかもしれんぞ？　それとも、やっぱり結婚はダリウスだけにするって言うかもな？」

「……エロかわジュンヤ……最高にいい……」

「真面目ちゃんもな。かっこいいところを見せて、普段は侍従でもベッドでは俺の主人になって……なんてのもありだなぁ」

「そ、そんなことジュンヤ様は言いません！　破廉恥です!!」

ザンド団長は俺のモノマネのつもりなのか、しなを作って三人を唆《そそのか》す。

「ザンド団長。全っ然似てないし、気持ち悪いからやめてください」

「似てないか？」

「似てません！」

本当にすっとぼけてんな。負けるわ。

「そこの神官殿も、漢気《おとこぎ》見せて昇格を目指してみろや」

「——昇格、ですか？」

「ああ。それに、あんたは手伝う気満々で、それを神子《みこ》様は喜んでる。他の三人より一歩リードしてるよなぁ？　頼りになるところ見せつけて、そのまま恋人に昇格しちまうんじゃねぇ？」

そう言われてもマテリオは無の境地みたいな顔をしていてよく分からないが、その後もザンド団長が三人を煽《あお》りまくり、作戦決行が決まった。動機が不純なのはこの際スルーしよう。

やると決まった途端、ティアの顔がキリッと切り替わる。

「では、ザンド、ダリウス、グラント。カンノッテ家の防備については結界石と騎士の配置を。人員は任せる。結界石はアナトリーにも協力を仰ぐ。騎士全員に知らせよ——この作戦は、次期領主とその伴侶を守るためのもの。全ての騎士に、その意義を叩き込め」

騎士組の顔も一斉に戦闘モードに変わり、俺も思わず姿勢を正した。

「もしヒルダーヌの継承に疑問がある者がいたら、私が認めた男であることをしっかりと理解させろ。従えぬのなら、本家の騎士棟にて待機を命じろ。罰は与えないが、協力しない者は今は邪魔でしかない」

王のごとき貫禄で指示するティアに、みんなが釘付けになっている。

「アズィトでは魔導弾が使われたので、また使用されるのではと不安もあろう。だが、あれは魔導士の魔力と魔石を大量に消費して作製される特殊な武器。そうそう数を確保できぬ。アナトリーに魔法の痕跡を調査させよ」

何か考えているのか、ティアは一度言葉を切り、小さく頷いた。

「共に調査へ向かうのは、水魔法に強い騎士がいいだろう。魔導弾《あれ》は火魔法を組み込んでいるゆえ、水魔法で相殺できる者が適任だ。この隊には、ルファを始め強い水魔法を持つ騎士を厳選する。王都の騎士には魔導弾への知識を与えている。必ずや役に立つぞ。グラント、そなたに我が騎士を預ける」

「はっ！　御意」

ティアは、ザンド団長の意見も取り入れながらどんどん指示を出していく。こうして指揮している時のティアは眩しいくらいかっこいい。

「ジュンヤ様」

「あっ、エルビス」

「本当に無茶をなさるんですから……目が離せませんね」

「勝手に決めてごめん」

反対されても説得して決行したとは思うが、強引に進めてしまった自覚はある。

「いいえ。今回は必要なことだと思っています。ただ、少しだけ、もどかしいのです。私は防御でしかお役に立てないのですから」

「戦いだけが役に立つ方法じゃないだろ？　エルビスの強い想いは届いてる。それと同じくらい、俺も守りたい。いつだって一緒に戦ってるんだ」

「――はい、いつもあなたと共にあります」

エルビスの表情から迷いが消えた。過保護なのは俺が心配ばかりかけたせいだ。

作戦会議が終わり、怒られるのは覚悟の上で、俺はヒルダーヌ様に会いに行った。部屋に向かう途中で、マテリオが追いついてくる。

「私も行く。神官が瘴気《しょうき》の影響だとはっきり宣言すれば、ヒルダーヌ様の気持ちも多少収まるかもしれない。瘴気《しょうき》の浄化は神子《みこ》にしかできないのだから」

「ありがとう。心強いよ」

ノックをして部屋に入ると、ヒルダーヌ様が険しい顔で俺を睨みつけた。

「ジュンヤ様。私の騎士を勝手に動かしているのはあなたですか？」

「ええ、そうです」

怖いけど、負けるもんかと気合を入れてきたんだ。

「実は、夜会でジェームズ・カンノッテ様と懇意になり、お宅へ訪問して参りました。そこで、お父上とメフリー様を治癒しました」

「それは了承していましたが、なぜ私に訪問時間を知らせなかったのですか？　当家を預かるのは私です。勝手をされては非常に迷惑です」

「他人の介入を避けたかったんです。私と神官だけで訪問したかった。それに、あなたがいたら揉《も》めるかもと思ったので。ヒルダーヌ様、あなたはメフリー様の病の理由に気がついていたんじゃないですか？　だから夜会にカンノッテ家を招待したのでは？」

メフリー様は来られなくても、家族の誰かは来るだろう。ヒルダーヌ様はずっと俺に付いて挨拶の客を紹介していたし、実は俺と会わせたかったのではと踏んでいる。

「領主代理の私の顔に泥を塗ったあなたですが、礼を言うべきなのでしょうね」

吐き捨てるように言い放つ。

「しかし――あなたも私を認めないというのか？　力不足だと!?　ならばダリウスを説得し、領に返せ!!」

激昂し怒鳴りつけられた。ヒルダーヌ様のいつも冷静沈着な仮面が壊れた。だが、それでいい。

「むしろ、次期領主にはヒルダーヌ様こそ相応《ふさわ》しいと、俺は思っています」

「思ってもいないことを。メフリー殿も、今のダリウスと会えば再度婚約したいと思うはずです。あれは領主の器を持つ男に育ちました。あなたがあれを手放せば、ですがね」

あれという呼び方は、俺への挑発かな？　でも、今回は乗らないよ。俺は、真実を告げるだけだ。

「落ち着いてください。メフリー様の病はあなたの推測通り、瘴気《しょうき》でしたよ」

「っ!!　やはり……」

「ええ。いくら神官が治療しても効果がなければ、疑いますよね。メフリー様は重症なので、途中まで浄化しました。今はその事実を伏せてもらっています」

「彼は……彼の具合はどうでしたか？　面会も断られていたのです」

「あと一度、浄化が必要です。だいぶ弱っておられますが、回復に向かうでしょう」

ヒルダーヌ様は何度も瞬きを繰り返している。落ち着こうと必死なようだ。

「私だけでは解決できなかった。やはり、私は、施政者としてふさわしくない……」

がっくりと肩を落とす彼は、酷《ひど》く疲れた顔をしている。

「そんなことはありませんよ」

「ふっ……知っているのですよ。騎士達が私の剣技に満足していないことを。貴族の不正を正す度、彼らが反発していることも!!　勝手な真似をして面目を潰し、私を追い出すのが目的ですか？」

「あなたが民を思う気持ちは伝わっていますよ。騎士だって、本心では分かっているはず」

執務をこなすことで陰口に耐えてきたのだろうが、今回の件はかなり自尊心を傷つけてしまったようだ。だが、ヒルダーヌ様がいたから民への被害が最小限だったんだと思う。

「メフリー様に関しては、ご本人にお聞きになってください。それに、俺はダリウスを他の誰かに渡す気はないし、共有する気もありません」

ヒルダーヌ様の射るような視線を真っ向から受け止める。口先で丸め込むつもりはない。俺の本気をぶつけるだけだ。

「ダリウスは俺のもので、俺もダリウスのもの。ダリウスを独占する癖に俺には他にも恋人がいるなんて、あなたは不誠実に思われるかもしれませんね。ですが、代わりに俺の全部を……命も全部、恋人達に預けてます。ダリウスの居場所は俺のいるところだ。だから、バルバロイ領には返してあげません。俺のものですから!!」

叫ぶように言い終えると、ヒルダーヌ様はぽかんとした顔で俺を見ていた。恥ずかしいことを言っている自覚はある。でも本気だ!!

「ふっ……ふふふ……くくく……っ!!」

あれ？　ヒルダーヌ様、本当に壊れちゃったか？　こんなに笑うところ初めて見たな。でも、ダリウスに似ている……

「俺、変なこと言いました？」

「――いや。盛大に惚気《のろけ》られただけですよ」

うっ！　そうですね、惚気《のろけ》ましたよ。

「……こんなに笑ったのは久しぶりです。ジュンヤ様、私の負けです。殿下が夢中になる訳ですね。優しすぎるかと思いきや、バルバロイ家の伴侶たる資質も持っておられる」

「それはどうも。ええと、今後はご協力をお願いしたいのですが、受け入れてくださいますか？」

「良いでしょう。一族の繁栄にも関わる話ですしね」

「ジュンヤ、一族の繁栄とはなんだ？」

マテリオさん、突っ込まないで。ここまで黙っていてくれたんだから、もう少し我慢して。

「あぁ……まぁ、色々あってな。じゃあ、マテリオからも説明してくれるか」

「その前にお二人にお茶でも差し上げましょう。怒りのあまり無作法をしておりました」

ヒルダーヌ様がベルを鳴らすと執事のリンドさんが現れ、お茶を出してくれた。落ち着いた様子に、どうにか第一段階は攻略できたようだと安心する。

「では、これからの計画について私からご説明いたします。後からザンド団長が騎士側の報告をしに参られます」

マテリオが今後の方針を説明すると、ヒルダーヌ様は眉を顰《ひそ》めた。

「……その方法では、確実にジュンヤ様が標的になります。危険ですよ」

「騎士達を信じます。それに、スッキリさせてから祭りを楽しみたいでしょう？　時が来たら神殿に来てもらえますか？」

「分かりました」

「あとですね、もう一つ」

これだけは聞かなくては。

「あなたを脅してきた相手に心当たりは？」

工作なしの直球ストレートで勝負だ。ヒルダーヌ様の目がかすかに泳いだのを見逃さない。

「――なんの話です？」

「申し訳ありませんが調べました。幼い頃、庭師の方が亡くなりましたよね？　ダリウスにも毒を使うと言われたんですか？」

「……」

沈黙はイエスだ。

「誰にも相談できず、苦しかったと思います。ですが、今こそ動く時です。答えなくてもいいですが、覚えておいてください。俺ならその毒も治癒できます。俺といるだけで近くの人間は守られているそうです。……あなたに話してもらえるのを、待ってますから」

それではと退室して、マテリオと目を合わせた。

「どう思う？　話してくれるかな？」

「お前に関わる人間は変わっていく。元気になったメフリー様にお会いすれば、あの方も話す気になるだろう」

「だといいな」

色々準備が終わったら神殿に行くぞ。彼らの協力が必要だ。気合を入れて準備に向かった。

計画が決まり、それぞれが準備に奔走《ほんそう》している。祭りまでには全部終わらせる予定だ。祭りの準備があるヒルダーヌ様には、基本そちらに専念してもらう。

カンノッテ家訪問から五日。神殿で大々的に治癒と浄化を民に施すというイベントが発表され、今日神殿で開催される。とはいえ、来た人全員を俺一人で癒《いや》すのは無理だから、魔石も使うんだけどな。

昨日までにひと通り準備を済ませた俺は、無駄な力を使わないように屋敷で静かに過ごしていた。開始時刻が近づき、エルビス達にまた着付けられている。前回とは違うデザインのロングジレだが……

「なぁ、エルビス。シャツが透けてるんだけど。落ち着かない……」

パラパさんから送られてきた衣装には、ちょいエロなデザインが混ざっている。全部目を通したけど、ちょっと不埒《ふらち》なアイテムまで入っていた。俺にアレを着ろと……？

今着ている薄手の黒のシャツは、Vラインの襟元にフリルがたっぷり入っている。それは我慢できる。問題は生地だ。スケスケなんだよ。着心地はいいけど、なぜシースルーにしたんだ。

「胸元は隠れますから大丈夫ですよ。絶対他人に見せたりしませんからご心配なく。今日は多くの民が神殿に集まるでしょう。熱気が籠《こも》りますから、これくらいのほうが楽ですよ」

結局こうやって言いくるめられて着ることになるんだ。まぁ、確かにジレに隠れて乳首は透けないから平気か。立っている時間が長くなるかもしれないので、ボトムスはゆったりしたものにしてもらう。

ジレには金糸で唐草《からくさ》風の刺繍《ししゅう》がビッシリ入っている。すごい作業量だ。技術の粋《すい》を集めた作品だから大事にしよう。

着付け後、コミュ司教にもらったお守りのペンダントを首にかける。なんとなくコミュ司教に叱《しっ》咤《た》激励されている感じがして、ずっと身につけているんだ。

「――さぁ、みんな。今日は神経を使うかもしれないけど、気を引き締めていこう。頼むぞ？」

神殿でド派手に浄化を行い、刺客の目を引く。ダリウスはバルバロイ家の人間として出席するので、警備が緩そうに見えるはずだ。代わりの警護は、なんとザンド団長直々だがな。恐れ多いが、ザンド団長は継承権を放棄している。だから、ダリウスのほうが格上なんだとか。

馬車で移動するが、神殿に近くなると、たくさんの人々が通りで行列を作っていた。

「中に入りきれなかったんですね」

エルビスも驚いている。

「この中に敵がいるのかな？」

「確認には来ているかと。動くかどうかは分かりませんが」

「動いてもらわなくちゃ困る」

「ジュンヤ様。結界はありますが、くれぐれも気をつけてください」

「うん。死にたくないからね」

周囲に手を振りながら神殿に着くと、通りで見たより遥かに多くの人が待ち受けていた。

威厳ある態度と優雅な所作を忘れず、微笑みを絶やさない……

練習した動きを確認する。馬車を降りる瞬間から、戦いは始まる。

神殿の前で待っていたのはマテリオだ。儀礼用の神官服だが、夜会の時と違い白に金糸の刺繍《ししゅう》がされていて、より神聖な雰囲気が漂《ただよ》う。手を借りて踏み台を下りる間、多くの人の視線を感じた。

しずしずと神殿内に入り、神官達の居並ぶ広間をまっすぐに進む。その先にユーフォーンの司教と、ティア、ヒルダーヌ様、ダリウスが待っている。

神殿内には、体調の優れない民を優先して入れている。彼らの治癒と浄化を行い、その後水を配るんだ。

「神子《みこ》ジュンヤ様、この度は南のチョスーチの浄化にご尽力いただき、神殿より心からの感謝を申し上げます」

「民に幸福と平安をもたらすことが私の務めです」

打ち合わせ通りに進め、神官が大きな水瓶をいくつも運んでくる。池での一件で、穢《けが》れのない水も浄化ができるし、意識をして力を込めれば光を放てることも分かった。

つまり、普通の水にも浄化を込められるんだ。実は、まだユーフォーン神殿の人達には浄化を見せていない。初めて見るほうが素直な反応をするので、より浄化の奇跡をアピールできるというティアの作戦だ。

「神子《みこ》様。こちらの水に、慈悲の力をお与えください」

前に出て、水に指を浸けて集中する。全ての音が途絶えて、世界にたった一人になったような気分だ。

この水が全てを癒《いや》し、平和な世の中になりますように……

みんなの大事な人が笑顔になりますように……

目の前にある全ての水瓶に力を流し終えて息を吐き出した。水がキラキラと虹色に輝くのを確認して、成功に思わず笑みが零れる。

そこでやっと、背後がざわついているのに気づいて振り向いた。

「どうしまし……た」

司教様と神官が泣いている。驚いた俺に、マテリオが微笑みかけた。

「光るお前の姿を見たのだから当然だ。あんなに強く美しい七色の光を放てる者は、神子《みこ》の他に誰もいない。神官なら誰でも知っている」

そうか。俺、また光っていたのか。

「司教様、大丈夫ですか」

「ううう っ……ずいません……か、感激じで、じまい……」

司教様だけじゃなく、患者達までもらい泣きしたのか、神殿内のみんなが泣いている。

「あまりの力の強さに、一部の民にも光が見えたようだ。司教様はそのうち落ち着くだろう。さぁ、次は病の民を癒《いや》そう」

マテリオは見慣れているからか、あちこちで泣き声がするカオスな空間でも冷静沈着だった。差し出された手に右手を乗せ、エスコートされながら患者の待つ席へと向かう。

このイベントの噂を聞きつけてやってきた近隣の民もいる。座っていられない人のために横になるスペースもある。そこに力なく横たわる一人に近づき、膝をついた。

「み、神子《みこ》様っ！　跪《ひざまず》かれては権威が損なわれます!!」

近くにいた人や正気に戻った神官が慌てている。

「このくらいで下がる権威なら、大したものじゃありません」

一番具合が悪そうなおじさんは、頭を持ち上げることさえできない。そんな人を起こすなんて鬼畜すぎるだろ。

「神子《みこ》さ……ま……申し、わけ……」

「申し訳ありません、すぐ――」

傍にいた息子らしき人がおじさんを起こそうとするが、それもやめさせる。

「いいんですよ。手をお借りしますね」

タコのできたカサカサの手を握る。多分、農民だな。農耕具を握り懸命に働いた手だ。この地を耕す大事な手。浄化が終わると、おじさんの目には生気が戻っていた。

「父さん？」

「あとは消化に良く栄養価の高いものを食べさせてあげてください。きっと元気になりますよ」

「あ、ありがとうございます!!　父さん、頑張ってここまで来て良かったな」

息子が涙を流して父親を抱きしめる。おじさんも優しくその背中を撫でていた。うん、良かったな。こういう光景を見るためにやっているんだ。

その後も十人ほど治癒と浄化をすると、離れた場所で見ていた人々が囁《ささや》き合うのが聞こえてくる。上手く聞き取れないけど、少なくとも反感ではなさそうだ。

「神子《みこ》様。メフリー様が到着しました」

神官が告げると、ヒルダーヌ様の眉がピクリと動いた。ジェームズ様に付き添われ担架で運ばれてきたメフリー様は、先日よりはいくらか顔色がマシだ。だが、まだ瘴気《しょうき》の苦しみに苛《さいな》まれている。

「メフリー様。体調が良くないのに、来ていただいて申し訳ありません」

「いいえ……先日の治癒で、だいぶ楽になりました……」

「神子《みこ》様のおかげで、少し食欲も戻ってきています」

「そうですか。今日、全て浄化しますからね？」

担架から台に乗せ、メフリー様の手を握る。意識すれば俺の光は民にも見える。それなら、敵をもっと煽《あお》る材料を作ろう。

「マテリオ。誰にでも光が見えるようにやってみたいんだ。どうしたらいいかな」

「さっき、水に浄化を流した時はどうやっていた？」

「みんなが笑顔になりますように、と強く願った」

「そうか。それなら、同じだ。多くの人を救うのも、一人を救うのも同じ。違うか？」

「そっか……確かにそうだな。ありがとう」

一人も大勢も、同じ気持ちで。確かにそうだ。心を込めてやれば、きっと。

「メフリー様。あなたは、ヒルダーヌ様をどう思っていますか？」

「あの方は、優しくて、寂しいお人……支えて差し上げたい……」

「そうですか。俺もあの人の力になりたいんです」

メフリー様の体内に残っている瘴気《しょうき》を吸い出して、体の細胞の隅々まで行き届くようにゆっくりと浄化を流す。この人を救えばヒルダーヌ様も救えると信じている。そうなったら、メフリー様もいずれ俺の家族になるのかな。

ねぇ、ヒルダーヌ様。この人はあなたを支えたいそうですよ。今の言葉をあなたにも聞かせてあげたい。見ていますか？　あなたを大事に思っている人がここにいる。一人ぼっちじゃないですよ。

メフリー様の中の全ての瘴気《しょうき》が消え去って、俺は目を開けた。振り向くと、ヒルダーヌ様まで膝をついている。驚いてただ見下ろしていると、ティアが俺の隣にやってきて両手を取った。

「ジュンヤ。素晴らしかった。まさしくメイリル神の化身だ」

マテリオを見ると微笑んで頷く。そうか、成功したのか。ちょっと泣きそうだ。ダメ押しで、浄化の魔石で作ったペンダントをメフリー様の首にかけた。

「メフリー・カンノッテ様は、神子《みこ》の浄化で病が癒《い》え、守護の魔石もいただいた。これにより、ヒルダーヌ・マティアト・バルバロイ様との婚儀も、つつがなく行われるでしょう。神子《みこ》の慈悲と献身に感謝いたします」

ユーフォーンの司教様に宣言してもらう。これは、アナトリーが作った拡声器で街中にも放送されている。四年かけた仕込みを台なしにされて、敵はきっとブチ切れていることだろう。

「では、皆さんに浄化の水を配りましょう」

まだ作戦は終わってない。ここからが、敵が接触してくる山場になる。

「はい。では始めましょう」

司教様が指示し、民を迎え入れる。俺自ら浄化した水を配布するんだが、入れ物は各自持参だ。連れてこられなかった家族などに持ち帰ってもらう。

街を出るとどこでも水が飲める訳じゃないから、基本的に一人一本は水筒を持っているという。

日本では何も考えずに水道の水を飲んでいたことを思い出し、ちょっと反省した。

神官が民に水を配り、その後二十人ひと組くらいで俺の前に来てもらい、一言二言声をかける。

俺の背後にはマテリオとエルビスが控えていて、右にティアとヒルダーヌ様、左にはダリウスがいる。

「神子《みこ》様の慈悲に感謝します」

「全ての民の幸福を願います」

なんていうか、テンプレを延々と繰り返していくうちに疲れて気が緩んできた。ここで襲われる可能性は考えているが、敵も捕まる確率が高くリスキーだ。この後は通りをパレードするので、そっちで来るんだろうか。わざわざ隙を作ってやってやるんだ。ちゃんと来てくれよ？

午前の部では特に問題は起きなかった。となればパレードか。事件を起こしても人混みに紛れて逃げられる。

しかし、民に危険が及ぶ可能性が高いのもまたそのタイミングなので、できれば神殿に来てほしかった。護衛が多く警備が厚いから、諦めたんだろう。パレードはオープンカータイプの馬車に乗るので、狙いやすいはずだ。……というか、本当に来るよなぁ？　今日で終わりにできないと厄《やっ》介《かい》だ。

ティア達は来ると確信していたけど、任務なんか放り出して逃げてもおかしくないと思うのは、俺が甘いんだろうか。

「う～ん、誘いが見え見えすぎて来ないのかなぁ？」

休憩中にティアとダリウスに愚痴《ぐち》る。

「だが、祭りでは護衛が増え、もっと隙がないと分かっているはずだ。街を離れた後は、支援なしに一人で追ってくるのは難しいだろう」

「王都に逃げ戻ってもただじゃ済まねぇだろうよ。成果が必要だから、絶対に来る」

食事を終え、ティアとダリウスと共に馬車に乗り込む。攻撃してくるとすれば魔法攻撃だと思うんだが、アナトリーの結界も効いているし、怖くなんかないぞ。

いや、嘘です。本当は怖いです！

恐怖心を隠し、パレードが始まった。民衆の晴れやかな笑顔が広がる。手を振り、笑顔を振り撒《ま》きながら、俺はここにいるぞ、何をしても何度でも癒《いや》してやるぞ、と見せつけてやる。

「ティアってさ、水属性だよな？」

「そうだが、なんだ？」

「水を雨みたいに降らせることはできる？」

「広範囲は無理だが、可能ではある」

「じゃあ、それに浄化を込めたいんだ。やってくれるか？」

ティアが両手でボールを持つような形を作ると、その中心に水の球体が生まれ、徐々に大きくなる。両手を広げたくらいの大きさになったそれに触れ、治癒と浄化を流した。

「おお、やるなぁ」

ダリウスが楽しそうに呟く。浄化を込めた球体はキラキラと輝いていた。周囲からもどよめきが聞こえる。ティアがそれを空高く上げ、パンッと弾けさせた。それは七色に輝く虹色の粒になって、周囲に降り注ぐ。

「おおぉ～!!　殿下と神子《みこ》様が虹を作られた！」

大喜びで跳ねる子供に、目をまん丸にして固まってる人、跪《ひざまず》いて平伏してる人——色んな人がいた。楽しんでもらえて何より。

「うん。みんな楽しそうだな」

「ジュンヤは私を驚かせてばかりだな」

「派手にやったなぁ」

「なぁ。敵にしたら、俺が邪魔でしょうがないよなぁ？」

あとひと押し。これで誘い出せたら……

「無茶はするな。かすり傷も負わせたくないのだ」

「ん……でも、ケリをつけたいんだ。——あ、あの人、具合悪そう」

最前列に顔色の悪い青年が立っていた。神殿は人で溢れていたし、体調不良の人はあそこまで歩くのはつらいだろう。

「気をつけろ」

「でも、普通に病人じゃないか？」

そんな話をしていたら、後ろから押されたらしい青年が通りに転がり出て、そのまま蹲《うずくま》った。周囲の人も助けに走るが、全く起き上がる気配がない。

「あれは嘘じゃないよ」

「あ、こらっ‼」

俺は馬車を飛び降りた。

「ジュンヤ様⁉　お一人ではダメです‼」

馬車の傍に控えていたエルビスが追いかけてきた。倒れた青年に駆け寄ると、目を閉じてぐったりしている。三人のおじさんが彼を助けようとしていた。

「み、神子《みこ》様！　一介の民のために馬車を降りてくださるなんて……」

「当然のことです。彼は知り合いですか？」

「いいえ。ですが怪我をしているようです」

倒れた彼に触れるが、瘴気《しょうき》はない。背後から刺されたのか、脇腹に血が滲《にじ》んでいた。

やばい、これは罠《わな》だ。でも……見過ごせない。

治癒を流そうと青年に触れた時——背後で嘲笑う声がした。

「甘いな」

「ジュンヤ様っ‼」

エルビスの悲鳴が聞こえる。とっさに振り向いて手でガードするが、避けきれない。鈍《にぶ》く光るナイフが見えた。こういう時スローモーションに見えるって本当なんだな。全てがゆっくり見えるのに動けない。

そうだ、ブローチの防御魔法が守ってくれるはずだ。でも、刺される……⁉

衝撃を覚悟して目を閉じると、瞼《まぶた》の向こうで強く白い光が弾けた。鋭い痛みを覚悟していたのに、一向に何も起きない。……恐る恐る目を開けた。

――あれ？　ここはどこだ？

俺は、たった一人で白い空間にいた。

「エルビス～！　マテリオ！　ティア、ダリウス～‼」

嘘だろ？　誰もいない？

「まさか、刺されて死んだのか……？」

とぼとぼ歩いてみるが、ただ白い世界があるだけだ。上も下も分からないくらい白い世界で、少し先にぽつんと小さなものが落ちている。何かヒントになるかもしれない。

それに駆け寄って拾い上げると、メイリル神像だった。小さな像は、俺がいつも大切に持っているコミュ司教のペンダントに似ている。

「なんでこんなところに？　はぁ……なんのヒントにもならないなぁ」

ため息をついた。それでも何かヒントが隠されていないかと、像の隅々までチェックする。じっくりと眺め、不意に胸元にヒビを見つけた。さっき拾った時はなかったはずだ。指でヒビをなぞると、徐々に亀裂が大きくなっていく。

「おいおい、俺は何もしてないぞ？　って、なんだ？　ここ？」

顔を上げると、そこは森の中だった。何が起きているのか……ワープ？　違う世界に飛んだとか？

水音が聞こえる。音を頼りにそちらへ歩くと、青く澄んだ水を湛《たた》えた泉があった。

「ここ、見覚えがある気がする」

どこだろう。来たことがある泉なら絶対覚えているのに。

『神子《みこ》の浄化と……敬虔《けいけん》なる信徒の祈りにより……我はひと時の力を取り戻した』

「誰だっ!?」

見回しても誰もいない。まるで頭の中に直接声が響いた感じだった。

『泉は道である』

「えっ？」

それきり声は途絶えた。泉は道……ラジート様が、メイリル神の力は水の清らかさによって強くなると言っていた。今の声はメイリル神なのか？

俺は馬車を降りて、刺される寸前だったはずだ。それを助けてくれたのなら、泉の先にみんながいる？　なら、やるしかない。ザブザブと水に入り進んでいくと、徐々に深くなる。大きく息を吸い込み、思い切って潜《もぐ》った。

水底があるはずなのに光しか見えない。どこに向かっているのか……もしかしたら溺《おぼ》れてしまうかも。恐怖心がむくむくと湧き上がる。だが、刺される寸前、目を瞑《つぶ》っていても感じた強い光がきっかけでここに来た。なら、あの光の向こう側に……行くんだ……絶対に戻ってみせる!!

だんだんと息苦しくなる中、大きな光が俺を頭の先から包み始め、呑み込んでいった――

「ジュンヤッ!!」

「ジュンヤ様っ!!」

みんなの声が聞こえる。俺は今横たわっているみたいだ。ここは……元の世界に戻っている……？

「ジュンヤ、目ぇ開けてくれっ！」

ダリウスの声に目を開けると、ティア、エルビス、マテリオも輪になって俺を見下ろしている。俺を抱きしめていたのはダリウスだった。

「しっかりしろ。私が分かるか？」

「マテリオ……？　みんな……？　俺、どうなってた？」

ホッと息をつく四人。何があったんだ？

「あ！　俺、刺された!?」

腹の辺りを触るが、なんともない。ティアを見ると、苦しそうな顔で俺を見つめていた。

「ティア？」

「怪我はしていない。無事で良かった。だが、あの輝きは……お前が召喚されてきた時そっくりだった。元の世界に帰ってしまうのかと……思った……」

「正直ビビった。今お前を失ったら――俺は」

抱えてくれているダリウスの手をぎゅっと握る。

「ジュンヤ様、ご無事で良かった……」

「エルビス、大丈夫だよ。何があった？　俺は、刺されると思った時、光が弾けて……」

どうやら、一瞬違う世界にいたらしい。その時間はわずかだが。

「刺客に刺される寸前、光がジュンヤを包み込んだ。刺客の短剣は砕け、奴も弾かれた」

「その後、お前は倒れて目ぇ覚まさねぇし！」

「そうだったんだ。心配させてごめんな？　敵は捕まえた？」

「ああ。放心状態だったが、お前にひれ伏してるぜ」

ダリウスの視線の先を見ると、一人の男が騎士に完全包囲されていた。脚の隙間から、俺のほうを向いて頭が地に着くほど平伏し、震えているのが見える。

「あれは防御魔法の光ではなかった。何があった？」

ティアの質問は当然だ。でも、俺には心当たりがある。

「神子《みこ》の浄化と、敬虔《けいけん》なる信徒の祈りにより、ひと時の力を取り戻した……だってさ」

俺は首にかけていたペンダントを取り出した。コミュ司教にお守りとしてもらったものだ。これはメイリル神像をモチーフにしている。トップの小さな像に触れると、それは粉々に砕け散った。

「あ……。これと、ここまで浄化して復活しつつあるメイリル神が守ってくれたんだと……思う」

「なんと……私のジュンヤは神をも動かしたか」

「おい、俺のでもあるからな？」

「二人共、そういう争いは後にして……」

立ち上がって周囲を見回すと、シーンと静まり返っている。あれ？　今の事件は、むしろ民に恐怖心を与えたかな。不安になる俺の腰を、ティアがしっかりと抱く。

「神子《みこ》ジュンヤはメイリル神の加護により無事だ。聖なる神子《みこ》を狙った賊は捕らえた。ユーフォーンの民よ、憂《うれ》いを払い、平穏をもたらす神子《みこ》に祝福を送ろう!!」

ティアのよく通る声が響くと、大きな歓声が響き渡った。あまりの興奮状態に驚いてしまう。

「ティア、毎回やりすぎ……」

「これくらいでは、これまでの頑張りに見合わぬ」

そう言って、おでこに優しくキスされる。そこへマテリオが近づいてきた。

「ジュンヤが光ったのを多くの民が見た。普通なら我々神官以外には見ることができない聖なる光だ。それを目にしたのだから、民が興奮するのも当然だ」

「今のは俺の力じゃないと思うんだけど」

「ジュンヤ様。神子《みこ》の御業《みわざ》を目の当たりにし、私は畏敬の念に打たれております」

ヒルダーヌ様まで俺の力だと勘違いしてしまっている。光ったっていうのは、メイリル神とコミュ司教のお守りのおかげだと思う。後でみんなの誤解を解こう。

「私にもジュンヤ様の光が見えました。遠くに行ってしまうのではと、少し怖かったです」

エルビスにも心配をかけたみたいだ。

「後でみんなにちゃんと話すけど、俺は一瞬、ここじゃない場所にいたんだ」

全員の目が限界まで見開かれ、再び口々に無事で良かったと声をかけられる。でも、俺は帰ってきたんだ。詳しい話は後にして、パレードを再開しよう。馬車に移動して、再びティアとダリウスと共に手を振る。

「これで祭りのテンションは更に上がるなぁ」

「楽しみだね」

「ジュンヤ……メフリーの件も含め事情聴取や黒幕との繋がりなど事後対応はまだあるが、ユーフォーンですべきことは一旦解決だ。しばらくゆっくりするといい。祭りもこれで心置きなく楽しめよう」

「うん。その前に、みんなを招待して、俺が作った料理でパーティーするよ。リクエストももらってたしね。マジックバッグのおかげで仕込みも上々さ」

「久しぶりだなぁ。楽しみだぜ」

「そうだ、刺された人は大丈夫だったか？」

思い出してダリウスに尋ねる。

「ナイフに痺《しび》れ薬を塗られていたが、すぐにマテリオが治癒したから無事だ」

「見ず知らずの人を刺したのか？」

「誰でも良かったそうだ。クソ野郎め」

脅しに無差別刺傷、どこまでも卑怯な敵だったな。

その後、無事にパレードが終わり、俺達は領主館へ戻ってきた。人心地ついた頃、リンドさんからヒルダーヌ様が呼んでいる、と伝えられた。

「俺一人ですか？」

「はい。よろしいですか？」

「ティアとダリウスも一緒に、いいですか？」

「おい、俺は行かねぇぞ。もう騎士棟へ行く」

「とにかく、残ってて。すみませんが、確認してきてくれますか？」

「は、はいっ!!」

リンドさんが慌てて踵《きびす》を返す。ダリウスは気まずいんだろうが、今こそ話し合うべきだと思うんだよな。

「ジュンヤ。悪いが、俺は――」

「もしも！　もしも今日話し合ってダメなら諦める。妙な気を回したりするのもやめる。だからさ、今だけ一緒に来てよ。ティアにも一緒に聞いてほしいんだ。兄弟みたいに育ったんだろ？」

「ああ。できれば昔のようにという望みは――あった」

「エリアス、そんなことを思ってたのか？」

「当然だろう？　幼い頃の幸せな思い出だ。ヒルダーヌは私にとっても兄なのだ。救いを必要としているならば助けてやりたい」

「………分かった。今日だけ、だな」

リンドさんが再びやってきて、了承を得られたとのことで三人で部屋に向かう。

「ヒルダーヌ様、お呼びですか？」

「ええ。どうぞこちらへ。殿下もご足労いただき、ありがとうございます」

ダリウスとヒルダーヌ様はお互いに視線を合わせない。席に座り、リンドさんがお茶を出して下がるのを確認して、ヒルダーヌ様は俺に軽く頭を下げた。

「神子《みこ》様のお力で、多くの民が救われました。メフリー殿も快癒すると聞いております。領主代理として、お礼申し上げます」

「いいえ。自分の役割を果たしただけです。残った一人も無事に捕らえることができました。あの男が何か知っているといいのですが」

だが、俺の心配をよそに、あの男は素直に供述しているそうだ。

「私も拝見しましたが、神子《みこ》様の光り輝くお姿を見て、恐ろしい罪を犯したと気がついたのでしょう。メイリル神の信徒であれば当然です。私もあなたが神子《みこ》だということは分かっていたはずでした。しかし、あの姿はあまりに神々しく、この世のものとは思えませんでした……」

一瞬の間があり、ヒルダーヌ様がもう一度俺を見た。

「神子《みこ》ジュンヤ様。私は、バルバロイ領を統《す》べるに値しないと痛感しました。どうか、巡行が終わり平和な世になったら……ダリウスと共にこの地に戻り、領の統治に力をお貸しください。私はその手足となって働かせていただきます」

「ヒルダーヌ様、何を言うんですか！」

「兄上！　とんでもない話です。私は領には戻りません」

頭を下げたヒルダーヌ様に飛びつかん勢いで、ダリウスが声を上げる。

「ジュンヤ様がこちらにいらっしゃれば、そなたも来るだろう？」

「ですから！　そんなことにはなりません。ジュンヤは王都で暮らすのです」

「ヒルダーヌ様、なぜ急にそんな話を？」

ヒルダーヌ様は妙にスッキリした顔をしていた。俺はティアが怒り出すかとヒヤヒヤして横目で窺《うかが》ったが、今は静観すると決めたようだ。

「今日の一件でよく分かりました。メフリー殿も私のせいであんな目に遭ったのだとはっきりした今、婚約解消してあの方を自由にして差し上げようと思うのです」

「それは……もう連絡してしまったんですか？」

「いいえ。明朝にでもと思っています」

「それなら、その婚約解消には反対します」

ヒルダーヌ様は訝《いぶか》しげな顔をしている。

「本当は直接話してほしかったんですが、仕方ありません。メフリー様はあなたを支えたいと言っていました。その気持ちを無下にするつもりですか？」

「えっ⁉」

いつも冷静なヒルダーヌ様が滅多にない驚きの表情を浮かべた。

「浄化した時に聞きました。婚約解消したら、あなたが思っている以上に彼を傷つけますよ？　いいんですか？」

「そんな……」

「ヒルダーヌ様。自分だけ我慢して一人で解決しようとするのはやめてください。お母様でもいいです、ちゃんと誰かに頼っていますか？」

俺の問いかけに、ヒルダーヌ様が眉を顰《ひそ》める。

「人に頼るのは弱さです。バルバロイの男なら、一人で決断できねばなりません」

「――兄上、それは違います」

ダリウスが今までとは違う、静かな口調で兄を諌《いさ》めた。

「私も、これまで全て自分一人で決めて行動してきました。誰にも相談しませんでした。ですが最近、つらく苦しい時に、助けを求めるのは弱さではないと知りました。それを教えてくれたのはジュンヤです。兄上にもそんな存在を持っていてほしい。今は、そう思います」

ダリウス……すごく精神的に大人になったよな。この兄弟は、お互いを守ろうとして拗《こじ》れてしまっていた。

「メフリーと婚約した時、私に相手の名は知らせなかったな。なぜだ？」

それまで様子を見ていたティアが、お茶を一口飲んでヒルダーヌ様に問いかける。それを聞いたダリウスは、本当に知らなかったのかと驚いていた。ティアへの誤解も解けて良かった。

「――殿下。メフリー殿は元々ダリウスの婚約者。婚約を解消された時、彼はその名を一部の者に辱《はずかし》められました。それなのにまたバルバロイの男と婚約して、その名を知らしめるのは憚《はばか》られたのです」

「ならばそなたの婚約者は別の人間を選べば良い。だが、そうしなかった」

「それは、あの方が優秀な方だったからです。ダリウスの件で変な噂が立ち、貴族の間でも冷ややかな目で見られ……それでも凛《りん》として立つあの方なら……そう思ったのです」

――ん？　それって。

「ヒルダーヌ様は、メフリー様に恋をしたんですね」

「恋？　そんな感情はありません」

即答かよ。重症だな、これ。

「でも、メフリー様が倒れた時、他の人を選び直すか、二人目を検討できたはずですよね。ダリウスだって三人いたんですから」

「確かに両親から打診はありました。しかし、私の補佐たり得るのはあの方だけだと思っただけです」

はい、無自覚ですね。めちゃくちゃ惚れているじゃないですか。呆れてティアとダリウスを見ると、やはり二人も考えは同じようだ。

「……兄上。メフリー殿と会うと、その日は元気になったりしませんでしたか？」

「相性の良い伴侶とはそうなると聞いた。よくあることなのだろう？」

「ヒルダーヌ……会いたくて仕方がない時はないか？　職務を放り出して、ただ会いたい。そういう感情だ」

「――それは、はしたない考えでございます」

「あるんだな？　答えよ」

「…………時折」

なんだよ！　可愛いところあるじゃんか。

「その感情の名前を教えてやろう。それは恋だ。私がジュンヤに抱くのと同じ感情だ」

「恋……？　私が……恋？」

しばらく自分の中で反芻《はんすう》しているヒルダーヌ様を静かに見守る。徐々にその顔が赤く染まり出した。

「ヒルダーヌよ。メフリーの傍にいたい。笑顔が見たい。抱きしめたい……違うか？」

「殿下っ！　お、おやめくださいっ！　も、もし仮に恋だとして、メフリー殿がなんと言うか」

今度こそ真っ赤になって慌てている。とうとう自覚したんだな。そう思うと、自然と笑みが零れる。ふと隣を見ると、真剣な顔のダリウスがいた。

「兄上。メフリー殿と共に、この領をお護りください。私は後継者にはなりません。これは遠慮でもなんでもなく、兄上こそ次代の領主であると幼い頃から確信しておりました。誰に言われたのでもなく、最も近い場所から兄上を見ていたからこその確信です」

「ダリウス……」

ヒルダーヌ様はそれきり言葉を失い、ダリウスを見つめている。

「お聞きしたいことがあります。兄上は私のために冷たい態度を取られたと聞きました。どうぞ、真実をお聞かせください」

「ジュンヤ様に聞いたのか？」

頷くダリウスに、ふう……と大きく息を吐いたヒルダーヌ様は、覚悟を決めたようだ。

「幼い頃、数人の貴族達がたむろし、私の色はバルバロイの色ではないと嘲笑うのを聞いた。今思えば、聞こえるように言っていたのだろうな。母上もそこにいたが、色の問題など吹き飛ばす実力を見せつけよと言われた」

結果論だが……チェリフ様は対応を誤った。そこは、抱きしめて励ましてやるべきだったと思う。

「私もそう信じ、剣技の鍛錬《たんれん》は欠かさなかった。だが、あっという間にお前に追い越され、負けた。あの時、武力が足りぬのなら知識で戦おうと思った。……母上のようにな」

今回ユーフォーンに来て初めて、二人の兄弟は目を合わせて話していた。

「そうしていれば、母上の補佐となり、領の役に立ち、いずれ後継者として認められると信じていた。しかし、力が正義という昔からの考えを覆《くつがえ》すのは困難だ。それでも、そなたと手を取り合い共に立てば、私の足りない部分も補える。——そう思っていた」

その言葉をダリウスはまっすぐに受け止めている。二人で支えていこうと思っていた。それを本人の口から聞くことができたんだ。

「だが、庭師のベンノが突然死した夜、私の枕元に文が投げ込まれた。そこには……ジュンヤ様の推察の通りの言葉が書かれていたよ。差出人は、我々が共に立っては困る者だろう。他言すればその相手を殺すとあり、私はそなたを追い払うため酷《ひど》いことを言った。今ならば、もう少しまともな判断もできたであろうな」

子供なら手玉に取りやすいと思ったそいつらのせいで、二人は引き裂かれた。ヒルダーヌ様は、自虐的な笑みを浮かべている。

「だが、あの時はただひたすら恐ろしかったのだ。前日まで共に庭を散策し、笑顔で接してくれた彼を、突然失ったのが怖かった。貴族としてではなく、ただの子供として相手をしてくれていたベンノは、私のせいで死んだのだ」

「兄上……私はそんな苦悩を知らず、愚かなことをしました。初めはなぜ話してくれなかったのかと怒りがありました。ですが、それをジュンヤに窘《たしな》められました」

「ジュンヤ様に？」

「子供に何ができたのかと。兄上は、私を守るために苦しい道を選ばれたのですね……」

「お互いに幼く、判断を誤った。素直に人に頼る……それができれば良かったのに。そなたの伴侶はなかなかに豪胆だ。水だけでなく、人の心も浄化し未来を切り開く。――良い方に出会ったな」

「っ!! あ、に、うえっ……！」

ダリウスの声が震える。泣きたいのを必死で堪《こら》えて、顔が歪《ゆが》んでいる。俺も釣られて泣き出しそうなのを我慢してダリウスの手を握ると、大きな手が握り返してきた。

「その文を寄越した相手は分かっているのか？」

「分かりません。一人で全て封じ込めてしまい調べませんでした。ダリウスさえ遠ざけていれば安泰だと思ったのです。バルバロイ家の断絶狙いだと気がついたのは、メフリー殿の件があってからでした」

ヒルダーヌ様は俺を見て、優しく微笑んだ。

「今更話す相手もおらず思い悩んでいたところへジュンヤ様が現れ、救ってくれました」

「そうか。その件はジュンヤも調べさせているそうだから、いずれ分かるだろう。勝手ですまぬが、パッカーリアを使っている」

「……ジュンヤ様には敵いませんね」

「そうだろう？　第一王子の私が手こずるのだ。その辺の者がどうこうできる相手ではない」

「全くです」

二人して笑って、失礼な。そこまでめちゃくちゃなことは……し、しているかも？

「ダリウス、良かったな」

「ああ。お前のおかげだ」

ぎゅっと抱きしめてきた背中を撫でる。

「仲睦《むつ》まじいのはいいことです。ジュンヤ様はお子も産んでくださるお覚悟ですし、王家も当家も安泰ですね、殿下」

「なんだと⁉」

「兄上、今なんと⁉」

「ヒルダーヌ様――‼」

おいこら、いきなり爆弾ぶっ込んできたな⁉　意趣返しか～⁉

二人の熱い視線を感じ、目を逸らす。色々あったが、なんとか丸く収まったかな。

ここまでの道のりはあまりにも困難だった。でも、ラジート様もメイリル神も、呪《しゅ》の縛《いまし》めから解放されつつある。ようやく明るい光が見えてきた。

明日は、もっと良い日になるだろう。

この作品に対する皆様のご意見・ご感想をお待ちしております。

おハガキ・お手紙は以下の宛先にお送りください。

【宛先】

〒150-6008 東京都渋谷区恵比寿4-20-3 恵比寿ｶﾞｰﾃﾞﾝﾌﾟﾚｲｽﾀﾜｰ 8F
（株）アルファポリス　書籍感想係

メールフォームでのご意見・ご感想は右のＱＲコードから、
あるいは以下のワードで検索をかけてください。

アルファポリス　書籍の感想　検索

ご感想はこちらから

本書は、「アルファポリス」（https://www.alphapolis.co.jp/）に掲載されていたものを、改題、改稿のうえ、書籍化したものです。

異世界《いせかい》でおまけの兄《にい》さん自立《じりつ》を目指《めざ》す 5

松沢ナツオ（まつざわ なつお）

2023年 10月 20日初版発行

編集－堀内杏都
編集長－倉持真理
発行者－梶本雄介
発行所－株式会社アルファポリス
〒150-6008 東京都渋谷区恵比寿4-20-3 恵比寿ｶﾞｰﾃﾞﾝﾌﾟﾚｲｽﾀﾜｰ8F
TEL 03-6277-1601（営業） 03-6277-1602（編集）
URL https://www.alphapolis.co.jp/
発売元－株式会社星雲社（共同出版社・流通責任出版社）
〒112-0005 東京都文京区水道1-3-30
TEL 03-3868-3275
装丁・本文イラスト－松本テマリ
装丁デザイン－円と球
印刷－中央精版印刷株式会社

価格はカバーに表示されてあります。

落丁乱丁の場合はアルファポリスまでご連絡ください。

送料は小社負担でお取り替えします。


ISBN978-4-434-32793-3 C0093